KB095721

바이러스 X

바이러스 X

김진명 장편소설

이타

차례

작가의 말

최고의 치사율과 최고의 전파력이 합쳐져 출현과 동시에 지구상 모든 인간을 죽음으로 내몬다는 바이러스를 의과학자들은 X라 명명했다. 과연 이 바이러스 X가 실제 출현할 것인가에 대하여는 의견이 분분하지만 사실 우리는 이미 그 전조를 목도한 적이 있다.

2003년 동남아에서 최초로 인간 감염이 보고된 조류독감 바이러스가 무려 60%의 치사율을 보였다. 치사율 0.01%도 되지 않는 조류독감 바이러스가 변이를 거듭하다 이런 괴물로 합성되었다는 사실은 바이러스 X의 출현이 코앞에 다가왔다는 얘기에 다름 아니다.

사태가 이렇듯 급박한데도 인류가 바이러스에 대항하는 방법은 안타깝기만 하다. 치료약이나 백신이 현재의 유일한 대처법인데 이걸로는 바이러스의 변이 속도를 절대 따라잡을 수 없다. 게다가 유력한 백신 후보 물질이 있어도 임상 시험에 수년, 심지어는 십 년 이상 걸리기도 한다.

왜 인간은 바이러스와 반드시 체내에서만 싸워야 하는가.

나는 이런 화두를 던지고 싶다.

바이러스는 몸 안에서는 처치 난망의 괴물이지만 몸 밖에서는 비눗물에도 죽고 가만 버려두어도 죽기 때문에 바이러스와의 전쟁은 여하히 체외에서 바이러스를 인식해 피하느냐에 초점이 맞추어져야 한다.

기실 바이러스는 네 종류의 염기가 한 줄로 이어진 약 3만 바이트의 데이터일 뿐이다. 이렇게 인식하는 순간 문제는 대단히 쉬워진다. 현대의 과학기술로 체외에서 3만 바이트짜리 데이터를 인식하는 일은 그리 어렵지 않다.

이제는 데이터 인식의 전문가들과 기술자들이 뛰어들어야 한다. 바이러스의 전기량이나 염기서열을 반도체에 기억시킨 후 센서로 이를 포착하는 일은 IT와 레이저 등 데이터 인식을 전문으로 하는 분야에서 오히려 훨씬 잘해낼 수 있다.

나는 인류가 이러한 인식의 전환만 이루면 바이러스와의 전쟁을 손쉽게 이긴다는 강한 확신을 갖고 이 글을 썼다.

또한 나는 이 책을 통해 인류의 나아갈 길에 대한 인식을 독자들과 같이하고 싶다.

치명적 바이러스들이 불결한 환경에 노출된 지역에서 집중적으로 생겨나고 있다. 코비드19를 통해 우리는 바이러스가 지구 어느 곳에서 생기든 순식간에 전 세계로 전파되는 걸 여실히 보았다.

그러므로 열악한 지역의 환경을 외면한 채 우리 자신의 안전만 도모하는 이기적 행태로는 위험을 피할 수 없을 뿐 아니라 인류문명의 붕괴와 인간성의 상실을 초래할 뿐이다.

팬데믹은 약자와의 동행만이 인류가 나아갈 길임을 가리키는 마지막 이정표인 것이다.

2020년 가을

제천 세명대에서
김진명

1. 괴이한 입국자

열한 시간이 넘는 긴 비행 끝에 푸른 물결이 쉴 새 없이 굽이치는 태평양을 건넌 보잉 747은 휑뎅그렁한 인천 공항의 활주로를 짧게 구른 후 한 줌을 겨우 넘기는 승객을 텅 빈 게이트에 멋쩍게 토해놓았다.

예전 같으면 대륙 간 여객기 특유의 웅장한 엔진 소리를 내뿜으며 게이트가 빌 때까지 계류장에서 으르렁거렸을 로스앤젤레스발 항공기였지만 팬데믹 와중이라 다른 비행기와 착륙 시간이 겹칠 이유도, 관제탑의 지시를 기다릴 필요도 없었다.

불과 수십 명에 불과한 승객들은 자신들에게 주어진 인천 공항의 화려하고 널찍한 공간이 부담스러운지 총총히 걸음을 옮겼다. 아무도 말을 하지 않고 있었으나 이들은 앞으로 어떤 과정을 밟아야 하는지 잘 알고 있었기에 내딛는 발자국에는 여행자의 활기 대신 낯선 상황에 다가서는 사람들의 조심스러움이 배어 있었다.

"이쪽으로요!"

짐을 찾은 승객들은 누군가의 외침에 따라 검정 마스크 위에서 번득이는 눈동자를 굴려대는 검역관과 역학조사관들 앞으로 죄인처럼 걸어가 섰다.

"여러분은 예외 없이 두 주간 격리됩니다. 아시겠지만 코로나 바이러스의 잠복 기간이 그 정도라 처하는 조치이니 잘 따라주시기 바랍니다. 만약 격리에 응하지 않거나 격리 시설을 무단으로 벗어나게 되면 처벌되니 유의하시기 바랍니다."

간결했으나 거역할 수 없는 목소리였다.

"아니, 잠깐요."

한 사람이 조사관 앞으로 다가섰다.

"여기 병리의가 있어요?"

"병리의? 병리학 하는 의사 말이오?"

"네."

"당연히 있죠. 그런데 왜요?"

"그 의사를 불러줘요."

역학조사관은 뜻밖의 요구를 받자 자신도 모르게 눈앞에 선 사람을 아래위로 훑었다. 비록 마스크에 가려졌지만 일부 드러난 깔끔한 피부와 주름 하나 잡히지 않은 고급 재킷으로 미루어 보아 성공한 30대 사업가이거나 좌우간 돈푼 있는 사람이라 짐작했다. 승객들은 대부분 지시대로 잘 따라주었으나 개중에는 간혹 강한 유감을 내비치며 격리 조치에 격렬히 항의하는 사람들도 있곤 했다.

"무슨 일이오?"

"설명할 게 있어요."

"무얼 설명한단 말이오? 격리 장소로 못 갈 사정이 있어요?"

"일단 불러요."

"내게 설명해요. 의사보다 내게 설명하는 게 더 빨라요. 나는 공무원이고 의사는 조력자일 뿐이니 의사에게 할 말이라면……."

역학조사관이라는 명칭이 적힌 명찰에 힐끗 시선을 던진 상대는 말을 잘랐다.

"병리의가 아니면 내 말을 이해할 수 없어요."

역학조사관은 자존심이 상했는지 목소리에 힘을 실었다.

"격리 조치에 따르지 못하겠다는 거요?"

"따를 필요가 없다는 거요."

역학조사관은 입꼬리를 말아올리며 가소롭다는 웃음을 지

었다.

"따를 필요가 없다? 웃기는 소리 마시오. 당신이 대통령 아들이라도 예외는 없어요."

"사연을 들어는 봐야 할 것 아닙니까?"

"그러니 말하란 말이오."

"의사가 아니면 이해를 못 한다니까. 말을 들으려면 의사를 부르란 얘기예요."

스스로 잘났다 생각하는 승객들이 흔히 부리는 억지였다. 이 살벌한 팬데믹 상황에서 시키면 시키는 대로 해야지 자칫하면 나라가 결딴날 판인데 사소한 개인 사정을 내세우며 책임자나 의사를 만나야 한다는 자들이 드물게 있었고 그럴 때마다 조사관은 치미는 분노를 억제해야 했다.

특히 미국이나 유럽에서 들어오는 놈들 사이에서 일사불란하게 코로나에 대응하는 모범 방역국 한국을 비하해 인권을 억누른 대가니 뭐니 잔말이 있어온 터였다.

"당신에게 어떠한 사정이 있다 하더라도 길은 하나뿐이오. 대기하고 있는 버스를 타고 격리 장소로 가는 거요. 다른 어떤 예외도 없소. 부모·형제가 죽었을 때나 산자부에서 중요한 사업상의 용무라 인정한 증서를 제출할 때만 격리 면제요. 일개 의사가 면제해주고 말고 할 일이 아니란 말이오."

"어쨌든 의사를 불러줘요. 의사를 못 불러주겠다면 당신네 책임자라도 불러줘요."

"의사든 책임자든 불러서 뭘 하겠다는 거요?"

"내 사정을 얘기하겠단 겁니다."

"내게 얘기하라니까!"

"아무에게나 얘기할 수 없다니까."

역학조사관은 이제 치미는 부아를 더 이상 참아낼 수가 없어 고함을 질렀다.

"아무도 못 불러줘. 버스 안 타면 경찰은 불러주지. 탈 거요? 경찰에 갈 거요?"

누구든 이쯤 되면 포기하고 버스를 타기 마련이었지만 상대가 차라리 경찰을 부르라는 듯 당당히 고개를 끄덕이자 역학조사관은 워키토키에 입술을 일그러지도록 밀어붙이고는 분노의 목소리를 토해냈다.

"격리 거부자 발생! 경찰 조치 바람!"

지구대를 거쳐 인천중부경찰서로 연행된 청년은 사안의 특수성 때문에 형사반장 앞에 앉혀졌다.

"이정한, 37세. 그런데 왜 격리 조치를 거부했어요?"

"의사를 불러달라 했을 뿐이에요. 상대가 내 말을 전혀 이해하지 못하기에 나중에는 책임자를 보자 했던 거고요."

"의사는 왜요?"

"격리와 관련해 상의할 일이 있어요."

"격리되지 않겠다는 얘기예요?"

정한은 묵묵히 고개를 끄덕였다.

"무슨 사정이 있나요? 다른 병이 있다든지?"

"특수 체질입니다."

"검역관에게 말하면 되잖아요?"

"의사가 아니면 내 말을 이해할 수 없어요."

"그럼 나도 이해 못 하나요?"

정한은 고개를 끄덕였다. 필시 잘 알지도 못할 당신에게 복잡하게 설명하기 싫다는 투였다. 나이 지긋한 형사반장은 수많은 피의자를 다루어본 경험이 있어 그런지 젊은 역학조사관과는 달리 팩팩거리는 대신 고개를 끄덕여주며 이런저런 질문을 던졌다. 하지만 정한은 대답 없이 자신의 요구를 반복할 뿐이었다.

"의사하고만 대화할 수 있어요."

반장은 할 수 없는 사람이라는 듯 고개를 가로젓고는 전화기를 들었다.

인천 공항검역소의 한 비좁은 공간에서 종일 별 하는 일 없이 컴퓨터만 들여다보고 있던 연수는 책상 위 전화기의 신호음이 들리자 혹시 잘못 온 건 아닌가 싶어 주변을 둘러보면서도 얼른 손을 뻗어 전화기를 집어들었다.

"수고하십니다. 중부서 박 주임인데 한 격리 거부자가 한사코 의사를 찾아요. 이 사람과 통화 한 번 해보세요."

무슨 사정인지 설명도 없이 누군가에게 전화기가 건네졌고 흘러나온 남자의 목소리는 엉뚱하기만 했다.

"전화로 얘기할 수 없는 내용이니 이리 와주시면 좋겠어요."

"네? 무슨 말씀이세요? 지원 닥터에게 전화한 게 맞나요?"

인천 공항검역소에서는 연수를 지원 닥터라 불렀다. 코비드 19의 비상 검역을 위해 대규모로 편성된 특별방역단에는 바이러스 진단 전문가도 예비적으로 포함되었고 이에 따라 질병관리청에서 진단 업무를 관장하는 연수가 파견된 것이었다.

"병리의시죠? 그러면 맞습니다."

"그런데 무슨 일이죠? 입국과 관련한 일인가요?"

"그래요."

"격리 면제를 받으려는 건가요?"

"네, 맞아요."

"전염병이 있으세요?"

"그건 아닙니다."

"격리를 견딜 수 없을 정도의 다른 병변이 있나요? 공황 장

애라든지."

"그것도 아닙니다."

"그러면 그냥 격리 장소로 가시는 것 외에는 다른 방법이 없어요. 설사 본인이 치명적 병환을 겪고 있어도 무조건 가셔야 해요. 두 경우만 예외가 있는데 하나는 부모·형제의 상이고 또 하나는 중요한 사업상의 일인데 이 경우는 정부 기관의 증명서가 있어야 해요."

"오셔서 저와 잠시 얘기를 나누면 선생님께서 격리하면 안 된다는 걸 알게 될 거예요."

"불가능해요. 그런 일은 있을 수 없어요. 도저히 격리되어서는 안 된다고 누구나 인정할 수밖에 없는 사정을 가지셨다면 그건 출입국사무소 측과 얘기하셔야 해요."

"제 일을 판단하는 데는 공무원이 아니라 의사가 필요해요."

"여하튼 격리 장소에 가셔야 해요. 거기 가시면 의사를 만날 수 있습니다. 그럼 끊습니다."

"아니, 부탁입니다. 잠깐만 오시면 되는 일인데요."

상대의 목소리에서 느껴지는 절실함이 연수로 하여금 냉정하게 전화를 딱 끊지는 못하게 했다.

"그럼 일단 전화로 설명해보세요."

"안 됩니다. 전화로는 절대 얘기할 수 없어요."

"무슨 내용인지 알아야 가든 말든 하잖아요. 일단 얘기를 해보세요."

"그냥 아주 심플하게 의사를 애타게 찾는 환자가 있다고 생각할 수는 없나요?"

"저는 질병관리청 소속이라 의사라기보다는 공무원이에요. 법과 규칙에 따라서만 움직여야 하기 때문에 설사 제가 선생님의 타당한 이유에 공감한다 하더라도 해드릴 수 있는 게 아무것도 없어요. 다시 말씀드리지만, 부모·형제의 상을 당한 경우나 중요한 사업상 방문의 경우만 격리 면제가 가능해요."

"이 사람은 환자다. 모든 걸 떠나 의사를 찾는 환자다 생각해주세요. 지금 내가 가지 않으면 이 환자는 죽는다고 말이에요."

"아프지 않다고 하셨잖아요?"

"몸이 아프지는 않지만 의사를 간절히 필요로 한다는 점에서는 환자예요. 히포크라테스 선서의 기본 정신으로 돌아가 생각하면 오시는 게 맞는다는 걸 아실 텐데요."

연수는 그제야 이 사람이 정신적 문제를 가진 사람일 수 있다는 데 생각이 미쳤다. 이 장면에서 보통 사람이라면 생각지도 못할 히포크라테스를 들먹이는 거로 보아서는 영리한 사람임이 틀림없지만 아집에 가득 찬 온갖 언사로 얼토당토않은 주장을 관철시키려 드는 걸로 보아 성격장애자일 수 있었다.

"죄송해요."

연수는 마음을 다잡고 전화를 끊어버렸다. 하지만 그리 마음이 편하지 않았다. 상대방의 마지막 말은 비록 상투적이긴 했으나 오래전 잃어버렸던 기억을 떠오르게 했다. 의사 시험에 합격한 날 남몰래 환자의 생명과 건강을 모든 것의 최우선에 두겠다 맹세했던 자신을 스스로 배신한 것 같은 기분이 드는 것이었다. 더군다나 의사의 도움을 원하는 상대에게 자신을 공무원이라는 식으로 말해버린 것이 계속 앙금처럼 남았다.

"혹 도와드릴 일이 있을까요?"

전화를 끊고 난 연수가 불편해하는 걸 느낀 옆자리의 사무관이 친절을 보이자 연수는 자신도 모르게 벌떡 일어났다.

"경찰서로 같이 가주실래요?"

한사코 격리를 거부하는 정한을 입건해 검역법 위반으로 진술조서를 작성하던 형사반장은 연수가 나타나자 크게 반색했다.

"의사 선생님이 결국은 오셨군요. 이 양반 불량한 사람은 아닌 것 같은데 처벌하지 않을 도리는 없고 해서 어정쩡하던 참이었는데."

"저분과 둘이서만 얘기를 나눌 수 있을까요?"

정한의 말에 형사반장은 주위를 둘러보다 건물 한 모퉁이에 서 있는 몇 그루의 나무를 가리켰다.

"지켜볼 테니 밖으로 나가 저 나무 밑에서 얘기하세요."

소나무 밑의 벤치에 자리를 잡고 앉자 정한은 고개를 꾸벅 숙였다.

"와주셔서 감사해요."

연수는 정한의 얼굴을 보는 순간 정신병 환자일 거라는 추측이 확 달아났다. 환하고 밝은 얼굴에 한편으로는 신사적인 느낌의 청년이었다. 침착한 말투는 신뢰감을 주는데다 사람을 대하는 태도가 어딘지 격이 있다는 느낌이 들었다. 그리고 차림새 또한 흐트러짐이 없었다.

"먼저 말씀드리자면 제게 격리를 하지 않아도 된다는 판정을 할 권한은 없어요. 여기 온 건 순전히 얘기를 들어주기 위해서예요."

정한은 연수의 가슴에 달린 신분증을 보며 가볍게 소리 내어 웃었다.

"진짜 의사시네요."

"얘기해보세요."

"코비드19는 염기 약 3만 개로 이루어져 있어요. 정확히는

29,903개예요. 사진을 찍으면 네 종류의 염기가 일렬로 죽 늘어서 있는 게 보이죠."

"그런데요."

연수의 대답은 퉁명스러울 수밖에 없었다. 병리학 개론을 들어야 하나.

"즉 코비드19란……."

정한은 말을 맺지 않고 잠시 멈추었다. 강렬한 그의 눈길이 답답함과 지루함을 머금은 연수의 눈에 한동안 머무르다 멀리 하늘가로 날아갔다.

"3만 바이트 용량의 USB예요."

정한의 목소리가 USB라는 어울리지 않는 단어를 귀에 남기고 떠나는 순간 연수의 뇌리에 번쩍하고 번개가 친 듯했다. 뭐라고! 코로나 바이러스가 3만 바이트짜리 USB라고. 그렇다면.

"그러니 반도체로 읽어내 정복할 수 있어요."

분명 얼토당토않은 얘기였다. 하지만 무섭게 끌렸다. 그간 네 개의 알파벳으로 이루어진 염기서열을 수없이 들여다보면서도 왜 그 염기의 배열이 데이터란 생각을 못 했던 것일까. 그러나 처음 보는 청년에게 그렇게 호락호락 속마음을 내비쳐서는 안 된다는 생각에 연수는 입술을 앙다물고 물었다.

"바이러스가 3만 바이트짜리 데이터란 발상이 기발한 건 인정할게요. 그런데 USB는 컴퓨터에 꽂아야 정보가 뜨잖아요. 어떤 방법으로 바이러스라는 USB를 컴퓨터 포트에 꽂죠? 어떻게 보이지도 않는 바이러스를 반도체가 인식하느냔 말이에요?"

정한은 연수의 두 눈을 깊숙이 들여다보며 목소리를 모았다.

"두 가지 방법이 있어요. 하나는 바이러스의 전류량을 재는 겁니다. 또 하나는 레이저의 회절 현상을 이용하는 거예요."

진지한 표정에 비해 정한의 설명은 지나치게 간단했다.

"그게 다예요?"

"네."

연수는 핵폭탄과도 같은 화두를 던져놓고는 입을 꾹 다물어버린 이 정체 모를 사람이 혹시 자신을 놀리는 건가 하는 생각이 들었다. 하지만 더 이상 캐묻는 건 마음이 내키지 않아 속셈을 다 안다는 투로 말했다.

"왜 내게 이런 얘기를 하는 거죠? 코비드19를 종식시킬 엄청난 기술을 가졌으니 격리 면제를 해달라는 건가요?"

정한은 고개를 가로저었다.

"돌아갑니다."

"네?"

"미국으로 돌아가요."

전혀 예상하지 못했던 생뚱맞은 답변이었다.

"무슨 소리예요?"

"역학조사관인가 뭔가 하는 인간이나 병리학 의사라는 조연수 씨나 다 똑같아요. 사람을 사람으로 대하질 않는군요. 코비드19로 미국이 하도 요동쳐 내 조국에서 한 달쯤 푹 쉬려 했는데 역학조사관은 고압적이고 병리학 의사는 의심 일변도니 기대했던 인간미라는 건 찾아볼 수조차 없네요. 그래서 돌아가요."

"무슨 말씀이세요? 세계 어디를 가도 이렇게 경찰서까지 달려와 얘기를 들어주는 의사가 있을 것 같지는 않은데요."

"유감은 없어요. 내 성격이 본래 좀 변덕스럽기도 하니. 어쨌든 생각이 달라졌어요. 한 달 쉬러 왔는데 보름을 격리당할 순 없어요."

"그건 처음부터 계산에 넣으셨어야죠. 어떤 경우든 격리 면제는 안 되는 거였어요."

"여하간 내 얘기를 잘 기억해요. 바이러스와의 전쟁은 3만 바이트짜리 데이터를 읽어내는 게 관건입니다. 그건 반도체가 하는 일이죠. 그리고 아시다시피 한국은 반도체 왕국입니다. 나라면 이 어마어마한 정보를 즉각 삼성전자에 알려주고 한밑천 잡을 거예요. 하지만 그들에게 석 달의 시간만 주세요. 석 달 뒤에는 이 정보를 세상에 다 퍼뜨려요."

상대는 추방당하듯 돌아가는 게 억울한지 얼토당토않은 말을 마구 주워댔다.

"뭐 하는 분이시죠?"

"저는 미국에 살아요."

"하시는 일이 뭐냐니까요?"

물어볼 필요도 없이 디지털 쪽이거나 아니면 바이오 쪽이거나 어쩌면 둘 다일 것이었다.

"뭐 생각해보니 지금 하신 말도 맞네요. 경찰서까지 얘기를 들으러 와주는 의사는 세상 어디에도 없겠네요. 우리 악수나 한 번 하고 헤어져요."

연수는 상대의 손에 눈길도 주지 않은 채 자리에서 일어났다. 알 수 없는 작자였다. 검역 현장에 나와 있는 의사에게 악수를 청하다니.

"유감스럽지만 잘 돌아가세요."

2. 병리학자의 길

연수는 며칠이 지나도록 그날의 강렬한 기억에서 헤어날 수 없었다. 곰곰 생각해보니 그 말은 병리학자라는 자신의 존재를 뿌리에서부터 흔들어놓는 것이었다.

좀 더 정확하게 얘기하자면 이정한이라는 이름의 그 청년은 세상 모든 의료시스템의 주체인 의사와 병리학자와 미생물학자를 해체해버릴 위험성을 가진 자였고 따라서 자신은 그의 이상한 얘기를 모조리 잊어버리는 것이 최상이었다.

– 나는 환자의 생명과 건강을 모든 것의 최우선에 두겠노라. –

연수는 그가 들먹였던 바로 그 히포크라테스의 선서에 있는 다짐을 떠올렸다. 그러나 히포크라테스는 이 선서문에서 동업자를 형제처럼 생각한다는 맹세 또한 요구했으니 이는 목숨을 걸고 환자를 위하는 사람들 간의 의리와 신뢰 또한 똑같이 중요하기 때문이었다. 이런 관점에서 보면 그의 말에 끌리는 자신에게 분명 문제가 있을 수밖에 없었다. 그러나 연수는 자신이 분명 새로운 사상을 접했고 그 사상은 이성을 가진 사람이라면 무턱대고 거부하기는 어려운 것이었다.

의사이기 때문에 의식적으로 그의 말을 거부해야 한다면 그것은 자신이 다짐한 길이 아니다. 사실 연수는 레지던트 시절 잠시 어느 전공 분야를 택해야 할지 마음의 갈등을 겪었다. 대세는 성형외과나 피부과였고 특히 여성으로서는 속 편하게 피부과를 선택하면 의료 사고도 없고 목 좋은 곳에서 외제 레이저 기기나 렌탈해서 손님만 잘 붙잡으면 돈방석에 앉을 수 있었다. 3년 정도 하면 작은 병원 하나를 살 수 있고 운이 좋으면 강남에 빌딩 하나를 살 수도 있었다.

하지만 연수는 성적순으로 성형외과와 피부과가 먼저 채워진다는 말을 들을 때마다 화가 났다. 그녀는 의과 대학에 가기 위해 날밤을 새울 때나 원하던 의대에서 공부와 실습으로 녹초가 될 때나 '나는 왜 의사가 되려고 하는가' 진지하게 반문하곤 했다. 그런 그녀에게 한 사회의 최고 엘리트인 의사의 인생 목표가 고작 돈을 많이 벌어 강남 건물주가 되는 것일 수는 없었다.

연수에게는 남다른 목표가 있었다. 고등학생 시절 우연히 접한 영국 BBC방송의 《10대 인류 멸망 시나리오》에서 바이러스에 의한 팬데믹과 미지의 바이러스 출현이 인류에게 가장 위협적이란 사실을 듣고 난 후 연수는 어떤 전공을 선택할지 어느 정도 마음의 결정을 내렸던 것이다. 물론 병리학을 선택했을 때 주변 사람들이 성적이 나빴나 보다, 그것도 의사냐, 돈벌이는 글렀다는 말들을 해댔을 때 부모님께 죄송한 마음이 없지 않았다.

연수는 표피를 자극하는 유혹을 버리고 병리학을 선택했고 스스로 택한 길이니만치 실험실에서 바이러스와 보이지 않는 전쟁을 수행할 때 마음이 가장 편했다. 인류와 바이러스 간의 오랜 싸움. 그것은 이 세상 어느 전쟁사보다 치열했고 장엄했으며 드라마틱했다.

하지만 현실에서 연수가 전력을 다해 종사하는 일은 인기도 없고 재미도 없는 무미건조한 일의 연속이었다. 표본을 배양하고 현미경을 들여다보는 일이 일상의 거의 전부였고 사실 이것은 어찌 보면 초등학생도 할 수 있는 일이었다.

여하간 단조롭고 평화로웠던 병리학자로서의 길은 며칠 전 갑자기 나타난 젊은 남자로 인하여 깨지고 말았다.

연수는 고뇌 끝에 평소 말이 잘 통하던 대학 선배에게 전화를 걸었다.

"바이러스가 3만 개의 바이트를 가진 데이터라! 그 바이트란 염기를 말하는 거겠지?"

"네."

"좀 말장난 같은데? 염기서열을 데이터로 본다, 쏘 왓, 그래서 뭘 어쩌겠단 말이야?"

한 줄기 실낱같은 기대조차 사라지자 연수의 얼굴이 심하게 일그러졌다. 매사에 열린 사람이라 어느 정도는 호응할 것이라 믿고 마음을 터놓았는데 이 사람조차도 부정적이라면 의학계에서는 받아들일 사람이 하나도 없을 것이었다.

"그렇게 쉬운 게 지금까지 안 됐단 건 아예 상상할 가치조차 없는 일이란 거야. 그게 가능하다면 그 친구가 들먹였던 삼성전자에서 왜 아직 아무것도 안 했겠어? 그리고 생각해 봐, 진짜 기업체에 전화 한 통화만 해주어도 엄청난 돈을 버는 일이라면 왜 지가 직접 안 하고 공항에 와서 병리의를 불러달라는 둥 지랄을 떨며 조박에게 떠벌리고 갔겠냐구?"

선배의 말에 그와의 대화를 하나하나 빠짐없이 되씹어볼수록 그는 정말 너무나 이상한 사람이었다. 격리 면제를 요구하며 병리의를 만나야 한다고 고집 피우다 경찰서에 연행되었던 그가 정작 자신을 만나서는 격리 면제라는 말은 입에 올리지도 않았다. 게다가 돌아가는 이유 또한 전혀 상식에 닿지 않는 것이었다. 역학조사관은 고압적이고 의사는 의심 일변도라고. 세상에 그런 이유로 미국에서 인천까지 시간과 비용을 들여 날아왔다 그냥 돌아가는 사람이 있을까. 이유 같지 않은 이유를 대며 돌아간 건 처음부터 검역망을 통과할 생각이 없었던 것은 아니었을까. 그 모든 것이 어떤 계획의 일환이었다면. 연수의 뇌는 비상하게 돌아갔다. 그렇다면.

'왜 왔다 간 것일까.'

알 수 없는 미스터리였고 풀 수 없는 수수께끼였다. 전화를 끊은 후에도 종일 생각하던 연수는 결국 쓴웃음을 지으며 고개를 가로저었다. 모든 게 공상일 뿐이었다. 쫓겨날 계획을 세우고 미국에서 한국까지 날아오는 사람이 있을 리는 없었다.

"하하하, 하하하."

연수는 몸에 스민 팬데믹의 망령을 털어내기라도 하려는 듯 소리 내 웃고는 편한 친구의 전화번호를 눌렀다.

"그래, 진짜 팬데믹의 망령이야. 종일 마스크를 쓰고 지내니 미치지 않을 수 없잖아. 자, 어서 한 잔 쭉 넘겨. 이런 미친 시대에는 술이 최고야."

친구의 권유에 따라 연수는 퇴마 의식이라도 하듯 잔에 가득 채워진 붉은빛의 와인을 한 번에 다 넘겨버렸다. 금세 취기가 오른 연수의 입술을 타고 정한의 이름이 흘러나왔다.

"이정한. 여하간 되게 웃기는 놈이었어. '기대했던 인간미라는 건 찾아볼 수조차 없네요. 그래서 돌아가요.' 호호호, 야. 그럼 내가 너랑 팔짱 끼고 공항 검역대를 통과시켜야 하는 거니."

연수를 가만히 바라보던 친구가 웃음기를 머금고 물었다.

"너 혹시 그 남자 마음에 든 거 아니니?"

"미쳤어?"

하지만 다음날 늦은 오후가 되자 연수는 삼성전자에 전화를 걸었다. 아무리 떨쳐내려 해도 이상하게 그의 말이 종일 귓속에 뱅뱅 돌아다녀 다른 일을 하나도 하지 못할 지경이었다. 질병관리청 소속 의사라는 신분 덕분에 연수는 어렵사리 삼성전자의 임원과 통화할 수 있었다.

"우리는 특별히 착안하진 못하고 있었는데……. 염기서열을 잘 모르긴 하지만 그게 네 개의 알파벳으로 표시되는 거라면 어차피 정보 개념이라 할 수도 있겠고……, 상상조차 못 했던 일이라 낯설긴 합니다. 여하튼 전체 기술회의에서 얘기나 한 번 해보겠습니다."

연수는 삼성전자의 반도체 전문가라는 사람이 심드렁한 반응을 보이자 은근히 화가 났다.

"그렇게 느슨하게 하시면 안 돼요. 저는 3개월밖에 시간을 못 드리니까요."

"네?"

"3개월 후에는 전 세계 사람이 다 알게 된다는 뜻이에요."

"그럼 오늘 우리 삼성에 처음 이 아이디어를 공개하시는 겁니까?"

"네, 처음이에요. 왜 거기냐면 좀 더 책임감 있게 하시라는 거예요. 이런 발상은 반도체 최고를 자부하는 그런 데서 먼저 했어야 하는 거잖아요. 그리고 3개월의 시간은 삼성이 다른 기업보다 3개월 빨리 출발하시라는 거예요. 시스템반도체도 만들고 가전제품도 만들고 얼마든지 남들과 격차를 낼 수 있는 시간이잖아요."

전화를 끊고 난 연수는 갑자기 달라진 자신을 스스로도 어떻게 받아들여야 할지 몰랐다. 연수는 다시금 몇 번이나 이정한과의 대화를 곱씹어보았다.

그러자 그의 이해할 수 없는 출현에 대한 연수의 추측이 점점 복잡해지기 시작했다. 연수는 정한의 그 이해할 수 없는 자가 추방이 애초에 계획된 것이라는 가정을 해보았다.

'무슨 이유인지 알 수 없지만 이 사람은 스스로 추방당할 목적으로 한국에 왔다. 그가 한사코 병리의를 만나려 한 건 바로 그게 목적이기 때문이다. 그는 병리의를 만나 반도체로 바이러스를 잡는다는 아이디어를 전하려 한 것이다. 또한 그는 지나가는 말처럼 두 가지 할 일을 암시했다. 하나는 삼성전자에 그 발상과 원리를 전달하라는 것. 아마도 한국에서는 오직 삼성전자만이 할 수 있다 생각했을 터였다. 또 하나는 오직 3개월의 시간만 주라는 지령 아닌 지령. 이것은 3개월이면 삼성전자가 경쟁자와 격차를 내는 데 충분하다 보았기 때문이리라.'

연수는 그날의 기억에 대해 이런 방향의 의미를 애써 부여했다. 정신병자를 포함한 다른 어떠한 해석도 그날의 그가 보인 언행이나 인상과 일치하지 않았다. 이렇게 해석하면 마지막으로 하나 남는 의문이 있었다.

'그는 왜 간단하게 할 수 있는 일을 이렇게 이해할 수 없는 복잡한 방식으로 했을까.'

연수는 이 풀리지 않는 수수께끼에 부딪힐 때마다 그가 자신을 드러내지 않으려 했던 걸 떠올렸다. 무엇을 하는 사람인지 물었을 때 그는 미국에 사는 사람이라며 대답을 피했고 재차 물었을 때는 아예 말을 돌려버렸던 것이다.

그의 말대로 석 달이 지났을 때 연수는 선배를 찾아갔다.

"이상하게도 머리에서 떠나지 않아요. 반도체로 바이러스를 잡는다는 거 말이에요."

"잊어버려. 모든 분야에는 전문가가 있는 법이야. 나도 조박의 말을 계속 생각해보았지만 이건 의사의 경계를 넘는 일 같아. 자칫하면 의료계에서 이단아 취급을 받게 될 거야."

연수는 선배의 입에서 이단아 취급을 받을 위험이 있다는 말이 나오자 갑자기 오기가 꿈틀대면서 마음속 깊은 곳에 숨어 있던 생각이 자기도 모르게 불쑥 입술 밖으로 튀어나왔다.

"저는 문득 그게 왜 불가능해 하는 생각이 들거든요. 이게 완벽한 해결책이 될 수 있다는 망상이랄까 공상이 머리를 떠나지 않아요. 의사들이 자기네 밥그릇 지키려 외면한다면 의협에서 내쫓기는 한이 있더라도 세상에 한 번 확 던져볼까 하는 생각도 들어요."

"흐흐, 밥그릇 때문이 아니야. 의사라는 존재를 그리 가볍게 보아선 안 돼. '국경없는의사회'를 봐. 전쟁터는 물론이고 새로운 전염병이 터지면 그야말로 목숨 던져놓고 달려들잖아. 코비드19에도 의사들이 가장 많이 죽었어. 그 방법이 진정 환자를 위해 도움이 된다면 이 세상 의사들은 병원 문을 모조리 닫아걸고라도 조박을 지지해. 다만 현재로선 나부터도 조박이 사이비로밖에 안 보여."

"사이비 맞아요. 실은 나 자신도 때때로 헷갈리는걸요."

연수가 심하게 풀죽은 모습을 보이자 선배는 안됐다는 마음이 들었는지 아니면 연수를 완전히 단념시킬 필요가 있다고 생각했는지 한 음계 높인 톤으로 제안을 내놓았다.

"좋은 방법이 있어."

"뭔데요?"

"논문을 써봐. 아니, 논문은 실험을 한 게 없으니까 쓸 수 없을 테고 에세이를 말이야. 세계 최고 권위의 의학저널《NEJM》에 풋내기 중의 풋내기 조박이 에세이를 쓰는 거야. 그 공포의 바이러스가 고작 3만 바이트짜리 USB에 불과하다. 반도체로 읽어들이기만 하면 사스, 메르스, 코비드19, 인플루엔자 할 것 없이 종류별로 바이러스를 싹 잡아낼 수 있다. 우와, 신나잖아."

"논문도 아니고, 이런 공상 같은 에세이를《NEJM》에서 실을까요?"

"그러니까 보내보라는 거지. 보내보고 그쪽에서 아무 소식이 없으면 조박의 미련도 싹 달아날 거 아니야."

연수는 처음에는 자신을 단념시키기 위해 그냥 해본 말처럼 들렸던 선배의 제안이 시간이 지날수록 타당하게 다가왔다. 아니 뭐가 됐든 최소한 세상에 알리기 위한 노력을 하지 않는 채로 이 생각을 묻어버리기에는 그 자신이 마음의 안정을 찾을 수가 없었다. 그리하여 연수는 세계 최고의 의학저널에 에세이 형식으로 투고해보기로 마음 먹었다. 그러고는 반도체를 이용한 새로운 기제가 어떤 방식으로 작동할 수 있는지, 각 분야의 관련 기술을 조사하고 연구하기 시작했다. 나중에 사이비 판정을 받든 어떻든 이 새로운 시각은 그간 어딘지 모르게 허송세월하는 것 같았던 연구실 인생에 활력과 의미를 더해주었고 연수는 밤을 새워 이 새로운 분야에의 도전을 이어나갔다.

3. 볼리 축제

마터호른.

구름 한 점 없는 투명한 파란 하늘을 단숨에 찢고 거대한 새 부리 모양으로 거칠게 치솟은 알프스의 영봉. 그 발밑으로는 거대한 알레치 빙하가 침묵 속에서 바람과 빛의 시간을 한없이 쌓아가고 있다. 110억 톤의 얼음을 품은 그레이트 알레치 빙하는 융프라우로부터 미끄러져 내려 알프스 계곡의 남쪽으로 장장 23킬로미터나 강처럼 뻗어 있다.

사람들은 일 년 내내 보이는 것이라고는 눈과 얼음 말고는 아무것도 없는 이 고산 지대를 지칠 줄 모르고 찾아든다.

– 왜 산을 오릅니까? –

– 거기 산이 있으니까요. –

누군가의 대답처럼 사람들은 높은 산을 그냥 버려두지 않는다. 그것이 도전이든 응전이든 사람들은 산을 향해 발걸음을 내딛고야 만다.

눈을 보면 마음이 순결해지고 얼음을 보면 머리가 차가워진다는 환상을 품은 채 관광객들 또한 오르고 또 오른다. 그 모든 산들 중에서도 알프스는 단연 최고의 인기를 구가한다. 그런데 알프스를 찾아오는 관광객들을 가장 웃음 짓게 하는 명물은 뜻밖에도 '볼리'라고 불리는 양이다. 꼬불꼬불한 하얀 털로 전신이 덮였지만 얼굴에만 검은 털이 나 있어 앙증맞은 인형 같은 이 양은 알프스의 마스코트로 사랑받고 있는 것이다.

마터호른의 도시 체르마트의 젊은이들은 목동이라는 직업에 남다른 애착이 있다. 21세기에 목동이라는 단어가 좀 의외일 수도 있지만 목축과 낙농이 주요 생업인 알프스 지역에서는 여전히 중요한 직업이다. 알프스의 목동들은 농부들이 위탁한 소나 양들을 여름풀이 자라기 시작하는 5월부터 알프스의 높은 산록에서 방목하여 키우다가 가을이 시작되는 9월 초가 되면 다시 마을로 데리고 내려온다.

목동들이 수백 마리의 양떼를 높은 고산 지역으로 몰고 가풀어놓으면 양들은 알레치 빙하를 따라 이동하며 부드럽고 연한 풀을 찾아 배불리 먹을 수 있다. 그동안 목동들은 양에서 갓 짜낸 신선한 양젖을 치즈로 만든다. 엄지손가락으로 꾹 누르면 진한 양젖이 방울방울 스며 나올 것처럼 신선한 이 치즈들은 하산하는 날 농부들이 맡겨놓은 양의 숫자에 따라 배분된다.

8년째 목동 일을 하는 펠릭스는 그동안 각별한 성실성을 인정받은 덕분에 올봄에는 무려 800마리나 되는 양을 산록으로 데리고 올라와 기대에 어긋나지 않게 건강하게 키워냈다.

드디어 4개월간의 고된 작업이 끝나고 가을이 시작되는 9월 첫 번째 일요일인 오늘, 펠릭스는 여름내 만든 치즈를 가지고 양떼들과 함께 산을 내려오는 중이었다. 바로 이날 마을에서는 전통에 따라 각지에서 귀환하는 목동들을 환영하고 그들이 몰고 내려오는 소와 양, 그리고 여름내 만들어진 치즈를 분배하는 축제를 벌이는 것이다. 체르마트의 볼리 축제에는 마을 주민은 물론이고 세계 각국의 관광객들이 모여들어 이미 오래전부터 스위스를 대표하는 축제로 자리 잡았다.

"펠릭스! 너 야위었구나!"

"그래, 미하엘! 너는 좀……."

"그래, 살쪘어. 후후, 게임에 빠져 지냈거든. 이제 목동일 그만두고 게임숍 차릴 거야."

목동들은 각자 맡은 고산 지역에서 내려오다 편평한 구릉에서 동료들을 만나면 먼저 살이 쪘는지 야위었는지 살핀다. 물론 살이 쪘다면 열심히 하지 않았다는 얘기라 양의 상태가 좋을 리 없는 것이다.

펠릭스에게 오늘은 정말 고된 하루였다. 토요일인 어제 흩어져 있는 800여 마리의 양떼를 한 마리도 빠짐없이 모으고 오늘은 10킬로미터나 되는 산길을 양떼를 몰고 내려왔으니 진이 빠질 대로 빠지고 말았다. 내려오는 길은 경사도 가파르고 산지와 평지 사이의 고도차가 크기 때문에 펠릭스에게나 양떼들에게나 매우 힘들었다. 동시에 가장 보람차고 기쁜 날이기도 했다. 꼬리를 물고 이어진 양떼들과 그들의 목에 걸린 워낭 소리가 마치 개선행진곡과도 같이 맑고 푸른 알프스의 하늘과 계곡에 울려퍼졌다.

그러나 펠릭스는 왠지 머릿속이 썩 깔끔하지 않았다. 이 불편한 기분이 어디서 생겨나는지 곰곰 생각하던 펠릭스는 언젠가부터 마고와 오스카가 보이지 않는다는 걸 뒤늦게 깨달았다.

비록 양이지만 마고와 오스카는 펠릭스와 함께 목동 일을 해온 동지라고 해도 과언이 아니다. 함께 밤하늘의 별을 세고 비바람을 이겨냈다. 알프스 협곡의 좁은 산비탈을 오르내리며 혹독한 추위를 익혔고 여름이면 빙하 위에서 같이 뒹굴었던 친구 중 친구였다.

펠릭스는 자리에 멈춰 선 채 며칠 전 마지막 보았을 때의 마고와 오스카를 떠올렸다. 두 마리가 앞서거니 뒤서거니 하며 양떼들과 떨어져 어디론가 달려가는 걸 보고는 그러려니 했던 게 마지막 기억이었다.

"삐이이익!"

펠릭스는 휘파람을 불었다. 아무리 멀리 있어도 워낙 청각이 예민해 휘파람만 불면 종종거리며 달려오는 마고를 기다렸지만 오늘은 전혀 기척이 없었다.

마고는 며칠 전부터 이미 계절의 흐름을 몸으로 느끼며 이제 산 아래로 내려갈 때가 왔음을 직감하는 것 같았다. 다른 양들과 달리 높은 곳을 유달리 좋아하는 마고는 내려갈 때가 되면 다른 양들과 떨어져 마치 알프스 봉우리와 작별인사라도 하듯 빙하를 따라 산 위로 올라가곤 했다. 그러면 오스카가 어김없이 뒤를 따르는 것이었다. 이 두 마리가 무리를 떠나는 걸 보면 나머지 양들도 메애 울어대며 여행을 준비한다. 금년 여름 산 위에서 태어난 어린 녀석들은 긴장과 흥분으로 온몸에 촘촘하고 두텁게 난 하얀 털들을 한껏 곧추세웠다가 부르르 떨며 멀어져가는 마고를 바라보았다.

"마고!"

"오스카!"

오스카 역시 갓 태어났을 때부터 펠릭스가 온갖 지식과 애정을 동원해 훈련시킨 양으로 늘 마고와 붙어다니며 양떼들을 충실히 이끌었다. 오히려 개보다 영특한 이 두 마리 양은 텔레비전을 통해 스위스 전역에 소개된 적도 있었다.

"웬일이야."

목이 쉬도록 불렀으나 전혀 기색이 없자 펠릭스는 더 이상 기다릴 수 없었다. 구불구불 줄을 지어 내려가는 양떼들의 앞을 지켜 엉뚱한 곳으로 들어서는 걸 막아야 했기 때문이었다. 서둘러 마을로 내려온 펠릭스는 양떼들과 치즈 더미를 모두 주최 측에 넘기고는 말을 빌려 내려온 길을 달려 올라갔다.

"마고, 어디 있어? 오스카!"

그는 쉬지 않고 큰 소리로 외쳐보았지만, 마고도 오스카도 전혀 기척이 없었다.

펠릭스는 채찍을 후리며 마고가 사라진 방향으로 말을 몰았다.

성마른 휘파람 소리에 이어 애처로운 절규가 해발 4천 미터의 알프스 하늘 높이 솟구치다 떨어지며 차가운 얼음 바닥에 부딪혔다. 계속 이어지는 외침은 깎아지른 영봉으로 둘러싸인 우물 같은 계곡을 메아리가 되어 돌아다녔다.

"오오, 마고, 오스카! 도대체 어디 있는 것이야."

체르마트의 목동 펠릭스는 마침내 눈꼬리에 고여버린 눈물을 소매로 찍어냈다. 애써 불길한 예감을 떨쳐내며 매와 같은 눈으로 연신 주변을 살피던 그는 마지막으로 알레치 빙하의 정상으로 말을 달려 올라갔다. 두 마리가 다 자신의 부름에 전혀 반응을 보이지 않는다면 필시 움직일 수 없는 상태일 거라는 데 생각이 미친 탓이었다.

정상에 선 펠릭스는 당장이라도 워낭의 잘강거리는 소리와 함께 마고와 오스카가 나타날 것만 같아 아련한 눈으로 능선을 좇았다. 그러나 능선에는 침묵만이 기다랗게 이어질 뿐 기대했던 마고와 오스카는 자취가 없었다.

펠릭스는 말에서 내려 알레치 빙하 곁으로 난 좁은 길을 따라 덤불을 헤치며 올라갔다.

한 번도 들어선 적 없는 덤불길이라 마고나 오스카가 이리 들어갔을 리 없다 생각하면서도 왠지 들어가 보고 싶은 마음이 솟구쳐 펠릭스는 거친 발걸음을 옮겼다. 덤불 끝까지 걸어간 펠릭스의 눈에 낯선 색깔이 비쳤다. 이곳에서는 좀체 볼 수 없는 색깔, 그것은 붉은색이었고 낭떠러지 옆 낮은 둔덕 위에 뿌려진 붉은색이란 피일 수밖에 없었다. 달려가는 펠릭스의 심장은 쿵쾅거리기 시작했다.

분명 친숙한 모습이었다. 붉은색과 섞여 생경한 느낌이 들긴 했으나 쓰러져 있는 물체는 다름 아닌 하얀 털과 검은 얼굴의 마고와 오스카였다.

"아아!"

펠릭스는 자기도 모르게 비명을 질렀다. 너무도 참혹한 광

경이었다. 익숙했던 다정한 모습은 간데없고 오스카와 마고
는 한데 뒤엉킨 채 피투성이가 되어 있는 것이었다.

"이, 이게 도대체!"

이미 죽어 있는 두 마리 양은 형체가 일그러지도록 갈가리
찢겨 있었고 온몸의 하얀 털을 헤집고 흘러나온 검붉은 피가
바닥을 흥건히 적신 채 굳어 있었다. 참혹한 모습 자체도 충격
이었지만 펠릭스는 두 마리가 서로를 물어뜯은 것으로 볼 수
밖에 없는 광경을 도저히 믿을 수가 없었다. 그러나 아무리 주
위를 둘러보아도 다른 동물과 싸웠다고 볼 만한 정황은 전혀
찾을 수 없었다. 무엇보다도 이 꼭대기에는 다른 동물이 살지
도 오지도 않았다.

세상에서 가장 순해 보이는 겉모습과는 딴판으로 양에게 공
격성이 전혀 없다고는 할 수 없지만 두 마리 양이 서로를 죽일
만큼 사생결단의 싸움을 벌인다는 건 상상조차 할 수 없는 일
이었다.

펠릭스는 너무도 낯선 광경에 이건 꿈이라 생각하며 멍하니
서 있었지만 결국 현실을 받아들이지 않을 수 없었다.

그는 뒤춤에서 수건을 꺼내 피범벅이 된 마고와 오스카를
닦아냈다. 그런 다음 터져 나온 내장을 두 손으로 잘 여며 넣
고 어느 정도 형체를 가다듬은 후 말 옆구리에 걸린 가죽 주머
니에서 삽을 꺼내 땅을 팠다. 부들거리는 손으로 두 마리의 양

을 묻은 펠릭스는 눈물을 손등으로 훔치고는 가슴에 성호를 그었다.

몇 주일이 지나도록 펠릭스는 마고와 오스카의 죽음으로부터 헤어 나오지 못했다. 체르마트는 물론 인근 도시의 수의사들을 찾아다니며 자신이 겪은 일을 아무리 설명해도 믿으려드는 사람이 하나도 없었다. 하긴 양들이 서로를 그토록 참혹하게 물어뜯으며 죽었다는 얘기를 믿을 수의사가 있을 리 없었다. 펠릭스는 마지막으로 본 마고와 오스카의 모습을 상세히 묘사하여 인터넷에 올렸다. 도대체 어떤 이유로 온순한 양들이 그토록 사생결단의 싸움을 벌였는지, 이 세상 어딘가에 이런 현상이 또 일어난 적이 있었는지 궁금해 견딜 수 없었던 것이다.

4. 세미나

"조박!"

선배는 연수가 전화기를 채 귓가에 대기도 전에 거의 고함을 지르다시피 연수가 보낸 에세이가 《NEJM》에 게재되었음을 알려왔다. 수화기 너머 떨리는 그의 목소리에서 연수가 실제로 에세이를 보냈고 또 그것이 채택되었다는 사실에 선배 자신이 더 큰 충격을 받았음이 고스란히 전해졌다.

"놀라운 일이네요. 선배 말대로 제 마음을 접으려 보낸 거지 게재되리라는 기대는 전혀 하지 않았는데요."

"세계 의과학계의 가장 보수적인 저널에서 이런 내용의 에세이를 게재하다니……, 어쨌든 엄청난 충격을 준 건 분명하단 얘기야. 여하간 축하해."

놀라운 일은 그뿐만이 아니었다. 세계 최고 권위의 의학저널《NEJM》은 샌프란시스코에서 열리는 정기학술세미나에 연수를 초청한 것이었다.

- 바이러스가 침투하기 전 체외에서 바이러스를 캐치한다는 아이디어와 이를 실현시킬 수 있는 기제를 밝힌 귀하의 에세이는 놀라울 정도로 혁신적입니다. 특히 귀하가 제시한 두 가지 기술, 즉 반도체에 특정 바이러스의 염기서열을 기억시킨 다음 나노 튜브를 통과하는 물체의 전류량을 측정해 그 바이러스를 인지하는 방법과 레이저의 회절 현상을 이용해 게이트 키핑 방식으로 병원성 바이러스 감염자를 가려내는 기술은 검토할 가치가 충분한 것으로 판단됩니다. 샌프란시스코에서 열리는 세계 의과학 세미나에 귀하를 초청하오니 부디 참석하셔서 지식을 공유해주시기 바랍니다. -

비즈니스 클래스의 왕복 비행기 요금과 숙박비를《NEJM》에서 부담하는 이런 초청은 세계적 석학에게만 주어지는 특전으로 한국의 무명 병리학자 연수는 일약 세계 의과학계의 신데렐라가 된 셈이었다.

"아, 이 초청에 응할 수는 없겠어요."

"왜?"

"아직 남들 앞에서 확신을 갖고 얘기할 정도의 공부도 못 했어요."

"왜, 의과학계에서 왕따가 될까 걱정이야?"

"그건 아니지만……. 흐흐흐 그리고 그건 선배가 걱정했던 거 아니에요?"

"나는 사실 조박 얘기 처음 들었을 때 황당한 공상과학처럼 여겨졌었는데, 《NEJM》에서 조박의 에세이를 채택했다면 그들 말대로 조박의 아이디어가 진짜 미래의 길일지도 모르잖아."

"……."

연수가 생각에 골몰한 채 멍하니 앞에 놓인 커피잔만 바라보고 있자 선배는 결심을 재촉하듯 열정을 다해 설득했다.

"어차피 이건 공부의 문제는 아닌 거 같아. 치사율이 별로 높지도 않은 코비드19 때문에 통계에 잡힌 것만도 벌써 백만 명이 넘게 죽었어. 그리고 사라질 듯하면서도 확산세가 계속 이어지고 있어. 그런데 우리 의사들의 진짜 걱정은 코비드19 보다 수천, 수만 배 더 센 바이러스가 언제라도 나타날 수 있다는 사실이잖아. 그런 상황에서 조박이 내놓은 '전혀 새로운 길'에 대해 그게 맞건 틀리건 세계 의과학계에서 한번 얘기를 들어보자는 거 아니겠어? 그리고 에세이를 낸 사람이 초청에 안 간다는 것도 앞뒤가 맞지 않아."

연수는 망설이다 인터넷으로 날아온 초청장에 서명했다. 연수가 망설인 건 결코 연구가 짧아서가 아니었다. 에세이를 쓰면서 확신을 얻었을 뿐 아니라 세미나에서는 선배의 말대로 원리만 설명하면 될 일이라 아무리 세계적 학회라 해도 꿀릴 것은 없었다. 연수가 망설인 진짜 이유는 반도체로 바이러스를 잡는다는 이 아이디어의 원천이 알지도 못하는 타인에게 있다는 생각 때문이었다. 비록 그가 삼성전자에 알려준 다음 석 달이 지나면 전 세계를 다니며 강연도 하고 사람들에게 공표하란 암시일지 부탁일지를 눈앞에서 하긴 했어도 마음 한 구석이 편치 않은 건 마찬가지였다. 그렇다고 세미나에 가서 이게 다른 사람 머리에서 나온 거다라고 말하는 것도 우스운 일이었다.

　인천에서 샌프란시스코까지의 긴 비행 내내 연수는 잠시 눈을 붙인 것 외에는 산더미처럼 출력한 각종 자료를 옆에 쌓아둔 채 마치 수험생처럼 읽어나갔다. 두 번의 기내 식사를 다 건너뛰는 걸 본 옆자리의 미국인은 고개를 절레절레 흔들며 조심스럽게 말을 걸었다.

　"미국에 대통령 시험 치러 가요?"

　샌프란시스코 공항에는 《NEJM》 직원이 연수의 이름이 쓰인 팻말을 들고 서 있다 환하게 웃으며 악수를 청해왔다.

"이게 웬 행운입니까? 오늘은 어떤 할아버지일까 상상하고 있었는데 틴에이저 같은 아가씨가 나타났네요."

비행기를 내리자 눈부시게 밝은 캘리포니아의 햇살에 긴장도 초조함도 씻은 듯 날아가 버려 연수는 호텔까지 가는 동안 직원과 즐겁게 얘기를 나누었다.

"그간 서른여섯 명의 할아버지를 모셨다니까요. 휠체어를 갖고 나온 적도 있었어요. 그런데 이런 소녀라니! 오, 마이 갓. 노벨상이라도 받았나요? 이런 일은 처음이에요."

"세미나에 사람들이 많이 오나요?"

"그럼요. 한결같이 명성을 날리는 의사들이에요. 그래서 깜짝 놀란 거예요. 이런 젊은 여성이 도대체 무슨 일을 했기에 정중히 모셔오라는지."

체크인을 마친 후 주최 측의 저녁식사 초대에도 적당히 핑계를 대고 방에서 자료를 읽고 있던 연수는 딩동 하는 벨 소리에 문을 열었다.

"메시지가 왔습니다."

"누가 보낸 거죠?"

"세미나에 참석한 학자들 중 한 분 같은데 이름은 밝히지 않았습니다."

"감사해요."

문을 닫고 난 후 간단히 접힌 호텔 메모용지를 펼쳐보는 연수의 얼굴에 화색이 돌았다. 어쩌면 연락을 받게 될지 모른다 기대했던 바로 그 편지였다.

– 내일 발표 잘하시기 바랍니다. 이정한 –

마음 한구석에 먹구름처럼 도사리고 있던 불편한 마음을 통째로 날려주는 내용이었다. 어쨌든 남의 아이디어를 말도 없이 발표하는 게 아니냐는 우려가 태풍에 종잇조각 날리듯 순식간에 사라져버리자 연수는 읽고 있던 자료조차 멀리 던져버렸다.

정한의 등장은 다시금 알 수 없는 그의 정체에 대한 의문으로 이어졌다. 이처럼 섬세한 배려를 할 정도라면 생각이 깊은 사람임에 틀림이 없고 무엇보다도 학자의 심리를 잘 아는 사람이었다. 생각을 이어가던 연수는 급기야는 고개를 가로저으며 자리에서 일어나고 말았다. 내일이 발표인데 자칫 해답 없는 문제에 빠져들었다가 말끔하지 못한 머리로 잠이나 설칠까 염려된 때문이었다.

연수의 이름은 마지막 순서로 마련된 〈질의와 응답〉이라는 특별 세션에서 불렸다. 비록 탄탄한 연구 결과를 담은 논문은 아니었지만 앞에 나섰던 그 어떤 인사보다도 뜨거운 관심을 받았던 것은 연수가 《NEJM》에 보냈던 에세이가 의과학자들을 크게 자극했기 때문이었다.

"안녕하십니까? 오늘 매우 특별한 분을 모시고 이 프로그램을 진행할 《NEJM》의 편집인 존 슈미트입니다."

《NEJM》의 편집인이 진행자로 나선 것도 드문 일이었지만 스포트라이트를 받으며 연단에 앉은 오늘의 주인공이 젊디젊은 여성인 것에 참석자들의 눈이 아연 휘둥그레졌다.

"자기소개를 해주시죠."

"한국에서 온 병리학자 조연수입니다."

"저희 저널에 조 박사의 에세이가 게재된 후 메일 계정이 폭발할 정도로 많은 피드백이 쏟아져 들어왔는데요. 조 박사 에세이가 모든 의료인들의 가슴에 불을 질렀다 해도 과언이 아닐 거 같아요. 대부분이 분노의 불길처럼 보이지만 거꾸로 보면 그만큼 놀라움이 컸다는 말도 되겠어요. 먼저 한마디 하시죠."

틈틈이 좌중을 둘러보던 연수는 적이 놀라고 있던 참이었다. 큰 환영을 기대했던 건 아니지만 이렇듯 적대적 분위기를 대하게 될 거로는 생각지 못했기 때문이었다. 연수는 적당히 겸손하거나 조심스러운 태도를 보였다가는 비웃음밖에 돌아올 게 없겠다는 판단에 마음을 다잡았다. 치고받을 각오를 하고 처음부터 강하게 나가는 게 낫겠다 생각한 연수는 인사조차 생략한 채 바로 본론으로 들어갔다.

"제가 에세이에서 제안한 핵심은 바이러스와의 전쟁에서 지금까지 우리가 가졌던 고정 관념을 날려버리자는 것입니다. 지금 전 세계가 두려워하는 코비드19 바이러스를 의생물학적 관점에서 바라보지 말고 3만 바이트짜리 데이터로 보자는 거예요. 여러분들께서도 아시다시피 코비드19의 염기는 정확히 29,903개입니다. 이 염기서열을 반도체에 기억시키고 센서에 연결하면 사람의 몸에 침투하기 전에 체외에서 코비드19 바이러스를 찾을 수 있다는 게 저의 논지입니다. 사실 바이러스는 찾기만 하면 죽이든 피하든 방법은 얼마든지 있습니다. 못 찾는 게 문제였죠. 그간 우리 의료계는 체내에서 바이러스를 잡는 걸 목표로 해왔습니다. 하여 치료약이나 백신이 정상 세포에 영향을 미치지 않는지 검증하는 데만도 너무나 많은 시간을 보내야 했습니다. 최대 십여 년 걸리는 임상 없이는 아무것도 할 수 없었던 것입니다. 더 큰 문제는 이렇게 해서 백신이 나와봐야 변이를 밥 먹듯 하는 바이러스를 따라잡을 수 없다는 점입니다. 그래서 우리 의료계가 기존의 시각을 정반대로 확 바꾸자는 걸 제안하는 겁니다. 바이러스를 체내가 아닌 체외에서, 사람 몸에 침입하기 전에 잡는 방법을 고민하자는 것입니다. 이 자리에 계신 여러분 모두야말로 백신과 치료제의 개발만으로는 바이러스와의 전쟁에서 절대로 이길 수 없다는 걸 누구보다 잘 아시리라 믿습니다."

"소설 쓰고 있네."

"이건 또 무슨 사기야?"

연수가 말을 채 마치기도 전부터 좌중에서는 소란이 일었다.

"그린혼!"

"겔쁘슈나벨!"

"이제 저런 애송이까지 나서서 의사의 권위를 떨어뜨리다니 말세로군."

영국이나 독일에서 날아온 스타급 의사들 중에는 더 들어볼 필요도 없다는 듯 고개를 가로저으며 자리를 뜨는 사람들도 있었다.

그제야 연수는 선배가 자신을 말리며 의과학계의 이단아로 밀릴 수 있다고 했던 말이 실감되었다.

그러나 노련한 슈미트는 이러한 반응들을 이미 예측하고 있었다는 듯 여유 있는 표정으로 소란이 가라앉기를 기다렸다 다시 질문을 이어갔다.

"여러분들의 동요를 충분히 이해할 수 있습니다. 사실 조 박사의 발제는 대단히 충격적이고 동시에 모욕적입니다. 하지만 딱 한 가지는 우리 모두가 귀기울여볼 가치가 있다고 생각됩니다. 바이러스가 3만 바이트짜리 데이터라는 주장 말입니다. 사실 아데닌, 구아닌, 시토신, 티민, 또는 우라실의 네 종류 염기 3만 개가 한 줄로 이어져 있는 바이러스를 물리적으로 해부하면 하나의 데이터임엔 틀림없습니다. 그런데 이 정보로 코비드19를 종식시킨다는 건 대단히 낯선 얘기입니다. 그 전에 조 박사는 지금 세계 의학계와 제약업계가 코비드19 백신과 치료제 개발에만 집중하는 것으로는 한계가 있다 신랄한 비판을 하셨는데요. 이 비판이 새로운 건 아니지 않습니까? 실은 그간 진보적인 의사들에 의해 꾸준히 제기되어 왔던 문제니까요. 하지만 달리 방법이 없다 보니 이러한 문제 제기가 슬며시 스러지고 말았다고 하는 게 정확한 진단일 겁니다. 오늘 좀 더 깊이 얘기를 나눌 수 있게 되기를 희망합니다. 다시 한번 백신과 치료제에 대한 견해를 밝혀주세요."

연수는 어차피 내친 마당이라 망설임 없이 자신의 의견을 개진했다.

"전 세계가 위기에 빠져 있으니 뭐라도 하는 건 당연합니다. 모든 나라의 모든 국민들이 기대를 잔뜩 걸고 있지만 정작 우리는 이런 방식을 완전하다고 생각하지 않습니다. 극심한 변이를 거듭하는 바이러스를 뒤쫓기만 해서는 철 지난 약을 내놓을 수밖에 없습니다. 그러면 백신이 나오자마자 폐기하고 다시 최신의 변종을 타깃으로 같은 작업을 반복해야 하는 걸까요? 물론 그렇게 해야 합니다. 뭐든 해야지 안 할 수는 없는 게 현재 상황이니까요. 하지만 다른 접근법이 있을 수 있다는 생각조차 하지 않는 건 인류의 지성에 반하는 일입니다."

"실체도 없는 얘기 그만하라니까!"

"조용히 하고 좀 들어봅시다!"

그래도 처음과는 달리 마냥 반대만은 아닌 목소리도 섞인 중에 진행자는 다음 질문을 내놓았다.

"이 자리에는 백신과 치료제를 만드는 분들이 많이 계실 테니 논쟁이 있는 건 당연합니다. 사실 저도 꽤 소리를 지르고 싶습니다. 백신 광고 덕에 요즘 우리 저널도 수입이 많이 늘었거든요. 그런데 저는 조 박사가 얘기한 몸 밖에서 싸운다는 말에 무척 끌렸다고 고백하지 않을 수 없습니다. 조 박사의 지적처럼 치료약이든 백신이든 모두 몸 안에서 바이러스와 싸우다 보니 바이러스를 찾아내기도, 치료 물질을 필요한 곳에 정확히 도달시키기도, 정상 세포에 영향을 주지 않기도 너무나 어렵다는 건 우리 모두의 오랜 고민이니까요. 그런데 만약에 조 박사가 제안한 이 역발상이 유효하다면 바이러스와의 싸움이 천만 배는 쉬워질 것입니다. 척 듣는 순간 제 머릿속에서 대포알이 터지는 것 같기는 했습니다. 아시다시피 3만 바이트의 바이러스 정보를 반도체에 저장하는 건 누워서 식은 죽 먹기입니다. 그런데 문제는 어떻게 바이러스를 인식해 저장된 정보와 맞추어보느냐예요."

가장 궁금한 부분이라 모든 참석자들의 시선이 일제히 연수의 입술에 직선으로 꽂혔다.

"일단 두 가지 방법을 소개하자면 하나는 바이러스의 전류량을 측정하는 겁니다. 모든 바이러스는 종류별로 고유의 전류량이 있어요. 그 크기가 극히 미미해서 우리가 못 느낀다 뿐인데 증폭시키면 식별할 수 있어요."

"고유의 전류량? 그럼 코로나 바이러스와 에이즈 바이러스의 전류량이 다르단 말이에요?"

"달라요. 코비드19와 사스, 메르스의 전류량이 다 달라요. 심지어는 코비드19의 변종 간에도 차이가 나요. 우리 뇌가 엄지를 움직이라는 명령을 내릴 때의 전류량과 검지를 움직이라는 명령을 내릴 때의 전류량도 다르지요."

"그렇다 치고 몸 밖에서 바이러스를 잡는 방법은요?"

"공기를 빨아들인 후 나노 구멍 속으로 바이러스를 통과시키면 전류량이 나와요. 나노 튜브를 통과하는 뭔가가 반도체에 기억된 전류량과 같으면 그게 바로 바이러스예요. 공기청정기나 에어컨이나 아파트 환기 장치 같은 데 나노 센서를 달아놓고 삑 하는 소리가 들리면 공기 중에 바이러스가 있는 거예요."

알쏭달쏭한 얘기였다. 한바탕 공상 같기도 하지만 나노포어에 감지되는 전류량으로 유기물을 식별하는 건 의과학자들이 염기서열 시퀀싱을 할 때 늘 사용하는 방법이라 가능할 것 같기도 했다.

"또 다른 방법은요?"

"레이저 회절을 이용하는 겁니다. 즉 레이저를 공중에 쏘아 각종 부유 물질의 후방 산란광을 해석하는 거예요. 물론 바이러스별로 형성되는 산란광의 모양이 달라요. 전자 현미경으로만 보는 바이러스를 레이저가 읽어낼 수 있을까 염려하시는 분들이 있겠지만 레이저가 심지어는 분자 구조까지 읽어요."

슈미트는 입을 딱 벌리며 과장스러운 표정을 지었다.

"그거참 멋진데요. 건물 출입구를 레이저 광선이 비추고 있다 감염자를 가려내고 정처 없이 흘러온 바이러스까지 싹 잡아내버리는 광경이 떠오릅니다. 빌딩 출입구에 설치해도 되고 자기 집 현관에 설치해도 되겠어요."

"네, 저는 레이저 디텍터로 허공을 휘휘 비추는 세상이 올 거라 믿어요."

놀라운 얘기였다. 전 세계 의료진이 코로나 바이러스의 치료제와 백신을 개발하는 데 혈안이 되어 있는 바로 이 시점에 전혀 엉뚱한 사람이 전혀 엉뚱한 문법으로 바이러스 정복을 얘기하고 있는 것이었다.

이것은 마술이었다. 아니 흑마술이었다. 팬데믹에 늘상 나타나곤 했던 유혹과 현혹, 아니면 그보다 더한 악령의 저주 같은 것일 터였다. 하지만 묘하게도 어딘지 지극히 과학적이었다. 이런 분위기를 의식한 듯 세미나장 한편에서 누군가의 자조 섞인 목소리가 흘러나왔다.

"조 박사 말을 들으니 너무 쉬워서 도리어 맥이 빠지네요. 만약 이게 진짜 가능한 방식이라면 의료계가 지금까지 죽어라 몸 안에서 바이러스를 어떻게 막아내고 죽이느냐만 연구해온 건 불싯이네요."

연수는 고개를 가로저었다.

"꼭 그렇게 볼 수는 없습니다. 이름도 모를 역병으로 원인도 모른 채 인류가 죽어갈 때부터 우리 의사들은 환자를 살려내기 위해 병원균들과 싸우면서 다른 한편으로 현미경과 같은 첨단 과학 기구들을 발명했습니다. 덕분에 세균을 밝혀내고, 바이러스를 밝혀낸 것입니다. 자기 자신과 부인, 어린 자식들을 살아 있는 실험체로 삼아가며 백신을 만들고 치료제를 만들어 수많은 인간을 고통에서 해방시키고 죽음에서 구해냈습니다. 우리 의료인들의 그런 위대한 희생과 노력을 폄하하려는 것이 아닙니다. 다만 지식인이라면 자기의 시대가 요구하는 소임에 응답해야 한다고 생각합니다. 이제는 다른 기술이 충분히 발달했습니다. 몸 밖에서 바이러스와 싸울 때입니다."

웅변 같은 연수의 말에 좌중이 술렁거리고 또다시 비난이 터져 나오려 하자 슈미트가 얼른 마이크를 잡았다.

"이제 질문하실 분은 손을 들어주세요."

많은 사람들이 손을 들었고 슈미트는 뒷자리의 한 사람을 지목했다.

"사스, 메르스, 코비드19는 모두 코로나 바이러스로 염기서 열의 많은 부분을 공유하고 있어요. 또한 인플루엔자로부터 비롯되는 홍콩독감, 조류독감, 신종플루에 이르기까지의 질환 들도 마찬가지예요. 그 방식으로 바이러스의 공통분모를 읽어낸다면 사촌들은 물론 미래의 사촌까지도 찾아낼 수 있습니까?"

"네, 아직 나타나지 않은 변종 바이러스까지도 잡아낼 수 있습니다. 코비드19를 예로 들겠습니다. 이 병은 어느 날 갑자기하늘에서 뚝 떨어진 게 아닙니다. 박쥐에 기생하는 코로나 바이러스가 조상으로 사스, 메르스 등과 계통이 같습니다. 즉 사스, 메르스, 코비드19는 사촌 관계입니다. 염기서열에 꽤 큰 공통분모가 있다는 얘기지요. 그러니 반도체가 이 공통분모를 인식하면 그 바이러스는 사스이거나, 메르스이거나, 코비드19이거나 또는 새로 나타난 사촌 바이러스입니다."

이번에는 앞자리의 한 사람이 더 이상 참지 못하겠다는 듯 손을 쳐들고는 주먹을 쥐락펴락하자 슈미트는 바로 그에게 질문 기회를 주었다.

"발표자는 생명을 너무 단순하게 보는 거 아니오? 내가 아미노산을 한 아름 줄 테니 그걸로 생명을 만들어보겠소?"

"하하하하!"

"낄낄낄!"

"타하하하!"

세미나장 이곳저곳에서 웃음소리가 연이어 터져 나오자 연수도 마음 편히 따라 웃었다.

"무슨 의도로 말씀하시는지는 알겠지만 그건 비유가 좀 잘못된 거 같아요. 인간이 이미 20년 전 게놈 지도를 완성했지만 그렇다고 해서 인간을 찍어낼 기술을 가졌다 말할 수 없는 것과 같아요."

슈미트는 모든 사람들의 주의를 환기시키려는 듯 고개를 크게 돌려 단상 건너편 벽에 걸린 고풍스러운 대형 시계로 눈길을 옮겼다. 《NEJM》이 주최하는 학술대회에 전통적으로 걸리는 이 벽시계는 전 세계 의과학계의 위대한 이론과 기술들이 태어나고 스러지는 걸 지켜본 산 증인일 터였다.

"이분에게 아직 물어볼 게 많으시겠지만, 오늘은 여기서 긴급 정지를 해야만 하겠습니다. 이분이 알고 있는 걸 전부 말해버리면 지구상에 환자가 모두 사라져버리고 우리는 모두 밥

줄이 끊기겠습니다. 하지만 아직은 개인적인 이론입니다. 비난을 자제해주시고 오늘 용감한 토론을 펼쳐주신 한국에서 온 조연수 박사께 감사의 박수 부탁드립니다."

슈미트는 의미심장한 표정과 함께 '용감한'이라는 단어에 힘을 가득 실어 세션을 매듭지었다.

연수의 《NEJM》 데뷔는 치열한 난타전 속에서 그렇게 끝이 났다.

날 선 비판과 야유로 얼룩졌던 세미나였지만 연수는 그날 밤 열린 고별 리셉션에 가장 눈에 띄는 빨간색 미니 원피스 차림으로 당당하게 참석했다. 자신을 비난했던 많은 의료인들과 스스럼없이 악수를 나누는 연수의 얼굴에는 새로운 세계를 발견하러 나서던 15세기 탐험가의 굳건한 표정이 살아 꿈틀거렸다.

5. 히말라야의 유목민

창탕.

지구상에서 인간이 거주하는 가장 높은 땅 창탕은 7천 미터가 넘는 고산들이 병풍처럼 이어지는 히말라야 산맥의 북쪽 끝부분에 자리한 고원이다.

이곳은 희박한 공기와 혹한, 건조한 날씨, 무엇보다 지상의 모든 것을 순식간에 삼켜버리는 무시무시한 흙바람 때문에 '차가운 사막'이라 불리기도 하는 땅이다.

티베트어로 '북방의 빈터'를 뜻하는 창탕이라는 이름이 말해주듯 한 포기 풀조차 살아남기 위해 죽을힘을 다해야 하는 황량한 이곳에서 삶을 꾸려가는 사람들, 그들은 어쩌면 지구의 마지막 유목민이라 할 창파족이다. 창파족은 이 고원에서 대대로 야크를 기르며 살아간다.

"휘이익."

창파 유목민 중 가장 나이가 많은 굽타의 휘파람 소리가 흡사 독수리의 날갯짓처럼 날카롭게 공기를 가르자 팔십여 마리의 야크들이 자욱한 흙먼지를 일으키며 일제히 뛰기 시작했다. 해발 5천 미터에 적응하여 '히말라야의 심장'을 가졌다는 야크들은 마치 이 순간만을 기다렸다는 듯 믿을 수 없을 만큼 민첩하게 가파른 비탈을 올랐다. 희박한 산소를 빨아들이느라 숨을 헐떡이면서도 서로 앞을 다투는 모습은 전투 아닌 전투였다. 살아 있는 모든 생명은 이리도 열심히 움직여야만 하는 것이 이곳의 운명이다.

"체텐!"

겨우내 잠겨 있던 굽타의 목소리가 풋풋한 바람을 타고 산록을 휘감았다. 바야흐로 창탕에도 여름이 온 것이다.

짧디짧은 여름. 이동안 창파 유목민들은 길고도 혹독한 겨울에 대비하기 위해 많은 일을 해야 한다. 가장 중요한 일은 매일 야크를 5천 미터의 고원으로 몰고 가 풀을 뜯기고 밤에는 다시 야크 가죽으로 만든 이동식 텐트인 '레보'로 돌아오는 일이다. 낮은 지대의 풀들은 추운 겨울의 식량으로 남겨두어야 하기 때문에 여름이면 표면이 살짝 녹아 풀이 드러나는 고원의 초지로 야크들을 몰고 가 방목해야 한다.

"할아버지이!"

이번 여름부터는 굽타의 열네 살 난 손자 체텐이 함께 길을 나섰다. 야크들은 가장 높은 지대까지 올라가 녹았다고는 하지만 아직도 딱딱하고 건조한 땅속에서 가느다란 풀과 풀뿌리를 찾아 먹는다.

"체텐, 야크를 가장 좋은 목초지로 데려가야 한다."

"네, 할아버지. 세상에서 최고로 따뜻하고 부드러운 털을 내주는 우리 야크들에게 가장 맛있는 풀을 먹이고 싶어요."

"그런데 체텐, 목초지를 고를 때 가장 신경을 써야 하는 것이 야생 영양들이다. 절대 그놈들이 우리 야크들과 섞여서는 안 된다. 그놈들은 기러기 똥을 먹고 사는 놈들이다. 기러기는 한마디로 불길한 짐승이야."

"기러기가요? 달밤에 하늘을 나는 기러기가 얼마나 예쁜데요."

"기러기들은 사람이 알 수 없는 먼 곳에서 왔다 또 먼 곳으로 가기 때문에 절대 가까이해선 안 되는 새란다."

"알겠어요, 할아버지."

창탕 고원의 야생 영양들은 봄이 오는 5월로 접어들면 새끼를 낳기 위해 기러기가 서식하는 북쪽으로 장거리 여행을 떠난다. 그곳에서 영양 새끼들은 기러기의 배설물을 먹고 자라고, 기러기도 영양 새끼의 태반과 탯줄 등을 먹으며 공생한다. 야생 영양들은 산 정상 추운 곳에서 내려오지 않으려 하는데 그 이유는 기온이 올라 가면 피부밑에 서식하는 기생충들이 가죽을 뚫고 나오려 해 극도의 가려움증이 생기기 때문이다. 그런데 창탕 유목민들은 이게 기러기 때문이라 여기고 있었다.

"휘이 휘이 휭."

굽타가 묵직한 돌멩이를 매단 긴 줄을 빙빙 휘돌려 흙바람을 일으키며 육중한 야크 떼를 능숙한 솜씨로 높고 비탈진 고원 지대로 몰고 갔다.

손자 체텐의 곁에는 숫양인 마칭이 늘 함께한다. 체텐과 숫양인 마칭의 관계는 매우 특별하다.

창파 부족은 집안에 아들이 태어나면 특별히 새끼양을 구해 라마 신에게 감사의 제물로 바치는데 그 제물은 죽임을 당하는 게 아니라 거꾸로 자유를 선물 받는다. 이렇게 체텐의 출생을 축복하기 위해 제물로 바쳐져 자유를 얻은 양이 마칭이다.

이제 체텐과 같은 나이인 14세. 마칭은 집에서 사는 양으로서도 아주 오랜 삶을 살았다. 체텐은 머지않아 마칭이 죽을 걸 어렴풋이 느끼고 있지만 애써 머리를 흔들어 그런 생각을 떨쳐버리곤 했다.

그런데 오늘 아침 평소와 달리 느릿느릿 뒤처지다 주저앉아 버린 마칭에게서 여느 날과는 다른 기색이 느껴졌다.

"할아버지, 오늘 마칭이 이상해요. 전혀 풀을 먹지 않고 바닥에 뿔을 박고 있더니 아까부터는 너무 늘어져요."

"체텐아, 마칭은 이제 늙을 만큼 늙었다. 기운이 없다고 해서 이상할 건 없어."

"그냥 기운이 빠진 게 아니라 어디가 아픈가 봐요."

"그럼 너는 마칭을 데리고 집으로 내려가거라."

삭막한 결핍의 삶을 살아온 할아버지는 사람에게든 짐승에게든 여간해서 동정심을 내비치는 법이 없지만, 한없이 아끼는 손자에게만은 예외였다.

"그렇지만, 할아버지 혼자 이 많은 야크들을 몰게 할 수는 없어요."

"할애비는 괜찮으니 내려가거라."

손자의 말에 마칭을 살펴본 굽타 역시 뭔가 이상한 기분이 들었는지 이번에는 오히려 손자를 독촉하듯 말했다.

체텐은 짧지만 튼실한 네 다리를 가진 조랑말에 올라타 레보로 마칭을 몰고 가서는 물을 먹이고 머리를 쓰다듬으며 중얼거렸다.

"라마 신이시여, 내 형제 마칭을 굽어살피소서."

체텐은 만년설로 뒤덮인 히말라야의 높은 산들을 올려다보며 간절한 기도를 쏟아냈다.

"끄으으윽……."

창자가 끊어지는 듯한 마칭의 신음이 메마른 창탕의 대지를
가로지른 것은 다음날 아침. 체텐의 어머니가 언제나처럼 젖
을 짜기 위해 야크들을 묶어놓은 목책 곁으로 다가가던 때였
다.

지금껏 한 번도 들어보지 못했던 소름 끼치도록 무시무시한
소리에 그녀는 비명을 질렀고 체텐의 아버지가 레보 밖으로
뛰쳐나왔다. 그러고는 두려움에 가득 찬 그녀의 두 눈이 고정
된 곳을 바라보았다.

"마칭!"

그는 달려가 마칭을 끌어안으려다 주춤했다. 마칭에게서는
더 이상 순하고 착한 양의 모습이란 흔적도 찾아볼 수 없었다.
생전 처음 보는 낯선 느낌. 입을 쩍 벌리고 흉측한 모습으로
이를 드러낸 모양은 도저히 양의 것이라 생각할 수 없었다. 철
책에 마구 긁히며 쏟아져 나온 내장에서 진동하는 피비린내,
그리고 끈적끈적한 피떡 사이로 드러난 깨진 뿔 조각.

뛰쳐나온 아들의 두 눈은 나무토막처럼 두툼한 아버지의 손
에 의해 가려졌다.

"체텐아, 너는 보면 안 된다!"

일가족은 레보 안 가장 좋은 자리에 차려진 라마 신을 위한 공양대에 깨끗한 새 물을 길어올리고 불공을 드리기 시작했다.

"늑대의 소행이 분명하네."

"늑대가 저 지경을 만들었다고 보기는 어려워."

창파족 사람들은 체텐의 양이 이처럼 잔인하게 살해당한 사실에 대해 의견이 분분했다.

늑대들은 밤만 되면 출몰하여 야크를 습격하기 때문에 마을 주민들이 조를 짜서 교대로 경계를 서야 할 만큼 골칫거리임은 틀림없다. 그렇다고 해도 늑대들이 사람이 사는 레보에 침입하여 마칭을 습격할 리는 없었다. 게다가 마칭이 밤에 습격을 당했다면 분명 소리를 냈을 테고 귀가 밝은 이 집 사람들이 듣지 못했을 리는 없었다.

"공격을 한 늑대 무리는 사라지고 마칭이 고통스러워하다 죽었다 하는 게 가장 맞는 것 같으니 그렇게 생각하자고."

이렇듯 마칭의 죽음이 너무도 낯설다 보니 사람들은 구태여 따지려 들지 않았다.

체텐의 가족 또한 이 일을 애써 뇌리에서 지워냈다. 실의에 빠진 체텐만이 가끔 천산의 파란 하늘 위로 무심하게 흘러다니는 구름을 바라보며 마칭의 명복을 빌 뿐이었다.

6. 미션

- 지난 샌프란시스코 《NEJM》 세미나에서 보여준 통찰력에 대해 우리는 크게 감복했습니다. 벌써 다수의 중진 의료인들이 각종 저널에 올해의 가장 영향력 있는 젊은 의료인으로 조 박사를 추천하고 있습니다.

오늘 이렇게 연락을 드리는 것은 조 박사께서 우리 '정치없는 의사회'의 중요한 프로젝트에 참여해주실 것을 요청하기 위함입니다.

미국 정부는 집요하게 코비드19가 중국의 우한연구소에서 나왔다는 주장을 관철시키려 합니다. 이에 대해 중국은 미국의 음모라며 반발합니다.

미국과 중국의 패권 다툼에 코비드19가 이용당하는 것은 인류의 미래에 매우 암울한 일이므로 우리 의사회에서는 실력과 권위와 공정성을 겸비한 명망 있는 의료인들께 의뢰해 진실은 과연 무엇인지를 밝히려 합니다.

이에 세계적 석학 닥터 스미드클라인을 포함한 여덟 분께 참여를 요청하는 바이니 부디 응해주시면 감사하겠습니다. -

샌프란시스코 세미나 이후 연수는 쏟아지는 메일과 메신저에 일일이 답하느라 바쁜 시간을 보냈다. 여전히 적대적 분위기가 우세했지만 시간이 지나면서 연수의 얘기가 허무맹랑하지만은 않다는 데 공감하는 서한도 적지 않았다.

어쨌든 '정치없는의사회'로부터 생각지도 않았던 메일을 받은 연수는 병리학자가 된 이후 가장 큰 보람을 느꼈다. 순수 의료 기술로 극복해야 할 코비드19 팬데믹이 이미 국제 정치 문제로 비화할 조짐을 보이는 상황에서 정치가 배제된 실체적 진실을 밝히는 일에 참여할 기회를 얻은 것은 의사로서 큰 보람이 아닐 수 없었다. 더군다나 닥터 스미드클라인은 세계 바이러스 학계를 이끄는 핵심 인물인데다 동참하는 학자들 중에는 코비드19 조사에서 가장 중요한 박쥐 전문가들이 몇 사람 포함되어 있어 연수는 망설이지 않고 바로 수락의 답장을 보냈다.

사스, 메르스, 코비드19 등의 질환은 모두 박쥐가 가지고 있는 바이러스에서 유래한 것으로 박쥐는 전 세계 포유류의 약 25%를 차지한다. 동물의 수명은 대체로 몸의 크기에 비례한다는 일반적 통설을 감안하면 박쥐는 비슷한 크기의 쥐처럼 18개월 정도 살아야 하지만 수명이 근 40년이나 된다는 것부터 매우 독특한 생명체다.

설치류인 쥐나 조류인 새처럼 보이지만 사실은 이들과는 전연 다른 포유류이다. 약 3천 5백만 년 전에 생긴 박쥐는 보통 어두컴컴한 동굴이나 폐가 같은 곳에 100마리 이상 군집하는데 가장 특이한 점은 이들이 137종의 감염성 바이러스를 몸 안에 갖고도 아무 트러블 없이 살아간다는 것이다.

박쥐들이 바이러스의 침입에 대응하는 전략은 흥미롭게도 적과의 동침이다. 박쥐는 바이러스를 격퇴하기 위한 안티 세포를 만들지도 항체를 생성하지도 않는다. 그러므로 바이러스는 아무런 저항을 받지 않고 자유롭게 박쥐의 세포를 드나들고 박쥐 또한 그 보답으로 바이러스의 공격을 받지 않는다.

하지만 이 바이러스가 박쥐의 분비물이나 침, 배설물 등을 통해 제2숙주에 전해지면 얘기는 달라진다. 그 개체들은 즉각 감염이 되어버리는 것이다.

박쥐가 보유한 코로나 바이러스는 그간 인간에게 세 차례에 걸쳐 큰 위협을 주었는데 하나가 사향고양이를 통해 인간에게 전염된 사스이고 또 하나가 낙타를 통해 인간에게 전파된

메르스이다. 그리고 세 번째가 2019년 우한에서 발생한 코비드19이다.

코비드19는 천산갑이라는 동물을 통해 전해진 것으로 알려져 있지만 아직 확실하게 밝혀진 것은 아니다. 연수는 이 프로젝트를 통해 코비드19의 감염 기제에 정통할 수 있을 것으로 기대했다.

'정치없는의사회'는 신속히 움직였다. 한국에서 초빙된 연수를 포함해 일본, 영국, 프랑스, 스웨덴, 캐나다, 독일에서 각각 초청된 연구자들은 먼저 뉴욕에 모여 오리엔테이션을 가졌다. 미국을 대표하는 좌장 스미드클라인의 인사말은 간결하고 적확했다.

"마침내 중국에 대한 세계적 배상 청구가 시작되었습니다. 여기에는 코로나 대응에 실패한 몇몇 지도자들의 정치적 계산이 있고 감당할 수 없는 재앙을 당해 속죄양을 요구하는 인간의 본능이 있습니다. 하여 정치와 편견에 물들지 않은 실체적 파악을 하는 것이 매우 중요하게 되었습니다. 따라서 우리는 순수한 의료의 시각으로 중국의 대응이 어떠했는지를 평가해야 합니다. 이 프로젝트의 성패는 여하히 편견을 배제하는가에 달려 있습니다."

실무에 들어가자 위원 한 사람이 중국을 상대로 한 소송의

현황을 소개했다.

"미국과 영국을 비롯한 전 세계 시민 1만 명이 중국 공산당을 상대로 코비드19의 확산 책임을 물어 6조 달러의 손해 배상 소송을 제기했습니다."

연수는 6조 달러가 얼마인지 머릿속으로 계산해보다 깜짝 놀랐다. 원화로 무려 7천조가 넘는 상상할 수도 없는 금액이었다.

"미국의 버먼 법무법인이 플로리다 지방 법원에 가장 먼저 집단 소송을 제기했습니다. 이에 대해 중국은 응하지 않음으로써 무산시키는 전략을 쓰고 있습니다. 아시다시피 국제재판이라 중국이 응하지 않으면 효력이 없지만, 이 지방 법원은 미국 내 중국 정부의 자산을 압류할 것입니다. 이들이 제기하는 중국의 귀책 사유는 중국이 코비드19의 발병 사실을 알고서도 전 세계에 제때 보고하지 않아 피해를 무한히 확산시켰다는 것입니다. 그러므로 우리가 가장 먼저 해야 할 일은 코비드19의 발병부터 팬데믹에 이르기까지의 상황을 실시간으로 분류하는 작업이 될 것입니다."

당연한 얘기라 위원 모두는 바로 동의했다.

"중국 정부가 우한의 사망자 통계를 속였는지 여부도 판단해야 할 거예요. 중국 정부는 국제 사회로부터 의혹이 제기되자 전날까지 2,579명이라 했던 사망자를 하루 만에 3,869명으로 정정하면서 누락자가 있었다 했어요. 사망자를 하루에 1,200명이나 누락시키는 나라는 이 세상에 중국밖에 없어요. 게다가 병원에서 죽지 않은 사람들은 아예 사망자 통계에 잡지도 않았다 해요."

냉정한 검토를 원칙으로 내세웠으나 위원들이 의견을 내놓을 때마다 중국의 문제점이 드러났다.

"중국 지도부는 코비드19의 심각성을 알면서도 춘절을 맞아 환자, 또는 보균자를 전 세계로 내보냈습니다. 2020년 1월 초 전문가들이 코비드19의 호흡기 전파를 계속 경고하는 가운데 시진핑 주석은 정치국 상무위에서 춘절 분위기를 깨지 말라 지시했어요. 시진핑의 이 한 마디로 춘절 휴가는 세계적 팬데믹의 디아스포라가 돼 버린 겁니다."

스미드클라인은 자신이 인사말에 밝힌 취지를 다시 한번 강조하며 오리엔테이션을 마무리했다.

"그럼에도 불구하고 우리는 중국의 상황에 대해 어떠한 선입견도 없이 오로지 의료적 시각으로 냉정하게 조사 분석해야 합니다. 우리의 평가는 어느 한 국가의 일방적 주장이나 정치적 움직임에 휘둘려서는 안 되고 또한 중국의 시각도 최대한 반영할 수 있도록 해야 합니다."

회의가 끝난 후의 저녁 파티는 전통을 자랑하는 뉴욕 팰리스 클럽에서 수백 명의 '정치없는의사회' 회원들이 이들 여덟 명의 위원을 환영하는 형식으로 베풀어졌다. 스미드클라인 등 세계적 석학과 권위자가 있었음에도 불구하고 사람들은 연수의 주변으로 몰려들었고 심지어는 스미드클라인 자신도 주변에 모여든 사람들을 벗어나 연수에게로 다가왔다.

"한국에서 탄생한 신데렐라시군. 조 박사를 보니 레벤후크가 생각나네요. 현미경을 만들어내 우리 미생물학의 새로운 지평을 연 그 위대한 분 말이오."

사람들의 시선을 잔뜩 끌어들인 스미드클라인이 연수를 향해 샴페인 잔을 들자 모두 그를 따랐다. 연수도 미소를 띠며 잔을 드는 걸 본 스미드클라인은 경쾌한 목소리로 허공을 향해 외쳤다.

"그런데 그는 포목상이었소. 자, 우리의 위대한 포목상 아가씨를 위해 건배!"

모두 폭소를 터뜨리며 연수를 향해 술잔을 높이 치켜들었다.

"건배!"

연수의 목에서 나온 높은 톤의 소리 또한 경쾌하기만 했다. 이미 세미나에서 많은 사람들의 비난에 대처해본 경험이 있는 연수는 비난인지 유머인지 모를 건배사에 주저하지 않고 남자보다도 더 대범한 태도를 보일 수 있었다.

"내가 조 박사를 깎아내리려 했던 말은 아니오. 기실 조 박사 말이 원리적으로는 맞아요. 열쇠는 바이러스의 염기서열을 읽어내는 센서를 여하히 개발하느냐인데 그것도 IT 쪽에서 분명 해낼 거요. 그런데 문제는……."

"네, 문제가 무언지 말해주세요."

"너무나 간단하다는 거요. 수백 년간 셀 수도 없는 눈동자들이 현미경을 틀어막고 수 없는 모르모트들이 목숨을 바치고 수 없는 학자와 의사들이 미생물에 의해 죽어가며 찾아내고 밝혀냈던 그 위대한 의학과 생물학의 진리가 한순간에 반도체 속으로 빨려 들어간다는 게 과연 온당한 일인지 믿음이 안 간다는 거요."

"정말 어려운 문제예요."

"나의 육감으론 99% 조 박사의 주장이 틀린 것으로 판명이 날 것 같아요. 그게 정의니까. 그게 인간이 지식을 찾아온 역사의 법칙이니까. 그런데 그 나머지 1%가 믿을 수 없을 정도로 내 마음을 흔들고 있어요. 여하튼 대다수의 의료인들은 조 박사의 그 반도체 신학에 잔뜩 겁을 집어먹고 있어요."

"모두에게 고통스러운 선택이라 할지라도 그것이 옳을 수 있다는 이성적 판단이 들면 우리는 어쩔 수 없이 그 운명을 받아들여야 해요. 그러지 않고 우상에 집착하면 인류는 지성을 좇아온 스스로의 존재를 부정하게 돼요."

스미드클라인은 와인을 깊숙이 한 모금 들이켠 다음 진정 궁금한 표정으로 물었다.

"그런데 이런 대단한 아이디어를 내놓은 조 박사는 도대체 어떤 사람이오? 천재? 운이 좋은 사람?"

"글쎄요."

스미드클라인의 생뚱맞은 물음에 연수는 정한을 머리에 떠올리며 가만히 입술을 물었다.

"어떻든 지독하게 운이 좋은 사람이오. 그런 어마어마한 주장을 갑자기 하늘에서 툭 떨어진 듯 내놓다니. 사실 진짜 큰일은 모두 운이 작용한 결과요. 큰 기업을 소유한 내 친구가 있는데 경력사원 면접을 볼 때 꼭 묻는 말이 있어요. 당신은 살아오는 동안 성실히 노력했느냐, 그저 운이 좋았느냐?"

"하나 마나 한 질문 같은데요."

"면접자들은 일관되게 대답해요. 저는 이제껏 운이나 우연은 생각하지도 바라지도 않고 오로지 노력 하나로 삶을 개척해왔습니다. 그러면 이 친구는 고개를 끄덕이며 참 훌륭한 삶이군요, 불합격!"

"네?"

"반대로 저는 별거 아닌 놈인데 어떻게 하다 보니 운이 좋아 여기까지 왔습니다. 그러면 불어터진 스파게티 같은 인생이군, 합격!"

"호호호호!"

"하하하하!"

"나도 예전엔 그냥 웃고 말았는데 나이가 드니까 나도 모르게 고개가 끄덕여져요. 지난 삶을 돌아보니 참 운이란 게 중요하구나. 나는 실력에 비해 참 운이 좋았구나 하게 된단 말이오."

"왜 갑자기 이런 얘기를 하는 거죠?"

"조 박사는 분명 운이 좋은 사람이오. 결과가 어떻게 흘러가든 조 박사는 바이러스 전쟁의 프레임을 바꿔놓을 것이오. 어쩌면 일 년 안에 바이러스를 잡아내는 디텍터가 나올지도 몰라요."

"그럴까요?"

"어쩌면 조 박사가 아직 초짜이기 때문에 그런 일을 해낼 수 있었던 건지 모르겠소."

"왜요?"

"대가일수록 그런 생각은 하기 힘드니까. 조 박사도 나중에 대가가 되면 알 수 있을 거요. 오늘 밤은 우리 소가를 위해 시간을 내고 싶소. 여긴 사람도 많으니 괜찮으면 라운지로 갑시다."

익숙지 않은 샴페인을 여러 잔 마신 연수는 하늘에 떠 있는 듯한 초고층 라운지에 들어서자 약간 어찔거리는 느낌이 들면서도 기분이 고조되었다.

"그런데 말이오……."

스카치 잔을 부딪쳐 건배를 하고 난 닥터 스미드클라인은 이제까지의 농담기로 가득 찼던 표정을 지우고 목소리조차 낮췄다.

"네, 말하세요. 저는 뭐든 들을 준비가 되어 있어요. 방금 입으로 들어간 스카치가 아직 귀까지 올라가지는 못했으니."

"인도에 좀 갔다 오지 않겠소?"

"후후, 이번엔 어떤 유머 기차를 출발시키는 거죠?"

"미션이 있소."

이제까지의 태도로 보아 분명히 농담이 튀어나올 거라 생각했던 연수는 갑작스러운 반전에 스미드클라인의 눈을 똑바로 바라보았다.

"극비리에 말이오."

"제가요?"

"그렇소."

"극비리에요?"

"맞소."

"진심이세요?"

"물론이오."

연수는 뭔가 맞지 않는다는 생각에 미간을 좁혔다. 극비라는 단어는 투명성을 모토로 하는 '정치없는의사회'와 전혀 어울리지 않는 말이었다. 또한 지금 스미드클라인의 표정 역시 정치와 담을 쌓은 아까의 얼굴이 아니었다.

"갑작스럽네요. 인도에 가면 누구를 만나고 무얼 하는 거죠? 그것도 극비리에."

스미드클라인은 자연스러움을 가장해 주변을 한 번 둘러본 후 목소리를 더욱 낮추었다.

"코비드19에는 반드시 밝혀야 할 비밀이 하나 있소."

연수는 닥치는 대로 농담을 주워대던 스미드클라인이 사람들의 시선으로부터 벗어난 자리로 자신을 이끈 진짜 의도는 따로 있다는 생각에 정신이 번쩍 들었다. 그녀는 테이블 위의 얼음물을 한 번에 다 마시고는 가만히 심호흡을 했다. 이 사람이 처음 보는 자신에게 극비리에 인도에 가겠느냐는 제안을 한다는 건 비상식을 넘어 매우 괴이한 일이었다.

"아까의 회의에서 얘기해서는 안 될 내용인가요?"

"물론이오. 이것은 누구에게도 얘기해선 안 돼요."

"저를 어떻게 믿으시죠?"

"물론 믿지 않아요. 다만 꼭 갈 거라는 확신은 갖고 있소."

"왜 그렇게 생각하시는지 얘기를 끝까지 들어보고 싶어요."

스미드클라인은 잠시 창밖의 야경으로 눈길을 돌렸다. 맨해

튼이 한눈에 다 들어오는 고층에서 까마득한 아래를 내려다보는 그의 눈이 이름난 학자의 평온함을 머금고 있는 것 같지만은 않았다. 연수는 이런 사람의 뇌리는 어떤 생각들로 채워져 있을까 하는 궁금증을 스쳐보냈다. 연수에게로 눈길을 되돌린 스미드클라인은 더욱 목소리를 낮췄다.

"일단의 인도 과학자들이 코비드19 바이러스에서 매우 특이한 걸 발견했다며 리서치 게이트에 논문을 올린 적이 있었소. 코비드19에 에이즈 바이러스 유전자가 섞여 있다는 거였소."

"넷? 그럴 리가."

"그러나 이들은 곧 논문을 내리고 말았소. 전 세계적으로 난타당한 후 자진 철회한 거요."

리서치 게이트는 과학자들이 다양한 자료와 논문을 올리고 의견을 교환하는 소셜 네트워킹 서비스이지만 엄격한 검증 절차를 거치지는 않는 자유로운 인터넷 공간이다.

"이때가 2020년 1월 31일이오. 인도의 델리대학교와 인도공과대학교의 과학자들은 공동 연구를 통해 코비드19의 표면에 나 있는 돌기, 즉 스파이크 단백질의 염기서열을 분석한 결과를 올렸소."

스파이크 단백질이란 바이러스가 숙주의 세포를 뚫고 들어갈 수 있도록 바이러스의 표면에 나 있는 돌기를 구성하는 단백질인데 코비드19에 코로나 바이러스란 이름이 붙은 것도 이 돌기가 마치 코로나(왕관)처럼 보이기 때문이었다.

"인도인들 대단하네요. 1월이면 상당히 빨라요."

연수는 잠시 코비드19 바이러스가 인체의 세포를 뚫고 들어가는 기전을 떠올렸다. 이 바이러스가 왕관 모양의 침입용 돌기를 갖고 있기는 하나 그 돌기의 끝이 뾰족한 게 아니라 솜사탕처럼 둥글게 되어있어 결코 혼자 힘으로는 세포막을 뚫지 못한다. 그런데 문제는 인체에 있는 퓨린이라는 효소가 이 바이러스의 앞잡이 노릇을 한다는 것이다. 퓨린은 돌기로부터 어떤 신호를 받으면 달려가 그 둥근 머리 부분을 댕강 잘라준다. 그러면 돌기 끝이 날카로워져 코비드19 바이러스는 백배, 천 배 쉽게 세포로 침입하는 것이다.

"그들은 그 논문에서 코비드19 돌기의 절단되어야 할 부위마다 도저히 자연발생적이라 볼 수 없는 아미노산 네 개씩이 규칙적으로 배열되어 있다 했소. 바로 PRRA요."

"그 PRRA가 퓨린을 부르는 신호라는 거군요."

"그렇소."

"다른 곳도 아닌 그 모가지를 말이오."

모가지란 바로 돌기의 둥근 머리가 붙어 있는 목을 말하는 것이라 연수는 미간을 찌푸리지 않을 수 없었다. 사스도 메르스도 이런 기전을 가진 적이 없었는데 같은 코로나 바이러스

계통인 코비드19가 갑자기 이런 구조를 가지게 되었다는 건 분명 의심의 여지가 있었다.

"그들이 스스로 논문을 내리고 말았다 그랬죠? 뭔가 자신들의 실수를 깨달았던 걸까요?"

연수는 인체에 있는 퓨린이 아무 때나 스파이크 바이러스의 돌기를 자르지 않고 PRRA라는 특별한 아미노산 배열을 감지했을 때만 이 동작을 수행한다는 걸 잘 알고 있었다.

"인도 과학자들은 자연 변이로는 절대 코로나 바이러스에 PRRA가 붙을 리 없다 주장했소. 그래서 그들은 아예 삽입이라는 용어를 썼소. 누군가 코로나 바이러스에 이 아미노산 배열을 삽입했고 그 결과 전염력의 끝판왕 코비드19가 탄생했다고 주장했던 거요."

"그 누군가가 우한질병통제센터나 우한바이러스연구소란 말이군요."

"그렇소."

"인도의 논문은 한 편의 기발한 소설일까요? 아니면 진실의 교과서일까요?"

스미드클라인은 더욱 무거워진 표정으로 말을 이어나갔다.

"그게 2020년 1월 31일의 일이오. 그런데……."

스미드클라인은 잠깐 뜸을 들였다.

"5월 15일에 말이오. 캐나다의 바이러스퇴치연구소가 인도

학자들과 똑같은 주장을 내놓았소. PRRA의 모티프가 퓨린이 돌기의 목을 잘라야 할 바로 그 지점에 매우 규칙적으로 배열되어 있는데 자연 변이로는 절대 그렇게 될 수 없다는 거요. 이게 연구소 측이 공개한 그 아미노산 모티프의 그림이오."

그림이 눈에 들어오는 순간 연수는 그때까지도 손에 들고 있던 술잔을 놓칠 뻔했다.

"아니! 이게?"

연수는 자신의 눈을 믿을 수가 없었다. 설명만 들을 때와 생생한 그림을 볼 때의 느낌은 확 달랐다. 놀랍게도 돌기의 목에 해당되는 부분마다 PRRA가 항상 정확하게 위치해 퓨린이 돌기에 달린 솜사탕 모양의 머리를 자르도록 배치되어 있는 것이다.

"인도인들이 논문을 자진 철회한 건 댓글에 난타당한 때문이 아닐 수도 있을 것 같은데요."

"바로 그거요."

"코비드의 숙주로 지목되고 있는 천산갑에서 나온 염기서열은 어떤가요?"

"핵심을 물어주었소. 천산갑이 갖고 있는 바이러스가 코비드19와 가장 유사했소. 그래서 사스는 사향고양이가, 메르스는 낙타가, 코비드19는 천산갑이 사람에게 옮겼다고 보는 거지. 그게 중국인들의 주장이기도 하고. 하지만 천산갑이 갖고 있는 바이러스에는 이 PRRA라는 아미노산 모티프가 전혀 없소."

"음!"

연수의 입술 사이로 신음이 새어 나왔다. 이 현상을 도대체 어떻게 받아들여야 하는 건가. 계통을 같이 하는 사스에도, 메르스에도 없고 숙주라 여겨진 천산갑에도 없는 PRRA의 아미노산 모티프가 지금 세계에 창궐하는 코비드19에 삽입되어 있다는 사실을 자연 변이라 믿을 수 있는 건가.

"그래서 말인데……."

스미드클라인은 다시금 뜸을 들였다. 연수 역시 온 신경을 그의 입술에 집중시켰다. 술을 마구 마셔대고 농지거리를 내뱉고 사람들의 눈을 피해 자리를 옮기고 장시간에 걸쳐 바이러스 구조학을 논한 모든 행위의 결론이 지금 이 순간 그의 입에서 튀어나올 것이었다.

"인도로 가 그들이 무슨 이유로 주장을 철회했는지 조사해주지 않겠소?"

"네? 제가요."

"가서 델리대와 인도공대의 그 교수들을 만나주시오."

"그런데 왜 하필 저죠?"

"감시를 피해야 하기 때문이오."

"감시? 누가 감시하죠? 혹시 중국?"

"중국과 인도 둘 다요. 지금 중국과 인도는 언제 전쟁이 붙을지 모르는 일촉즉발의 상태요. 인도가 겉으로는 대등하게 맞짱을 뜨는 것 같지만 사실 속으로는 무척 떨고 있소. 중국에 공격의 빌미를 주는 어떤 행위도 하려 들지 않기 때문에 누가 가도 감시받고 환영받지 못하는 상황이오."

"박사님 같은 세계적 석학도요?"

"오히려 더해요. 하지만 이 세상에 가장 자연스럽게 갈 수 있는 단 한 사람이 있소. 바로 바이러스를 반도체로 잡는다는 이론을 설파한 후 전 세계 과학자와 의료인이 가장 만나고 싶어 하는 조 박사요."

"제가 인도에 가는 건 아무도 의심 안 한다는 거군요."

"그렇소."

"일종의 스파이 역할을 수행하는 거네요."

"아테네. 학문적 진리의 수호 여신 역할이오."

"그럴듯한 말이에요. 제 아버지가 항상 그럴듯한 남자의 그럴듯한 말을 조심하라 그러셨죠. 좋아요, 가겠어요. 병리학자의 본능이 동했으니까. 그런데 조건이 있어요. 일등석으로 가고 인도 최고의 호텔에 묵도록 해주세요. 누추한 스파이는 되기 싫으니까요."

"그건 염려 말아요. 원한다면 프레지덴셜 스위트도 제공하겠소."

"돈이 어디서 나오는 거죠? 의사회?"

"내가 내는 거요."

"오케이. 그러면 마음이 더 편하네요."

7. 마이산 농장

진안 고원 마이산 농장.

"아이구, 이런 폭우는 참 육십 평생에 처음이구먼. 안 그러냐?"

"나는 지금까지 하늘에 구멍이 났다, 하늘 문이 열렸다, 그런 말이 순 허풍이라고 생각했었는데 이런 허벌난 비에는 그것도 턱없이 모자란 말이구먼."

옹기종기 뭉쳐 있는 양떼들을 축사 안으로 몰아넣으며 목장 주인인 최 대표는 옆에서 벌써 사흘째 일을 거드는 친구를 향해 외쳤다. 누가 시키지도 않았지만 1년 365일 농장 이름이 새겨진 정문 바윗돌을 떠날 줄 모르는 '농장 지킴이' 진돗개 봉구까지 축사 안으로 밀어넣고 나서야 두 사람은 겨우 한숨을 돌렸다.

이제 큰비는 지나갔다는 예보만 믿고 2만여 평의 농장에 풀어놓았던 재래닭과 백여 마리의 양떼를 모두 거둬들이다 보니 어느덧 새벽이 된 것이다.

축사의 빗장을 지르느라 두 사람 모두 깊이 눌러썼던 챙 달린 모자도 이미 거센 비바람에 반쯤 뒤로 젖혀져 사정없이 쏟아지는 빗물이 얼굴을 타고 줄줄 흘러내리고 있었다. 케이프 모양의 두텁고 긴 우비 안도 이미 다 젖어버렸지만 가축들을 모두 안전한 축사로 밀어넣고 나자 이제 안심이 되어 얼굴을 마주친 두 사람은 연신 큰 소리로 웃음을 터뜨렸다.

"흐흐흐, 꼬락서니가 참말로 영락없는 물에 빠진 생쥐 꼴 아니다냐."

"사돈 남 말하구 있네. 하하하하."

"그래도 여기 축사도 멀쩡하고 뭣보다도 닭도 양도 하나 상한 놈 없이 다 잘 들어왔으니 참말로 다행 아니냐."

"그렇지, 중한 게 뭣이것냐. 저거 생명들이지."

농장 주인 최 대표는 공직 생활 말년에 우연히 경제성이 없다는 이유로 재래토종닭이 사라져 간다는 것을 알게 되었다. 그는 퇴직하자마자 마이산 중턱에 2만여 평의 농장을 마련하고 전국 산골을 뒤져 씨가 말라가는 순혈 재래닭 200여 마리를 구해 들여 재래닭 복원에 나섰다.

"아이고, 그놈 똥고집 한번 대단하다."

가족도 내팽개친 채 5년여 동안을 마이산 농장에 틀어박혀 끝내 재래닭을 천여 마리까지 불려내자 그동안 최 대표를 이해해주고 물심양면 도와준 친구도 혀를 내두르며 감탄할 뿐이었다.

"지금 토종닭이라 부르는 것들도 대부분은 외래종이 섞인 것들이여. 옛날부터 완전 풀어놓고 기르던 우리나라 재래닭은 일단 색이 고와서 일반 닭들과는 한눈에 차이가 난다니까. 선홍색 볏에다 요로콤 눈에 띄는 군청색 발목을 보면 문자 그대로 군계일학의 자태 아니냐!"

최 대표는 자랑스레 말했다.

"요놈들이 덩치는 작아도 야생에 강하고 유독 추위에 강하다니까. 겨울철에 아무리 추워도 끄덕 없어. 무슨 바이러스, 이런 놈들은 아예 덤비질 못한다고. 몇 해 전 AI바이러스가 덮쳤을 때 전국적으로 닭들이 픽픽 쓰러졌지만 요놈들은 오히려 더 컸다니까. 한 마리 안 상하고."

"근데 키울수록 손해만 보는 걸 왜 그리 늘리느냐고! 재래종 보존이 그리 중요하다면 한 오백 마리 키우면 그만이지."

친구의 타박처럼 아무리 재래닭 복원이 목적이라 하더라도 농장 운영을 취미 생활로만 할 수는 없는 노릇이었다. 일반

닭보다 성장 기간이 두 배 이상 걸리면서 계란을 낳는 비율은 30%밖에 안 되다 보니 수지타산을 맞추는 건 불가능에 가까웠다. 그래서 최 대표가 궁여지책으로 생각해낸 것이 바로 양계 농장에 양떼를 들이는 것이었다. 부드러운 목초지가 펼쳐져 있고 깊은 계곡과 가파른 경사가 많은 마이산 농장은 양의 방목에도 더없이 적합했다. 양과 재래닭은 공존하기에도 적당했고 양에서 얻는 젖과 치즈 등은 재래닭 생육에서 발생하는 적자를 보전해 줄 수 있었다.

"어쨌거나 고맙다. 근데 우리 이제 여기에 발이 묶인 거나 마찬가지다. 이 비 그칠 때까지는 꼼짝없이 여기서 자야 한다."

알 수 없는 내일을 대비하는 마음으로 두 사람은 대충 씻은 후 잠시 눈을 붙였다.

최 대표가 눈을 떠보니, 임시 막사에 떨어지는 빗소리가 약하게 우르릉거리는 것으로 보아, 간밤의 거센 비는 상당히 기운이 빠진 것 같았다. 시간을 보니 벌써 아침 10시가 다 되었다.

"야야."

친구도 피곤했던지 달게 자다 최 대표가 깨우자 일어나서는 멋쩍은 웃음을 머금었다.

"마누라가 없어 그랑가, 잠 한 번 푹 잤구만."

두 사람이 숙소 밖으로 나와 축사를 살피려 몇 걸음 옮겼을 때 진돗개 봉구가 산 중턱으로부터 헐레벌떡 뛰어오는 것이 보였다. 그런데 최 대표에게 평소 그렇게 살갑기만 하던 봉구가 그를 보고도 휙 지나쳐서는 그냥 달려가 버렸다.

"봉구야, 아빠여, 아빠. 뭐가 바빠 인사도 없이 가버리냐."

"저놈이 귀신이라도 봤나, 잔뜩 겁에 질렸구마."

봉구의 뒷모습을 혀를 차며 바라보던 두 사람은 축사로 다가가 간밤 비를 견뎌낸 가축들을 매만져주고는 산 중턱의 작은 축사들로 발걸음을 옮겼다. 닭이든 양이든 방목하다 보니 작은 규모의 축사들을 산록 여기저기에 지어놓아 가축들은 자기 편한 데 머무르곤 하였다. 두 사람이 축사들을 하나씩 살핀 후 맨 위에 따로 뚝 떨어져 있는 축사에 다가서니 후끈하고도 끈적끈적한 열기 같은 것이 코끝에 와 달라붙었다.

"이게 뭐야, 무슨 냄새야!"

최 대표가 축사 문을 활짝 열어젖히자 옆에 서 있던 친구가 먼저 소리를 질렀다.

"억!"

이어 최 대표의 입에서도 경악의 비명이 터져 나왔다.

"오매! 이런!"

눈앞에 펼쳐진 무시무시한 광경에 최 대표의 눈은 옆으로 길게 찢어지고 목소리는 날카롭게 갈라졌다.

"이게 어찌된 일인가!"

"세상에, 양이! 저게 양이란 말이냐?"

최 대표의 눈에 저들끼리 물어뜯고 죽어 있는 양들의 악귀 같은 모습이 들어왔다.

지난 5년간 단 한 번도 작은 해코지조차 없이 화목하게 살아온 양들이 뒤엉켜 온몸이 찢기고 내장이 터져 피투성이로 죽어 있는 광경에 최 대표는 온몸에 소름이 끼쳤다. 축사 앞 풀밭에 친구와 함께 털썩 주저앉아 넋을 놓아버린 최 대표의 뇌리에 불쑥 한 마디가 떠올랐다.

'역병.'

생각지도 못했던 이 단어는 그의 입술을 타고 저절로 미끄러져 내렸다.

"그래, 맞다, 역병이야, 전염병이 온 거라고!"

스스로 내뱉은 전염병이라는 단어에 머리통을 세게 얻어맞은 최 대표는 곧바로 주머니에서 휴대폰을 꺼내들었다.

이 모양을 지켜보던 친구가 아직도 반쯤 넋이 나간 표정으로 물었다.

"뭐 하려구, 전화는 왜? 어디다 하려는 거냐?"

"군청 축산과……, 신고혀야 혀. 이건 전염병이 아니면 설명할 수 없어."

그때까지 축 처져 있던 친구는 갑자기 허리를 세우더니 최 대표에게 달려들어 그의 손에 있던 휴대폰을 낚아채고는 고함을 질렀다.

"이눔아, 미쳤냐? 신고는 무슨 신고여. 신고해봤자 너만 피곤해지는 거여. 공무원들이 오면 위생이다 뭐다 해서 벌금이나 잔뜩 때리기 십상이라니까. 그라고 니가 고로콤 아껴 썼는 재래닭을 한 마리도 빠짐없이 살처분하라면 너 어쩔겨? 내가 봤을 땐 아무 일도 아니니께 신고일랑 생각지도 말어. 세상 살면서 절대 혀면 안 되는 게 신고라는 놈이여."

"이리 내⋯⋯."

최 대표는 얼굴을 찡그리며 손을 내밀었다.

"어서 핸드폰 이리 내. 순하디순한 우리 양떼들이 저래 죽은 거가 보통 심상한 일은 아니자녀? 아무리 귀찮은 일이 생기더라도 신고해야 혀. 만에 하나 큰 전염병일지도 모른다 생각하면서 나 한 몸 편하자구 모른 체할 수는 없는 거 아니냐. 더구나 평생 국가의 녹을 먹고 살은 놈이."

한참 타박을 하던 친구는 이제 더 이상 말릴 기운도 없다는 듯 혀를 끌끌 차며 한탄했다.

"아이구, 이눔아, 이러니까 평생 손해만 보구 사는 거 아니냐. 제발 정신 차리구 약게 좀 살아라."

최 대표는 말없이 친구에게 다가가 그의 손에 든 휴대폰을 빼앗아서는 군청 축산과 번호를 눌렀다.

8. IT와의 만남

　세상에서 가장 친절한 호텔을 꼽으라면 뉴델리의 타지펠리스를 꼽을 사람들이 많을 것이다. 연수는 공항에서 자신의 이름을 쓴 플래카드를 든 사람들을 그냥 지나쳐 택시를 타고 호텔에 도착했다. 체크인을 마치자 주변에서 대기하고 있던 검은 슈트의 두 남자가 다가와 명함을 내밀었다.

　"여기 계시는 동안 안전을 책임질 싱과 세드입니다."

　"감사해요. 하도 많은 사람들이 인도는 여자에게 위험한 곳이라 해서요"

　"죄송합니다. 하지만 인도는 급속히 변하고 있고 특히 뉴델리에서는 염려하지 않으셔도 됩니다. 요청하신 대로 저희가 호텔 내외를 막론하고 24시간 보호해드리겠습니다."

프레지덴셜 스위트를 무려 일주일이나 예약해둔 효과는 상상 이상이었다. 물론 언제든 취소할 수 있었지만 이런 식으로 예약을 잡아두는 자체로 연수는 경이와 존엄의 대상이 되어버렸다. 무엇보다 낯선 도시에서 위험할 수 있는 업무를 수행해야 하는 연수에게는 델리 경찰청의 전직 수사관 출신인 두 보안요원이 큰 위안이 되었다.

하지만 연수의 마음이 편하기만 한 건 아니었다. 사방이 탁 트인 방에 짐을 풀고 최고급 소파에 온몸을 푹 파묻은 채 샴페인 잔을 들고 있어도 흥미로운 도시의 정경이 하나도 눈에 들어오지 않았다. 스미드클라인이 당부한 일의 무거움을 잘 아는 연수의 머릿속에서는 여러 생각이 교차했다.

"뚜뚜뚜뚜!"

전화기에서 흘러나온 음성은 자신을 인도로 초청한 델리대학교 의대의 라주 교수였다. 스미드클라인은 '정치없는의사회' 인도지부 회장인 그에게 특전을 베풀 듯 연수를 인도로 초청할 기회를 주었다.

"공항에서 모시지 못해 걱정했습니다."

"제 실수로 놓쳤나 봐요. 마중 나온 분께 죄송하다 전해주세요."

"그게 문제가 아니라 혹시 고생하셨을까 해서요."

"바로 택시를 탔으니 염려 마세요."

"모레 열리는 심포지엄은 신청자가 너무 많아 장소를 바꿨어요. 그럼에도 불구하고 70% 이상 커트해야 했어요."

'정치없는의사회' 인도지부가 마련한 '반도체예방의학' 강연은 온 인도의 관심을 끌 수밖에 없었다. 정보통신 분야에서 세계 선두를 달리는 나라 중의 하나인 인도인지라 바이러스를 반도체로 막을 수 있다는 전연 새로운 아이디어에 사람들은 열광했던 것이다.

"그런데 그분들을 실망시키지 않을까 걱정되는군요."

"이미 강연은 끝내신 거나 다름없어요. 제목이 곧 강연이니까요."

맞는 말이었다. 중요한 것은 발상이지 그에 따른 기술의 개발은 연수가 할 일도 아니고 세상에는 그런 일을 잘해낼 전문가가 너무도 많았다. 반도체 전문가, 나노 전문가, 레이저 전문가, 키는 이들의 머리를 탁 때려줄 번쩍하는 아이디어였고 그것은 반도체로 바이러스를 잡는다는 한 마디 안에 다 들어가 있는 것이었다. 물론 연수 자신도 그간 많은 연구를 해 누구와도 토론할 수 있는 상당한 이론가가 되어 있었다.

"감사해요."

"사람들은 그저 조 박사님의 얼굴을 보러 오는 것일 뿐이에요. 장관도 오고 정치인도 오고 IT 관련 기업인들, 학자들 외에

일반 시민들도 메뚜기 떼처럼 몰려들 거예요."

연수는 인도 사람은 어떤지 궁금하기도 하고 방에서 혼자 시간을 보내기도 싫어 라주 교수에게 저녁 식사를 제의했다.

"감사합니다. 그런데 사실은 조 박사님을 저녁 식사에 초청하고 싶어하는 분이 계셔요. 대단한 분이시거든요."

"어떤 분이신데요?"

"매력이 있는 분입니다. 만약 조 박사님이 저녁 초대를 수락하신다면 호텔 식당보다는 좀 특별한 곳으로 모실 거예요."

연수는 이것이 함정일 수도 있다 싶어 거절하려다 너무 움츠릴 필요도 없다는 생각에 이름을 물었다.

"그분 성함이 어떻게 되시죠?"

"미수라 교수님이에요."

"교수요?"

"네, 저와 같이 델리대학교에 계시지만 따분한 분은 전혀 아니에요."

"라주 교수님도 같이 가시는 거죠?"

"네, 저도 초청을 받았습니다. 조 박사님 덕분입니다."

연수는 전화기 건너편에서 느껴지는 분위기로 미루어 미수라 교수에 대한 라주 교수의 외경심이 대단하다는 걸 알 수 있었다.

"감사하다 전해주세요."

"오히려 제가 감사합니다. 그분께서 무척 좋아하실 거예요."

전화를 끊은 연수는 보안요원 싱에게 전화를 걸어 약속에 대해 설명했다.

"그분을 아세요?"

"저는 모르지만 전혀 걱정하실 필요 없습니다."

"왜요?"

"그분 성함이 미수라 아닙니까?"

"네, 성인지 이름인지 모르겠지만 미수라 교수라 그랬어요. 델리대학교 교수라 하니 별일이 있을 것 같지는 않지만요."

"교수라는 직함이 문제가 아니라 미수라라는 그분의 이름이 중요한 겁니다."

"누군지 모른다면서요."

"미수라는 오래전부터 이어져 내려오는 성인데 브라만 중에서도 가장 높은 계급이에요. 브라만 중의 브라만이죠."

"그래요? 이름만 들어도 그 사람의 신분을 알 수 있나요?"

"그렇습니다. 인도에서는 아무도 상대의 카스트를 묻지 않아요. 하지만 상대의 이름만 들으면 계급이 무엇인지 즉각 알아요."

"누군가가 슬쩍 계급이 높은 성을 가져다 쓰는 건 불법인가요?"

"전혀 불법이 아니에요. 현대 인도법은 카스트를 금하고 있으니까요. 하지만 만약 자신의 계급이 쓸 수 없는 성을 갖다 붙이면 법보다 훨씬 무서운 맛을 보게 되죠. 누가 죽이는지는 모르지만 죽어요. 만약 사람이 죽이지 않는다면 역사와 전통과 관습이 죽여요. 아이는 학교에 입학도 못 해요."

미수라 교수가 보내온 자동차가 도착했다는 연락을 받고 로비로 내려온 연수는 호텔 현관에 대기하고 있는 차를 보고는 눈이 휘둥그레졌다. 영화에서나 보던 웅장한 자동차의 문이 열리고 뒷좌석에 몸을 기댄 후에야 연수는 이것이 롤스로이스라는 사실을 알아차렸다.

"인도에 오신 걸 환영합니다."

문을 열고 90도로 고개를 숙인 후 급히 기사 옆의 제자리에 가서 앉은 젊은 남자가 뒤를 돌아보며 정중히 예를 갖추었고 목적지로 가는 동안의 짧은 대화를 통해 연수는 자신이 가는 곳이 음식점이 아닌 미수라 교수의 집이란 걸 알았다. 미수라 교수는 보안요원 싱이 말한 대로 브라만 중에서도 최상위 계급에 속하는 사람이며 그의 집안이 인도의 IT 산업을 이끌고 있다는 사실 또한 알게 되었다.

"그런 사람이 교수를 해요?"

"주인님은 진정 학문을 사랑하시는 분입니다."

연수는 자신의 질문이 다소 가벼웠다 생각하며 눈길을 창밖으로 돌렸다.

미수라 교수의 집은 저택이라기보다는 궁전에 가까웠다. 대
리석으로 지어진 건물들은 아치형을 이룬데다 건물과 건물
사이의 공간은 정원과 분수로 채워졌다. 롤스로이스는 형형
색색의 이름도 모를 꽃들이 넘쳐나는 정원을 한참이나 지나
쳐 타지마할을 연상시키는 백 대리석 파사드 정문에 도착해
움직임을 멈추었다. 속으로 몇 번이나 기죽지 말아야지 다짐
했던 연수였지만 현관문이 열리고 홀에 들어선 순간 입을 딱
벌리고 말았다.

홀의 중앙에서 연수를 맞이하고 있는 엄청난 크기의 황금
여신상은 이제껏 연수가 본 모든 동상과 불상의 우아함을 압
도했고 양옆에서 여신상을 수호하는 두 마리 황금 개 또한 단
연코 다른 조각상과의 비교를 거부했다.

그러나 연수를 진짜 경악게 한 것은 커다란 건축물 하나를
완전히 차지하는 미수라 교수의 연구동이었다. 그가 소속된
명문 델리대학교에 최고 수준의 연구실이 있을 것은 분명했
지만 미수라 교수는 웬만한 대학교의 시설을 압도하는 개인
연구동을 가지고 있는 것이었다.

홀에서 연수를 기다리고 있는 사람은 인도의 전통 예복을
갖춰 입은 미수라 교수의 부인이었다.

"와주셔서 감사해요."

"미수라 교수님은 집에서도 연구를 열심히 하시나 봐요."

"호호, 더 이상 할 게 없으니까 공부에 빠진 거예요. 남편은 인간에게 나쁜 모든 걸 반도체를 이용해 제거하는 시스템을 연구하고 있어요. 나쁜 친구, 나쁜 주식, 파리, 모기까지."

"오, 참 특이하시네요."

연수는 왜 이 사람이 자신을 특별히 초대했는지 짐작할 수 있었다. 이런 기능성 시스템반도체를 연구하는 그로서는 반도체로 바이러스를 잡는다는 얘기에 홀딱 반했을 것이었다.

미수라 부인은 연수의 팔을 잡고 산책로로 안내했다. 프랜시스 버넷의 소설 『비밀의 화원』에나 나올 법한 신비로운 정원을 지나고 투명할 정도로 맑은 시내를 건너자 또 하나의 궁전 같은 건물이 나타났다.

"먹기 전에 반드시 걸어야 한다는 게 수백 년 내려오는 이 집안의 전통이에요. 그래서 식당을 이렇게 멀리 떨어뜨려놨죠. 조 박사님을 그토록 만나고 싶어하는 사나이가 저 안에서 기다리고 있어요."

과연 다섯 개의 문을 열고 들어선 식당에는 두 사람의 남자가 샴페인 잔을 들고 있다 자리에서 일어났다.

"조 박사님, 와주셔서 감사합니다. 제가 초청장을 보냈던 델리대학교의 라주입니다. 그리고 이분은 미수라 박사님입니다.”

　연수는 두 사람과 스스럼없이 인사를 나누었고 이내 시작된 만찬에서도 다양한 주제로 즐거운 대화를 나누었다. 미수라 교수는 연수의 발표에 사흘간이나 잠을 이루지 못했다고 했다.

　“인간에게 나쁜 걸 모조리 잡아내리라 온갖 개폼을 다 잡았지만 정작 인류 멸종을 위협하는 바이러스를 제거한다는 건 꿈도 꾸지 못했어요. 호호.”

　“실제 가능한지 검증하는 게 앞으로의 숙제예요.”

　“반도체 하는 사람의 직감으로 말씀드리자면 무조건 됩니다. 그런데 어떻게 그런 위대한 생각을 해낼 수 있었어요?”

　초면임에도 불구하고 마치 오랜 친구인 양 미수라와의 대화가 어떠한 장벽이나 거리낌도 없이 물 흐르듯 즐겁게 흘러가자 연수의 입술을 타고 한 마디가 미끄러졌다.

　“실은 이게 제가 처음 해낸 생각은 아니에요. 공항에서 검역 업무를 담당할 때 미국에서 온 누구로부터 들은 거예요. 하지만 아직 디바이스를 만들어보지도 못했어요.”

　“인도가 만들 거예요. 반도체 연구자들이 열광하고 있으니. 그중 가장 미쳐 날뛰는 놈이 바로 저죠. 그래서 장관, 정치인 할 것 없이 내일 세미나에 다 오라 했어요.”

　“감사해요.”

연수는 마음만 먹으면 장관이든 정치인이든 가리지 않고 동원할 수 있는 미수라와 같이 힘 있는 사람이 밀어붙이면 인도가 시스템반도체로 바이러스를 잡는 세계 최초 국가가 될 수 있을 것 같은 예감이 들었다. 한국이 빨리 달려들어야 한다는 조급함이 밀려와 아무 연락도 없는 삼성전자에 연수는 분노가 치밀었다. 한국에 돌아가는 대로 연락을 해보리라 마음먹던 연수는 이내 고개를 가로저었다. 기업의 일은 기업에 맡겨두는 게 최선이라는 판단 때문이었지만 갑갑하지 않을 수 없는 일이었다.

"박사님에게서 인도의 힘이 느껴져요."

연수는 샴페인으로 시작해 코냑을 마신 후 잔을 등 뒤로 던지는 행사까지의 풀코스 만찬을 끝내고 미수라 부부와 볼을 부비는 작별인사까지 하고는 호텔로 돌아왔다.

강연은 대성황이었다. 참석자 수로도 의과학자나 바이오 계통의 인사들을 몇 배 압도하는 IT 종사자들은 연수의 한마디 한마디에 청각을 곤두세웠으며 끊임없이 환호를 지르고 박수를 쳤다. 그간 전혀 관심을 갖지 않았으나 일단 바이러스가 3만 바이트의 데이터에 불과하다는 쪽으로 인식의 전환을 이루자 다음은 자신들이 너무도 익숙한 영역이었다.

센서.

티끌의 티끌 같은 움직임조차 모두 전기 신호이니 전기 신호를 포착하는 센서만 개발하면 된다는 연수의 말에 전자 분야 전문가들이 환호했고 레이저 회절 현상으로 바이러스를 포착할 수 있다는 말에 레이저 분야 전문가들 또한 가슴이 벌름거리는 희망을 품었다. 이미 엑스레이로 읽지 못하는 체내 정보를 레이저로 읽어내는 데 성공한 그들은 체내에서든 체외에서든 바이러스를 읽는 디바이스를 만드는 건 시간의 문제일 뿐이라 생각하는 기색이 역력했다.

"저희에게도 시간을 좀 내주셨으면 감사하겠습니다."

강연이 끝난 후 미수라가 소개하는 장관, 정치인, IT업계의 거두들과 학자들 사이에서 정신을 못 차리던 연수는 둘러싼 사람들 사이를 뚫고 불쑥 내밀어진 한 장의 명함에 눈길이 닿는 순간 얼른 몸을 돌렸다.

– 델리대학교 분자생물학과 교수 살라우 –

뉴욕에서 출발할 때부터 알고 있던 이름이었다.

"여긴 너무 복잡하고 숙소로 돌아가야 하니 한 시간 후 타지 팰리스 호텔 VIP 라운지에서 만나는 건 어떨까요?"

"알겠습니다."

9. PRRA의 진실

강연장에서 대략 뒤를 끝낸 후 호텔로 돌아와 옷을 갈아입은 연수는 VIP 라운지에 내려가 커피잔을 앞에 놓고 앉았다. 열광하던 인도의 IT 학자들, 사업자들, 청년들을 떠올리며 한국의 IT 분야에도 미수라 교수 같은 인물이 등장해 새로운 분야로의 위대한 진입을 이끌었으면 좋으리란 생각을 하고 있을 때 라운지 매니저가 다가와 깍듯이 고개를 숙였다.

"손님들이 오셨습니다."

연수가 일어나자 살라우 교수를 비롯해 학자풍의 사람들이 다가와 고개를 숙였다.

"우리 대학 분자생물학 및 제어계측 교수들과 인도공과대학교 생화학과 교수들입니다. 이렇게 우르르 몰려와 놀라지는 않으셨는지요."

"반갑기만 해요."

차가 나오고 약간의 정담이 오간 후 교수들은 거대한 고백록이랄지 참회록 같은 얘기를 꺼냈다.

"사실 우리는 그간 여하히 만능 바이러스 백신을 만들 것인가를 고민하고 있었어요."

"대단하시군요."

"하지만 우리는 전혀 희망을 품지 못했지요. 바이러스를 연구하면 할수록 백신으로는 안 된다는 것을 더 잘 알게 돼요."

연수는 고개를 끄덕였다.

"두 대학 교수들은 20년이 넘도록 치열한 공동 연구를 지속했지만 실패를 거듭하던 중 바이러스가 3만 개의 데이터에 불과하다는 조 박사님 말씀에 망치로 머리를 맞은 것 같았어요. 많은 의학자와 바이오 학자들이 분노하겠지만 우리는 그것만이 단 하나의 길이란 걸 너무도 잘 알아요."

"감사해요."

"오늘 따로 뵙고자 한 것은 바이러스를 인식할 수 있는 센서의 기술에 대한 말씀을 좀 듣고자 함입니다."

연수는 일행 중 제어계측 전문가가 있다는 말을 들었을 때부터 이들이 온 이유가 센서 때문이란 걸 짐작하고 있었다.

"글쎄, 어떤 게 있을까요? 그런 대화가 가능한지도 의문이고요."

연수가 짐짓 마뜩잖다는 반응을 보이자 교수들은 서로 눈짓을 교환했다. 그중 한 사람이 억울하다는 표정으로 말을 꺼냈다.

"혹시 지난번 리서치 게이트 사건 때문에 꺼리시는 거라면 그 전후 사정을 충분히 설명할 수 있습니다."

연수는 순발력 있게 반응했다.

"네, 사실 발표한 논문을 그리 빨리 내리면 신뢰받기 어렵죠."

연수의 한 마디에 모두가 그럴 줄 알았다는 듯 입술을 달싹거리자 라주 교수가 한 사람을 지목했다.

"자네가 설명하게."

지목된 교수는 더 이상 진실할 수 없다는 표정으로 인체로부터 퓨린이 나와 코비드19 스파이크 단백질의 목을 치도록 삽입된 PRRA에 대해 소상히 설명했다.

"천연 돌연변이란 염기서열 중 하나, 혹은 두 개가 불규칙하게 바뀌거나 빠지거나 하는 것입니다. 그런데 코비드19에는 네 개의 아미노산 코돈, 즉 열두 개나 되는 염기가 매우 규칙적으로 배열되어 있습니다. 침투 능력이 열 배 이상 되도록 아주 정확한 지점에 말입니다. 그 정도면 변이가 아닌 삽입입니다. 사람이 실험실에서 만들어 넣지 않고서는 이런 일이 일어나기란 불가능합니다.”

연수는 스미드클라인의 당부를 떠올리며 짐짓 얼굴을 찌푸린 채 계속 도발적 음성을 내밀었다.

“그렇게 자신한다면 리서치 게이트에서는 왜 논문을 내렸어요? 세상의 주목을 끌려다 오류가 드러나 철회한 게 아닌가요?”

“절대 그렇지 않아요. 우리는 자신이 있어요.”

“그렇게 자신이 있는데 왜 논문을 내렸는가 말입니다. 학자란 소신에 목숨을 거는 존재인데 그렇게 자신이 있는데도 논문을 자진 철회한 이유가 뭐냔 말이에요.”

연수가 계속 몰아붙이자 입술을 굳게 다문 채 지켜보고 있던 한 사람이 묵직한 한 마디를 꺼냈다.

“내일 학교로 와주실 수 있을까요?”

“아까 성함이 마한드라 교수님이라 그러셨던가요?”

“마한두라.”

“네, 참!”

마한두라는 이 팀의 보스 같은 느낌을 주었다.

“학교는 왜요?”

“그림을 보면 확실히 알 수 있습니다.”

그림이란 염기서열을 말하는 것일 터였다. 연수는 스미드클라인이 보여준 캐나다 바이러스퇴치연구소의 그림을 떠올리며 굳이 그림을 볼 필요가 뭐 있느냐는 표정을 지었다.

"설명만으로도 알아들을 수 있을 텐데요."

마한두라는 주변을 돌아보며 목소리를 낮추었다.

"사실 여기선 편하게 얘기하기 힘들어서요."

내심 바라던 말이었다.

"네, 그럼 내일 델리대학교로 갈게요."

라주와 마한두라는 아침 일찍 찾아온 연수를 보자 적이 놀라는 눈치였다. 서둘러 커피를 내리고 다과를 준비하는 그들의 표정에는 숙련된 자신감이 배어 있었고 한편으로는 기쁨을 누르는 여유조차 머금은 듯했다.

"20년 전 만능 백신을 목표로 했던 순간부터 우리 연구실은 하루도 빠짐없이 아침 일곱 시에 문을 열었어요. 그러기에 망정이었지 어제 그런 대강연을 하신 조 박사님이 이렇듯 일찍 오실 거라곤 생각 못 하고 하마터면 캠퍼스에서 서성거리게 할 뻔했어요."

"저는 실존주의자예요."

"그 의미는요?"

"세상이란 하느님이 만든 것 같지는 않고 진리가 있는 것 같지도 않다. 어떠한 질서도 없고 무자비한 인간의 욕망만이 꿈틀대는 위험한 곳이다. 그렇다 하더라도 분명한 것은 인간에게는 한 가지 자유가 주어졌다는 거지요. 내 삶을 내가 요리할 수 있는 자유! 그러니만치 최대한 성실하게 살자, 그것만은 진리가 아니겠느냐는 거죠."

"존경스럽습니다. 그런데 인간이 내던져진 가장 참혹한 환경은 바이러스와 공존해야 하는 운명 같은데요. 그건 성실하다고 어떻게 해결되지 않을 것 같아요."

"말씀은 그렇게 하시지만 오늘 여러분 얼굴은 대단히 밝아 보이는걸요."

"사실 밝을 이유는 없어요. 우리는 철저히 패배했으니까요. 20년간 바이러스를 연구했고 백신을 개발하려 했지만, 아무것도 이룬 게 없어요. 하지만 어제 박사님 강연을 듣고 20년 만에 처음으로 해법을 얻은 것 같은 기분이 들어요. 싯다르타가 보리수 아래에서 일순간 깨우쳤듯 말이에요. 제대로 된 길인지는 걸어봐야 알겠지만 인간은 필연적으로 바이러스에 의해 멸망할 수밖에 없다고 생각하던 중이라 그런 희망이 스친 것만으로도 행복해요."

커피를 마시고 나자 마한두라는 연수를 실험실로 이끌었다. 조교가 모니터에 띄운 코비드19의 염기서열 그림은 캐나다 연구소의 것과 똑같았고 PRRA의 아미노산 밑에 붉은 줄이 그어져 강조한 것까지도 동일했다.

"과학이 확률인 것은 양자역학을 통해 확고하게 증명된 사실입니다. 물론 자연 상태에서도 PRRA가 코비드19에 붙을 수는 있습니다. 같은 핏줄인 사스와 메르스에 없다 해서 코비드19에 PRRA가 붙어서는 안 된다는 주장을 우리가 하는 게 아닙니다. 다만 문제는 확률입니다."

마한두라의 목소리에는 확고한 자신감이 배어 있었다.

"그 PRRA가 하필이면 묘한 지점에 가 있으니 확률은 더 떨어지겠군요."

"바로 그렇습니다. 없던 PRRA가 붙을 확률과 하필이면 거기 가서 붙을 확률을 합하면 그것은 홀인원보다도 낮은 확률이에요."

"하지만 자연 변이를 주장하는 학자들도 상당히 많아요."

"조 박사님, 중국인들은 전과가 있다는 걸 아셔야 해요. 그들은 치사율 60%인 최악의 조류독감 H5N1과 전파력 강한 H1N1을 실험실에서 합성해 슈퍼 독감 바이러스를 만들었다고 자랑했습니다. 이것은 정말 미친 짓입니다. 오죽하면 프랑스의 파스퇴르연구소가 이 바이러스가 실험실에서 유출될 경우 수억 명이 사망할 가능성이 있다, 과학적 가치에 비해 위험성이 너무나 큰 미친 짓이라며 맹비난을 퍼부었겠습니까!"

"그게 언제 일이죠?"

"2013년입니다. 더욱 경악스러운 건 이 최악의 바이러스 합성이 BL3 실험실에서 이루어졌다는 사실입니다."

"저런!"

BL3은 생물안전성 3등급이라는 의미로 고병원성 바이러스 합성을 최고 안전 등급의 BL4가 아닌 곳에서 한다는 건 주유소에서 신종 화약 폭발 실험을 하는 것이나 다름없다.

"뚜렷한 정황 증거도 있습니다. 중국은 자기네 국민들에게 코비드19가 퍼지자 에이즈 약을 들입다 먹였어요. 코비드19의 히스토리를 다 안다는 얘깁니다. 자기들이 바이러스를 섞지 않았으면 어떻게 알겠어요."

그는 허공을 향해 고함지르며 분노를 터뜨려 냈다.

"이 개자식들아, 너희가 칵테일 블렌딩 하듯 바이러스를 이리저리 섞어보는 모양인데 그게 자살행위인 줄 몰라!"

"교수님 얘길 들으니 의문이 오히려 더 커지네요. 그렇게나 확신을 하면서 왜 논문을 바로 내렸느냔 말이에요."

"논문이 틀려서가 아니라니까요. 우리 주장이 엉터리라 전세계 학자들로부터 난타당하고 내려져야 했다면 왜 넉 달 후 캐나다 연구소에서 똑같은 논문이 나왔겠어요?"

"그래서 하는 말이에요. 하고 싶은 말이 있다면 있는 그대로 하세요. 그래야 학자잖아요."

마한두라는 연수를 실험실 한편으로 이끌고는 한층 목소리를 낮추었다.

"우리 논문은 절대로 문제가 없어요. 하지만 이 논문이 전쟁으로 번질까 봐 다들 겁을 집어먹은 겁니다."

"전쟁?"

"그래요."

"무슨 전쟁을 말하는 거죠?"

"중국이 걸어오는 전쟁 말이에요."

"학자들이 전쟁이 일어날까 봐 논문을 철회해요? 그걸 곧이들으라고요?"

연수가 믿을 수 없다는 듯 입꼬리에 웃음기를 띄우자 마한두라가 얼굴을 차갑게 굳히며 말을 이었다.

"학자들이 아니에요. 인도 정부가 얼어붙은 겁니다. 외교장관, 교육장관, 심지어는 최고사령관까지 비상 전화를 걸어왔어요."

"그들이 과학을 어떻게 알고요?"

"협박을 받은 거지요."

"누구로부터요?"

"중국 권부."

"누군지는 모르고요?"

"총리님도 그 전화를 받았다 하니 대단한 인물이겠지요. 우리는 디테일을 알 수 있는 위치에 있지는 못해요. 다만 그 논문을 당장 내리라는 거부할 수 없는 명령을 받았어요."

마한두라 교수는 아직도 기억이 생생한 듯 몸서리를 쳤다.

"게다가 끌려가 삼엄한 조사까지 받았어요. 실험실의 조교들까지 말입니다. 물론 추후로 다시 논문을 올리지 않겠다는 다짐을 하고 겨우 풀려났어요."

스미드클라인의 짐작이 맞아떨어지는 순간이었다. 이들이 논쟁 한 번 하지 않고 논문을 내린 데는 전혀 다른 사정이 있었던 것이다.

"그런데 이런 얘기를 제게 하는 이유가 뭐죠?"

"이제는 말할 수 있어요. 지난번 히말라야의 국경충돌 때문이죠. 중국군의 가시 박힌 쇠몽둥이에 맨주먹의 우리 군인 스무 명이 맞아죽어 전 국민이 격분한 사건 이후 우리 인도는 중국과 정면으로 부딪치기로 했어요. 그러던 중 우리는 조 박사님을 만난 겁니다. 의료인으로서 바이러스를 백신이나 치료제가 아닌 반도체로 잡아야 한다고 주장하는 게 얼마나 힘든 일인지 너무도 잘 압니다. 수많은 의료인들, 세계를 지배하는 다국적 제약회사들, 바이오 과학자들, 한 연약한 여성이 그 거대한 세력을 의식하지 않고 자신의 길을 헤쳐 나가는 모습을 보고 우리는 크게 깨달았어요. 박사님께 진실을 털어놓으며 비겁했던 기억으로부터 벗어나고 싶었던 겁니다."

"제가 틀릴 수도 있어요."

"물론입니다. 조로아스터교는 인간은 누구나 틀린다는 가정에서 출발합니다. 이 세상에 맞는 것은 없어요. 오늘 맞는 게 내일은 틀리기 마련입니다. 주장은 맞고 틀리고의 문제가 아니라 하느냐 안 하느냐의 문제입니다."

연수는 마한두라의 입에서 튀어나온 말에 크게 공감이 일었다. 인도의 힘이라는 게 느껴지는 것 같아 혹 자신이 그간 인도 과학자들을 거만하게 대하지는 않았나 돌아보며 고개를 끄덕였다. 꼬여 있는 현실 속에 녹아 있는 깊은 영혼의 관조를 음미하며 연수는 연구원들과 작별 인사를 나누고 실험실을 나왔다.

"오늘 얘기는 잘 간직할게요."

연수는 호텔에서 내준 마이바흐에 올라 검게 선팅된 창문을 열고 주차장까지 따라 나온 마한두라와 라주에게 손을 흔들었다.

"조 박사님, 감사해요."

순간 뭔가가 차 안으로 툭 던져졌다. 라주의 눈길이 다른 곳을 향한 틈을 타 마한두라가 던진 건 USB였다. 연수는 아무 내색도 하지 않고 차가 학교를 벗어나서야 몸을 굽혀 바닥에 떨어진 USB를 주웠다.

호텔로 돌아와 USB를 노트북에 넣자 두 개의 파일이 떴다.

하나는 연구실에서 보았던 코비드19의 스파이크 단백질 염기 사진이었다. 기다란 염기의 끈 사이사이에 규칙적으로 배열해 있는 PRRA라는 아미노 모티프를 표시해두고는 '삽입'이라 써두어 이것이 실험실에서 인간에 의해 만들어졌다는 이미지를 분명히 한 것이었다.

다음 파일을 열자 중국식 영어가 다분히 위압적으로 흘러나왔다.

–수상 각하, 귀국의 과학자들이 이 전염병이 우리 실험실에서 만들어졌다는 근거 없는 악소문을 퍼뜨리고 있습니다. 증거를 대지 못하면 배상이냐, 전쟁이냐를 선택해야 할 것입니다.–

생각지도 못했던 수확이었다. 인도의 과학자들이 황급히 논문을 자진해서 철회한 것은 결코 학문적 오류를 발견했기 때문이 아니었다. 연수는 수상에게 직접 전화할 정도면 목소리의 주인공이 중국의 실권자일 거라 생각하며 샴페인 병을 땄다. 프레지덴셜 스위트의 테라스 밖으로 보이는 악샤르담 사원의 붉고 파란 조명에 더욱 기분이 고조된 연수는 샴페인 잔을 들어 인디아게이트를 향해 건배했다. 염려했던 인도 출장은 대성공이었다.

10. 알 수 없는 병

창탕 고원의 짧은 여름이 끝나는 8월 말 체텐은 고원 아랫마을에 있는 학교를 향해 걸음을 옮겼다. 고산 유목민의 삶을 숙명처럼 받아들였지만 체텐의 미래를 생각하지 않을 수 없었던 할아버지 굽타는 1년 전 체텐을 학교에 보내기로 결정했다.

체텐은 학교를 좋아해본 적이 없었다. 태어날 때부터 쓰던 티베트어 대신 중국어를 새로 배워야 하는 것은 고역이었고 한순간도 떨어져본 적 없는 가족들과의 이별도 진정 힘들었다.

"마칭!"

체텐은 마칭의 무덤을 떠난다는 사실이 내키지 않았다. 워낙 참혹했던 마칭의 마지막 모습이 사라지지 않아 고개를 푹 숙인 채 아버지 뒤를 따르던 체텐의 모습은 점점 작아지다 마침내는 창탕 고원의 끝자락과 짙푸른 하늘이 맞닿은 곳으로 한 점이 되어 사라지고 말았다.

"정신은 집에 두고 왔니!"

체텐의 초점 없는 흐릿한 눈동자가 줄곧 허공을 향해 있는 걸 본 돌마 선생은 가볍게 탁자를 두드리고는 손을 들어 체텐의 눈앞에 흔들었다.

"쌍둥이 마칭과 떨어져 슬픈 모양이구나."

돌마의 말에 체텐의 눈에서는 굵은 눈물 줄기만 흘러내렸다.

"마칭이 마지막 길을 간 것이야?"

"네."

"선생님도 네 마음을 이해해. 그러나 모든 생명체는 삶의 순례자란다. 언젠가 자기에게 주어진 아름다운 순례를 마치면 다시 자연으로 돌아가는 거야."

"알아요."

"신생님도 어릴 적에 키우던 양이 죽어 얼마나 슬펐는지 몰라. 체텐의 마음을 이해하고 말고."

돌마는 말없이 어깨를 토닥거리며 체텐이 진정되기를 기다려 주었다. 잠시 후 체텐은 붉어진 눈을 들어 돌마를 바라보며 입을 열었다.

"선생님, 마칭이 죽은 건 정말 슬픈 일이에요. 그러나 저도 이제 열네 살이나 되었어요. 그동안 엄마 야크가 새끼를 낳다가 죽는 것도 많이 보았어요. 그런데 마칭은 잊히지가 않아요, 그 착하디착한 마칭이 너무 참혹한 모습으로 죽었기 때문이에요."

"그래, 체텐. 누구에게나 더 특별하고 소중한 게 있지. 그런만치 아픔도 더 큰 법이란다."

"그게 아니라 마칭의 죽음이 너무나 이상했다니까요."

"이상했다고? 뭐가?"

"그게 마칭이었는지조차 알 수 없을 정도로 혼자 날뛰다 온통 찢기고 터져서."

"뭐라고?"

"저뿐만이 아니었어요. 할아버지도, 아버지도, 그리고 마을 사람들도 마칭의 사체를 본 모든 사람들이 그건 양의 죽음이 아니라고 고개를 가로저었어요."

불을 켠 듯 초롱초롱해진 체텐의 두 눈이 돌마를 또렷하게 바라보고 있었다.

"체텐, 이제 그만. 선생님도 마칭의 죽음이 정말 슬퍼. 체텐이 지금 어떤 마음인지도 잘 이해해. 그러나 마칭의 죽음에 대해 그런 거짓말을 꾸며내서는 안 돼."

평소 자상하고 다정하기만 하던 돌마의 엄한 말투에 체텐은 기어 들어가는 소리를 냈다.

"거짓말 아니에요."

"그럼 네가 본 걸 자세히 그려서 선생님에게 보여줘."

다음날 아침 체텐의 그림을 받아든 돌마는 기겁했다. 서투른 솜씨지만 체텐의 그림에 묘사된 마칭의 사체는 실제로 그 광경을 보지 않은 사람은 도저히 그릴 수 없는 것이었다. 당장이라도 솟구치는 핏줄기와 뜨거운 피비린내가 그림을 뚫고 코끝에 미칠 것만 같아 그 자신이 양을 잘 아는 돌마의 입에서는 질린 목소리가 새어 나왔다.

"양이 이렇게 죽을 수는 없어!"

체텐의 끔찍한 그림을 본 후 나쁜 악귀라도 들러붙을 것만 같은 기분에 사로잡힌 돌마는 새로 부임한 교사를 떠올렸다. 자세한 것은 알려지지 않았지만 그는 중국의 최고 연구소에 근무하던 미생물학자였다고 했다. 어떤 연유로 이곳까지 왔는지는 알 수 없지만 어쨌든 히말라야 오지 마을의 작은 학교에서는 처음 맞는 큰 인물인 린밍훼이 선생은 이 이상한 그림에 대해 무슨 말인가를 해줄 수 있는 유일한 사람이라는 생각이 들었다.

"이걸 학생이 그렸다고요?"

"네, 창파 유목민 소년이 그린 그림이에요."

"이게 양인데……, 이건 물어뜯긴 게 아니라 폭발한 것처럼 보이네요. 마치 독을 먹고 죽을 때까지 날뛴 것 같잖아요. 얘가 제대로 그렸을까요?"

"아이가 한 말이 그림과 똑같아요."

"그 학생을 봐야겠어요."

"아끼던 양이 죽어 너무 슬픈 나머지 거짓말을 하는 건 아닐까요?"

"보지 않고는 이런 상상을 할 수 없을 것 같은데요. 여하튼 좀 불러주세요."

돌마는 곧바로 체텐을 교무실로 불렀다.

그림을 책상 위에 놓고 체텐에게 꼬치꼬치 캐묻고 난 린밍훼이는 예사롭지 않은 표정을 지었다.

"돌마 선생님, 창탕에 가서 조사를 좀 해봐야겠어요."

린밍훼이의 단호한 말투에서 돌마는 마칭의 죽음에 뭔가 이상한 부분이 있다는 걸 알 수 있었다. 린밍훼이의 창탕행은 두 사람을 제외하고는 비밀에 부쳐졌다. 당국에 의해 감시당하는 그는 어떤 활동도 해서는 안 되기 때문이었다.

린밍훼이는 체텐을 앞세우고 창탕 고원으로 향했다.

"사람들이 죽은 마칭의 고기를 먹었니?"

"아니요, 선생님. 마칭처럼 축복받은 양들은 평생 자유를 누리고 살아요. 그리고 죽더라도 고기를 먹지 않고 사람처럼 땅에 묻어줘요."

"땅에 묻었다고?"

"네, 묘지가 있어요. 제가 돌탑도 만들어주었어요."

"틀림없이 묻었지?"

"네. 틀림없어요."

창탕에 도착하자마자 린밍훼이는 머리부터 발끝까지 연결된 우비처럼 생긴 방호복을 입은 채 마칭의 사체를 파냈다. 제대로 된 실험도구가 없어 딱히 할 수 있는 일은 거의 없다시피 했지만 중요한 건 사체에서 느낄 수 있는 인상이었다. 과연 체텐 가족이 설명한 대로 양은 마지막 순간까지 몸부림치다 죽은 것으로 보였다. 외상이 많기는 하였으나 물리거나 긁힌 게 아니어서 다른 짐승과 싸웠다고 볼 수는 없었다.

'신경계 이상이 분명해.'

린밍훼이는 광우병을 떠올렸다. 그것 외에는 달리 생각할 수 있는 게 없었다. 하지만 양의 뇌에 광우병 유발 물질이 있다고 알려지긴 했으나 양 자체가 광우병에 걸린 사례가 보고된 게 있는지는 분명하지 않았다. 그는 사람들의 접근을 엄중히 막은 다음 극도로 조심스럽게 사체의 조각들을 채집해 병에 담았다. 그런 다음 누구도 시키지 않고 자신의 손으로 무덤을 철두철미하게 덮은 후 유목민 거주지에 대해 상세한 조사를 실시했다.

평생 이런 걸 처음 본 체텐의 할아버지를 비롯해 겨울을 나기 위해 주거지를 옮긴 창파 유목민들은 호기심에 차 내내 린밍훼이를 지켜보았다.

"저분은 수의사 선생이신가요?"

"의사면 살아있는 짐승을 다루겠지. 뭐 하는 사람인 줄은 몰라도 다 죽은 후에 시체를 파보면 뭐 하누. 그런다고 죽은 놈이 살아오는 것도 아니고."

"그래도 마칭을 저리 작살 낸 게 어느 놈인지는 알아내야지."

"내가 늑대 아니라 야생 야크라 했잖아. 야생 야크 중에 덩치 큰 놈이 공격하면 양이 저렇게 터져버린다니까."

"그런데 체텐의 할애비도 애비도 아무 소리 못 들었다잖아. 야생 야크가 코앞까지 왔는데 울음소리 하나도 못 들었다 그랬어."

"체텐이 저 의사 선생 데리고 온 건 잘한 일이여. 어쨌든 원인을 알아내야지 우리가 두 다리 뻗고 자지 않겠나."

"의사 선생이 맞긴 맞는가?"

마을에 중요한 일이 생기면 성인 남자들이 모여 결정하는 창파 부족의 관습에 따라 이들은 끝장토론 끝에 린밍훼이의 광범위한 조사에 협조하기로 했다.

이틀 후 체텐과 함께 학교로 돌아온 린밍훼이를 보자 돌마가 궁금증을 내보이며 물었다.

"린 선생님, 마칭의 사인이 밝혀졌나요?"

돌마의 거듭된 질문에 린밍훼이는 애매모호한 말로 얼버무렸다.

"네, 그게……."

"야크에게 물린 건가요?"

"물린 건 아니에요. 이 양은 죽는 그 순간까지 미친 듯 발광했어요. 광우병에 걸린 짐승은 두 타입으로 반응해요. 비실비실하다 다리가 푹 꺾여 쓰러진 다음 일어나지 못하고 죽거나 미친 듯 발광하다 죽는 거지요. 그런데 양과 광우병은 참 애매해요. 광우병 유발 인자는 갖고 있는데 그렇다고 양이 광우병에 걸린다고 볼 수도 없거든요."

돌마는 이것도 저것도 아닌 린밍훼이의 설명이 답답한지 잘라 물었다.

"여하튼 병으로 죽었다는 거죠?"

"그렇게 추정은 되는데 양에게 나타난 적은 없는 병이란 뜻이에요. 양에게는 뇌에 구멍이 뚫리는 스크래피라는 병이 있어요. 이 병에 걸리면 신경이 곤두서고 광포해지지만 나무 같은 것에 심하게 몸을 비벼댈 뿐 이렇게 내장이 다 터져 나올 정도로 미쳐 날뛰지는 않아요. 자세한 것은 더 조사를 해봐야 해요."

"마칭이 어떻게 그런 병이 걸렸을까요?"

"……."

중국 과학원의 미생물 파트 책임연구원이었던 린밍훼이는 우한 코로나 발병 초기에 이 병이 사람 간에 전염될 수 있고 그 전파력이 무서울 수 있다는 주장을 리서치 아카이브에 올렸다. 당국의 전화를 받고 곧 글을 내렸으나 연구원을 스스로 사임하도록 강요받은 후 누구의 눈에도 띄지 않는 이곳 오지 마을 교사로 발령이 나버린 것이었다.

그런데 일이라고는 전혀 있을 것 같지 않은 히말라야의 꼭대기 마을에서 그는 학자로서는 도저히 그냥 지나칠 수 없는 현상을 마주치게 된 것이다. 체텐의 그림을 보는 순간 그는 양의 죽음이 심상치 않다는 걸 직감했다. 그는 아무리 자신이 혹독한 감시하에 있다 하더라도 결코 그냥 지나쳐서는 안 된다고 생각했다.

하지만 린밍훼이가 오지 중의 오지인 이곳에서 할 수 있는 건 아무것도 없었다. 그는 가져온 사체 조각을 땅에 묻어놓고 생각을 거듭하다 안면이 있는 영국의 광우병 전문가 제이슨 라이언 박사에게 간단한 손편지를 썼다. 인터넷도 아무것도 없는 이 고원에서 더구나 공안의 날카로운 감시하에 있는 그가 자신이 목도한 현상을 외부로 전할 수 있는 유일한 방법이었다.

11. 산업스파이

　뉴욕으로 돌아온 연수는 바로 스미드클라인에게 전화를 걸었다. 스미드클라인은 뉴델리에서 연수의 강연을 접한 인도인들이 보인 반응에 크게 놀랐던 모양인지 마주앉자마자 열렬한 감상을 쏟아냈다.

　"인도인들은 예전부터 정보통신에 누구보다 먼저 눈을 뜨고 있었는데 만약 조 박사 이론대로 IT가 바이러스를 완전 통제할 수 있다면 앞으로의 세계는 인도가 끌어갈 거요."

　"그러나 인도가 IT 분야의 기술적 선두 그룹은 아니잖아요."

　"조 박사의 아이디어는 콜럼버스의 달걀 같은 거요. 생각을 할 수 있느냐 없느냐의 문제이지 일단 머리에 점화만 되면 디바이스를 만들어내는 건 그리 어려운 게 아닌 것 같소. 오히려 미국처럼 온갖 분야에서 세계적 기업들을 가진 나라는 방향을 틀기 어렵소. 의학계나 제약업계 등에서 순순히 자신들의 영역을 포기하겠소? 대단히 전환이 늦을 거요."

"이 문제는 어느 나라에서건 먼저 시작하는 게 중요한 것 같아요."

"바로 그렇소. 심지어 중국이나 러시아가 먼저 해도 좋으니 좌우간 인류가 안심할 수만 있으면 그게 최선이오."

'정치없는의사회'를 끌어가는 스미드클라인은 역시 생각하는 게 달랐다. 중국이 미국의 적국으로 강력하게 부상하고 있음에도 그는 대개의 미국인과 달리 중국에 대한 적대의식이 전혀 없는 것처럼 보였다. 연수는 USB를 내밀었다.

"마한두라라는 델리대학교 교수가 준 거예요."

연수가 가지고 간 노트북에 USB를 꽂은 뒤 나타난 코비드 19의 염기서열을 별 반응 없이 들여다보던 그는 곧이어 녹음된 통화 내용을 듣고 나서는 놀란 얼굴로 테이블을 쳤다.

"어떻게 이걸 손에 넣었소?"

연수가 자초지종을 얘기하자 스미드클라인은 믿을 수 없다는 듯 고개를 좌우로 저어댔다.

"인도인들이 조 박사를 정말 존경하는 모양이요. 이런 걸 얻어올 줄이야."

"여하간 운이 참 좋았어요. 사실 떠날 때는 위험을 각오했거든요."

"솔직히 제안할 때부터 수락만 해주어도 다행이다 생각했지만 모든 일을 너무도 잘해주었소. 오늘 밤 와인 파티가 있는데 오시오."

"사양하겠어요. 내일 낮에 출국하거든요."

다음날 뉴욕 공항에서 출국하려던 연수는 뜻밖에도 출국 심사 부스에서 제지를 당하자 무척 당황스러웠다.

"무슨 문제죠?"

"이번 방문 기간 중 범죄를 저지른 일 있어요?"

"전혀 없어요."

"어제 입국했다 오늘 출국하는 이유가 뭐죠?"

"나는 한국인이에요. 미국에서 인도의 세미나에 참가했다 다시 미국으로 돌아왔고 오늘은 한국으로 돌아가는 거예요."

"당신은 출국이 금지돼 있어요. 저기 뒤로 돌아가면 사무실이 있으니 그리로 가요."

연수는 출국관리사무소에서 실제 자신이 미국 법무부의 출국 통보 대상자로 분류되어 있는 걸 보고는 영문을 알 수 없었다.

"법무부에서 사람이 올 거예요. 기다려요."

"짐은요?"

"항공사가 보관해요."

"어떤 사람들이 출국 금지 대상자가 되죠?"

"범죄자요."

"뭐라고요? 내가 범죄자라고요?"

"정말 죄지은 거 없어요?"

"내가 남의 나라에 와서 무슨 범죄를 저지르겠어요!"

"범죄 저지른 사실이 없다는 게 소명되면 출국 금지는 해제되니까 조사를 잘 받아요."

얼마 후 나타난 사람은 FBI 신분증을 내밀었다.

"같이 갈 수 있어요?"

"어디로 가자는 거죠?"

"연방수사국."

"무슨 이유로요?"

"물어볼 게 있어요."

"여기서 물어봐요."

"그럴 수 없어요."

"안 가면요?"

"그럼 영장이 발부되어 체포돼요."

"도대체 내게 무슨 문제가 있다는 거예요? 나는 의사일 뿐이에요. 당신들이 찾는 사람이 내가 맞기는 한 거예요?"

"한국 질병관리청의 닥터 조. 우리는 당신을 줄곧 지켜봐왔어요."

"날 지켜봐요? 왜요? 도대체 무슨 권리로. 그리고 뭘 조사하겠다는 거예요?"

"당신은 스파이 혐의를 받고 있어요."

"뭐라고요? 내가 인도를 갔다 온 게 스파이 행위라고요?"

같이 온 사나이 하나가 퉁명스레 내뱉었다.

"지금 대우받으며 갈 거요? 아니면 영장 나온 다음 수갑 차고 갈 거요?"

"전화를 한 통화 해야겠어요."

영문을 짐작할 길 없는 연수는 스미드클라인의 번호를 눌렀다. 그러나 여러 번 신호가 울리는 데도 응답이 없었다. 연수는 머리가 꽉 막힌 상태에서 간신히 생각을 이어나갔다. 무엇이 문제인가. 인도에서 마한두라가 던져준 USB를 받은 것이 스파이 행위라는 건가. 설사 문제가 있다 하더라도 누가 그걸 발설했단 말인가. 연수는 임의 동행 거부가 영장 발부 등의 빌미가 될까 봐 일단 사무실까지 동행하기로 했다.

사무실에 도착하자 연수는 신문실에 앉혀졌고 부서책임자로 보이는 인물이 들어와 고지인지 경고인지를 했다.

"당신은 아직 피의자가 아니오. 우리는 당신에 대해 깊은 의혹을 갖고 있지만 당신이 소명을 제대로 하는지를 먼저 볼 거요."

연수는 뭐가 들었는지도 모르는 USB를 받았다는 사실이 범죄가 될 수는 없다 자신하면서도 스미드클라인이 전화를 받지 않는다는 사실이 마음에 걸렸다. 설사 USB든 뭐든 자신이 인도를 다녀온 사실이 문제 되면 모든 걸 스미드클라인에게 미루면 된다 생각했던 탈출구의 문이 조금 닫히는 것 같은 느낌이 들었다.

"당신은 변호사의 조력을 받을 수 있어요."

연수는 고개를 가로저었다.

"안 불러요."

"그럼 시작합시다."

책임자가 나가자 팔을 걷어붙인 두 사내가 들어와 이제까지와는 전혀 다른 위협적 어투로 신문을 시작했다.

"진술은 모두 녹음, 녹화되고 있어요. 단 한 마디라도 거짓 진술이 있으면 당신의 형량은 10년 이상 늘어나요. 그러니 있는 그대로 얘기해요. 그럴 수 있어요?"

연수는 상대의 무례한 태도가 거슬렸지만 스미드클라인이 전화를 받지 않는 이유를 곰곰 생각하며 상대의 질문을 기다렸다.

"학자는 학자의 문법이 있는 법이오."

"……"

"당신은 이제껏 단 한 번도 반도체로 바이러스를 잡는다는 논문을 쓴 적도 없고 프로젝트를 한 적도 없어요. 그런데 어느 순간부터 갑자기 이 이론의 전도사가 되었어요. 그건 학자의 문법이 아니오."

잔뜩 신경을 곤두세우고 있던 연수는 전혀 예상하지 못했던 말에 당황했다. 혐의는 인도에 다녀온 게 아니라 반도체였다. 연수는 상대의 말투로 보아 이미 오래전부터 자신이 뒷조사를 당해왔다는 느낌을 받았다.

"그게 약 4개월 전이오. 당신이 그자를 만난 후부터란 말이오. 미국에서 한국으로 간 그자, 당신에게 그 특급 비밀을 넘긴 자와 당신은 무슨 관계요?"

연수는 돌연 온몸에 소름이 돋았다. 이 웃기는 인간이 왜 학자의 문법이니 뭐니 이상한 소리를 하는 거야 하던 비웃음은 이어진 단 한 마디에 갑작스레 공포의 쓰나미가 되어 연수를 덮쳐왔다.

"그게 특급 비밀이라고요?"

연수의 경악하는 모습을 본 신문관은 묵묵히 고개를 끄덕였다.

"동시에 그는 초특급 산업스파이요."

"아!"

이제껏 머리를 떠나지 않던 그 모든 의문이 완전히 해소됨과 동시에 연수는 한순간에 나락으로 떨어지고 말았다. 공항에 도착해 병리의를 찾은 후 기발한 아이디어를 내놓고는 스스로를 추방해 당일로 돌아간 남자. 도저히 이해할 수 없던 그 남자의 행동이 산업스파이라는 한 마디에 모조리 아귀가 맞아떨어지는 한편 생각지도 못했던 불안감이 연수를 급습했다. 자신은 꼼짝없이 그의 공범이 되고 말 수밖에 없는 운명에 처한 것이었다.

"그 기술을 어디에 판 거요?"

"판 적 없어요."

"거짓말!"

"정말이에요. 그런데 그 사람에게 한마디 들었을 뿐인데 그게 무슨 스파이 행위라는 거예요?"

"그와는 몇 번 만났어요?"

"네?"

"한국에서 그를 몇 번 만났느냔 말이오?"

"한 번 만났을 뿐이에요. 그것도 10분 안 되는 짧은 동안. 설계도면을 받은 적도 없고 아무것도 없어요."

"무슨 소리요? 당신은 반도체로 바이러스를 잡아내는 데는 바이러스의 전류량을 재는 센서와 레이저 센서를 이용하면 된다고 기고도 하고 강연도 했소. 그러면 그게 모두 당신의 독창적 아이디어란 말이요?"

"그 사람 아이디어이긴 했지만 우리는 구체적 기술을 주고받진 않았어요."

"한 마디로 대답해요. 반도체로 바이러스를 잡아낼 수 있다는 말을 그가 했어요? 안 했어요?"

"하긴 했으나……."

신문관은 연수의 말을 단칼에 끊었다.

"그전까지 당신은 그런 방법이 있다는 생각을 한 적 있어요? 없어요?"

"없어요."

"그럼 분명하잖아. 당신은 그로부터 그런 기술을 처음 들은 거요."

"기술은 아니고 아이디어는 맞아요."

"기술이 아니라고? 흐흐, 전류량이라는 말이 그의 입에서 나온 적 있어요? 없어요?"

"있어요."

"누가 그 전류량이라는 말을 먼저 했어요? 그 사람이오? 당신이오?"

"그가 말했어요."

"레이저라는 단어가 맨 처음 나온 게 누구의 입이었소? 당신 입이오? 그놈 입이오?"

"그가 말했어요. 하지만 그건 기술이라 할 수 없어요. 그럼 오존을 발생시켜 세균을 죽일 수 있다 말하면 기술 유출인 거예요?"

신문관이 잠시 말이 막히자 문이 열리며 누군가 들어왔다. 그는 신문관을 대신해 능숙하고 세련된 목소리로 말했다.

"이것 보시오, 조 박사. 당신은 구체적 얘기를 안 들었다 변명하지만 그건 당치않아요. 어떤 연구원이 오랜 연구 끝에 하마가 흘리는 땀이 아토피성 피부염에 특효라는 걸 밝혀냈다 가정해봐요. 그러면 그 사실 자체가 가치 있는 기업 비밀인 거요. 하마의 땀을 헝겊으로 묻혀내든 주사기로 흡입해 모으든 그건 상관없어요. 게다가 그는 바이러스를 인식할 수 있는 두 가지 기술까지 당신에게 알려줬소. 이것은 원리와 기술을 다 알려준 걸로 명백한 스파이 행위요."

"……."

"생각해보시오. 아이디어든, 원리든, 기술이든 간에 그게 그냥 얻어진 건 아니잖소? 당신에게 반도체로 바이러스를 잡을 수 있다는 사실을 전달한 그 친구는 자신에게 그토록 많은 연구비와 급료를 지불한 회사를 배신하고 당신에게 그 원리를 전달했단 말이오. 비밀 유지 의무를 어기고. 그게 바로 산업스파이예요. 이해에 도움이 되었어요?"

의사이거나 학자처럼 보이는 이 사람은 연수에게 아픈 한 마디를 남기고는 나가버렸다.

"그러면 자인서를 써요."

"……."

"당신이 자인서를 쓰고 사건의 전말을 다 털어놓으면 커다란 정상 참작이 있어요. 하지만 당신이 혐의를 부정하고 끝까지 고집을 부리면 그놈의 종범이 아니라 공동 정범이 되는 거요."

생전 수사 기관에 와본 적도, 신문을 받아본 적도 없는 연수는 심하게 흔들렸다. 자신의 행위가 불법인지 아닌지 판단이 쉽지 않았지만 최소한 이정한이 자신에게 연구 결과에 해당할 수도 있는 말을 했다면 급료와 연구비를 지불한 회사를 배신했다는 판단도 가능할 것 같았다. 그리고 그가 범죄자라면 자신도 빠져나갈 수 없을 것이었다.

사건의 평가가 유무죄의 경계선에 걸쳐져 있으니만치 자신은 최선을 다해 정한과 인천 공항에서 처음 만났고 그전에 연락한 바 없으며 그 후로도 연락한 적이 없다는 사실을 주장해야 한다는 사실만은 분명했다. 생각을 정리해 나가던 연수는 이들의 신문 방식이 어딘가 이상하다는 느낌이 들었다. 이들은 이제껏 한 번도 자신들이 주범이라고 주장하는 이정한의 이름을 입 밖에 낸 적이 없는 것이다.

연수는 이정한이라는 이름 대신 줄곧 일관되게 '그'라는 인칭대명사를 사용하는 것은 이들이 그를 모르기 때문일 수도 있다는 생각이 들었다. 그리고 어쩌면 정한의 존재에 대한 실마리를 연수 자신이 제공했을 수도 있다는 예감이 들자 무엇이 문제였는지 곰곰 되짚어보았다.

'아, 내가 미수라 교수의 집에서 이 아이디어를 미국에서 온 사람으로부터 얻었다 얘기한 것이 문제가 되었을까. 이들은 미수라, 혹은 라주로부터 내가 했던 말을 보고받고는 산업스파이라 짐작했을지도 모른다.'

"대답해요. 자인서를 쓰고 수사에 협조해 혜택을 받을지, 아니면 입 꾹 다물고 있다 주범이 진술하는 대로 덤터기를 쓸지."

"자인서인지 뭔지는 모르지만 있었던 일을 그대로는 쓸게요. 그런데……."

"얘기해요?"

"그가 누구죠?"

"뭐요?"

"나에게 그 기업 비밀이라는 걸 넘겨줬다는 산업스파이 말이에요. 그 사람 이름이 뭐예요?"

"그건 당신이 알 거 아니오."

"잠깐 만난 사람 이름을 내가 어떻게 알아요? 그 사람 이름이 뭐예요?"

"모른다고?"

"이름도 전화도 몰라요. 평생 처음 10분 만난 사람과 같이 범죄를 저질렀다고요? 당신들이 이름을 대요. 이름이 뭐냐니까요?"

"그게 왜 중요하다는 거요?"

"당신들이 나를 종범으로 생각한다면 어디 사는 누가 정범이라는 게 먼저 나와야 되잖아요. 그리고 그가 자기 회사에 얼마의 피해를 끼쳤는지도 알아야 하고."

"아는 척하지 말아요. 그럼 마약 판매상을 모르면 마약을 복용하거나 소지하고 있는 자를 그냥 두라는 거요?"

"경우가 달라요. 마약 복용이나 소지는 그 자체가 범죄예요. 그러나 나의 경우는 그 사람의 말을 들었을 뿐이에요. 그날 그 미친 사람 앞에 있었던 사람은 누구라도 들었을 얘기예요. 이 일이 범죄가 되려면 그런 얘기를 내게 한 사람의 행위가 먼저 범죄라야만 해요. 그런데 당신들은 그가 누군지, 구체적으로 어떤 회사의 어떤 기술을 훔쳤는지를 특정하지 못하고 있어요. 나는 일어나겠어요. 당신들이 물리력으로 나를 잡아두는 건 자유지만 인생 끝내고 싶은 용감한 사람 있으면 나와봐요."

연수가 자리에서 일어나자 신문관은 나서서 제지하지는 못했다. 하지만 그는 마치 복수를 선포하는 패배자처럼 독한 저주를 뱉어냈다.

　"조 박사, 우릴 너무 우습게 보는 거 아니오? 우리가 미국에서 당신을 찾아간 사람을 못 찾아낼 줄 알아요? 시간문제일 뿐이오. 당장 그 자리에 다시 앉아 자인서를 쓰고 그에 대한 정보를 제공할 마지막 기회를 주겠소. 불응하고 나가버리면 곧 이 자리에 다시 앉을 거요. 각오하시오. 그날 밤에는 구치소에서 잠이 들어 십 년이 넘도록 집에 못 갈 거요."

12. 해후

    연수는 뒤도 돌아보지 않고 나와버렸지만 눈앞이 캄캄했다. 일단 공항에 가서 짐을 찾아 호텔에 간 연수는 방에서 생각에 잠겼다. 미국의 수사 제도를 잘 알지는 못했지만, 미국 사회에서 FBI가 가진 힘은 영화나 드라마 등으로 익히 아는 바였다. 게다가 미국은 산업스파이를 매우 무겁게 처벌한다는 얘기도 들은 적이 있어 연수는 자신이 거미줄에 걸린 한 마리 벌레 신세라는 생각에서 벗어날 수 없었다. 밤이 깊어져 사방이 모두 검게 변했으나 불도 켜지 않은 채 소파에 앉아만 있던 연수는 가까스로 울음을 참고 있었다. 생각할수록 자신이 미워져 견딜 수 없었지만 이미 흘러가 버린 시간을 되돌릴 수는 없는 일이었다. 이정한이 전류량이니 레이저니 하는 기술을 얘기했을 때 그 원리나 기술이 매우 깊은 연구에서 나왔을 거라는 생각을 했어야 했는데 정신병자가 아닐까 하는 전혀 엉뚱한 방향으로만 생각했던 게 후회막급이었다.

또 하나 폐부를 후벼파며 치밀어오르는 후회는 아까 그 자리에서 이정한이라는 이름 석 자를 대주고 그를 만난 경위를 있는 그대로 진술했어야 하지 않았나 하는 것이었다. 물론 FBI의 수사 방식이 틀리긴 했으나 사실 그럴 수도 있는 일이었다. 수사 기관이란 언제 어디서 어떤 형식으로 범죄 정보를 얻든 수사를 하기 마련이고 정한에 대한 정보가 없어 자신을 먼저 조사하는 것이 꼭 문제가 있는 것도 아니었다.

"이정한, 이 나쁜 자식!"

연수의 입에서는 종내 정한의 이름이 튀어나왔다. 악귀나 역신처럼 자신의 운명에 나타나 이 지경에 빠뜨려놓았지만 자신은 그의 전화번호 하나도 갖고 있지 않았다. 아니 지금 와서 그에게 연락하는 것은 오히려 증거 인멸 등으로 몰릴 우려가 있었다. 아마도 FBI는 자신의 전화를 감청하고 있을 것이었다.

- 뚜뚜뚜뚜 -

창에 뜨는 번호는 스미드클라인이었다. 연수는 얼른 전화를 받았다.

"런던으로 가는 비행기 안이라 전화를 못 받았어요. 그런데

144

오늘 한국으로 간다 그러지 않았소?"

연수는 자초지종을 말하려다 꾹 눌러 참았다. 아직 모든 상황이 불분명한데 그에게 내막을 알리고 싶지 않았고 무엇보다도 막강한 FBI를 상대로 그가 무슨 힘이 될 것 같지도 않았기 때문이었다.

"며칠 더 있게 될 것 같아요. 그리고 사정이 생겨 제가 맡은 그 프로젝트는 사퇴해야겠어요."

"왜요? 이번에 경험도 많이 했으니 누구보다도 잘할 텐데."

"죄송해요."

스미드클라인은 잠시 침묵했다 이내 수긍해주었다.

"알겠어요. 사정이란 생기는 법이니까. 여하튼 자주 연락합시다. 아무래도 팬데믹의 종착점이 심상치 않을 것 같아요."

"네."

스미드클라인과 아무 내용이 없는 통화를 하고 나자 혹시 위기에 처했을 때 도움이 될 수도 있지 않을까 하는 실낱같은 희망조차 사라지면서 절망감은 더욱 커졌다. 연수는 어찌 되었든 일단 정한의 인적사항은 알아두어야 했다는 뼈저린 후회를 삼키며 한국으로 전화를 걸었다.

"사무관님, 지금 아주 다급한 상황이에요."

연수의 옆자리에서 일하는 박영철 사무관은 자초지종을 들고 나자 놀라는 중에도 침착하게 대응했다.

"아직 일이 어떻게 될지 모르니 상부에는 알리지 않는 게 좋겠어요. 그리고 무조건 그놈한테 다 씌워야 해요. 이제 보니 이놈이 아주 교묘한 방법으로 조 박사님께 접근한 거예요."

"그런데 그 사람이 자기 회사 기술을 제게 알려주었다 해도 대가로 주고받은 게 없잖아요."

"그놈이 범죄가 되고 안 되고를 우리가 따질 필요는 없어요. 거기는 미국이고 미국놈들은 자기들 눈으로 사건을 보니 힘도 없는 우리가 이게 맞다, 저게 맞다 할 필요가 없어요. 우리는 무조건 그놈한테 다 씌워야 해요. 그러기 위해서는 최대한 빨리 그놈 정보를 FBI에 제공하고 자진해서 들어가 조사를 받아야 해요. 그놈 이름이 이정현이었던 거 같은데 맞나요?"

"이정한이요."

"방역상 필요하다고 하면 그놈 여권 정보 볼 수 있으니 내가 전화할게요. 이거 빨리 FBI에 넘겨줘요. 그놈들이 공범 운운하는 건 수사에 협조하라고 겁주는 거예요."

"그런데 그게 밀고는 아닐까요?"

"어차피 FBI는 알아내게 돼요. 이정한이는 입국장에서 그냥 돌아갔으니 아주 수상한 놈이에요."

정한의 이름을 FBI에 말한다는 것에 대한 거부감이 연수로 하여금 신문실에서 갖은 위협을 당하면서도 입을 꾹 다물게 했지만 지금의 상황은 하고 싶지 않다 해서 안 할 수 있는 상황이 아니었다.

9급 공무원으로 들어와 산전수전 다 겪고 사무관까지 올라간 박영철의 위기 대응 능력은 탁월했다. 연수는 평상시 별로 눈길을 주지도 않았던 사람이 자기 일처럼 뛰어주자 먹먹해져 간신히 눈물을 참아야 했다.

"곧 연락할게요."

일에 갈래가 잡히자 연수는 불을 켜고 룸서비스를 시켜 허기진 배를 채웠다. 과연 박영철 사무관은 휴대폰 번호를 포함한 이정한의 인적사항을 알려왔고 위로의 말을 잔뜩 건넨 다음 전화를 끊었다.

다음 날 아침 연수는 일단 호텔을 나서 택시를 타고 FBI 지부를 향해 출발했으나 도중에 차를 세우고 말았다. 눈에 띄는 커피숍에 들어가 정한의 인적정보가 적힌 메모지를 앞에 두고 한없이 생각에 잠겼던 연수는 결국 정한의 휴대폰 번호를 누르고 말았다.

"여보세요, 저 한국의 조연수인데요."

"아! 연수 씨."

"지금 미국에 있어요."

"언제 오셨어요? 지난번 세미나는 잘하셨단 얘기 들었어요.

그런데 이번엔 무슨 일이세요? 인천 공항 일도 바쁘실 텐데요."

"정한 씨, 지난번 제게 말씀해주셨던 그 바이러스 잡는 반도체 얘기요."

"네."

"그게 지금 큰 문제가 생겼어요."

"문제라면요?"

"FBI에서 정한 씨를 산업스파이라고 해요."

"네? 뭐라고요?"

"정한 씨가 제게 회사의 기술을 빼돌렸다고 해요."

정한은 충격이 큰 듯 한동안 대답이 없었다.

"정한 씨 이름을 대지 않으면 저를 구속하고 중형에 처하겠다고 위협하고 있어요."

"제 이름을 말했나요?"

"안 했어요."

"대단하시군요. FBI의 협박을 이겨내기 쉽지 않으셨을 텐데."

"……."

"지금 어느 도시에 계세요?"

"뉴욕이에요."

"일단 빨리 만나야겠어요. FBI는 한번 물면 절대 그냥 놓는

법이 없어요. 우리가 말을 맞추지 않으면 둘 다 오랜 세월을
형무소에서 보내게 돼요."

연수의 가슴이 철렁 내려앉았다.

"만나봐야 뭘 할 수 있겠어요?"

"일단 만날 수 있을 때 만나야 합니다. 지금이 아니면 만날
기회가 아예 없어질 수도 있어요."

"제가 정한 씨에게 전화를 한 건 정한 씨와 저의 행위가 범
죄가 안 된다 생각했기 때문이에요. 뭐가 잘못됐는지는 몰라
도 제겐 저의 진실이 있으니까요. 그런데 정한 씨가 그 얘기를
제게 한 게 회사에 심각한 손해를 끼치는 일인가요? 절대로
노출해서는 안 되는 비밀을 제게 얘기하신 거예요?"

"그건 만나서 얘기하기로 하고 일단 얼른 만나야만 해요. 세
시간 후 맨해튼 뉴요커 호텔 1층에 있는 스타벅스에서 만나
요."

"왜 그렇게 서두르세요? 그럼 그게 범죄가 맞나요?"

"연수 씨, 잘 들어요. 우리는 일단 몸을 피해야 해요. 연수 씨
가 얘기 안 해도 FBI는 곧 나의 신상 정보를 손에 쥐게 되어 있
어요. 여하튼 거기서 만나요. 알았죠?"

연수는 터져 나오는 울음을 간신히 참아내며 말없이 전화
를 끊었다. 괜히 전화를 걸었다는 후회가 극심하게 밀려왔지
만 이미 엎질러진 물이었다. 자신은 범죄를 저지르지 않았다

는 확신이 있었지만, 그것은 자신만의 착각일 수 있다는 생각이 비로소 생겨나는 것이었다.

연수는 혹시 미행이 따르지는 않나 신경이 곤두서 맨해튼을 어지럽게 돌아다니다 시간이 되자 스타벅스의 출입문을 밀었다. 의도치 않게 도망자가 된 기분에 과연 이것이 현실인가 싶었지만 구석 자리에서 손을 흔드는 정한을 보는 순간 화가 치미는 중에도 묘한 동지 의식이 느껴졌다. 이제부터는 어쩔 수 없이 머리를 맞대고 최선의 대응책을 찾아야 한다는 생각에 연수는 감정을 가라앉히고 정한의 앞자리에 앉았다.

"먼저 죄송하다는 말씀드려요. 일이 이렇게 될 줄은 몰랐어요."

고개를 꾸벅 숙이는 정한의 모습을 대하는 연수의 심사는 간단치 않았다. 하지만 이 지경에 처해 나는 잘했고 너는 잘못했다고 다툴 때는 아니란 생각이 들어 연수는 어조를 골랐다.

"생각해보면 저의 잘못도 있어요."

"아니, 그럴 리가요. 모든 게 저의 잘못이에요."

말쑥한 정장을 받쳐 입은 정한의 모습은 이제껏 화가 나고 억울한 마음이 들 때마다 마음속으로 한껏 구겨버렸던 그런 값싼 모습과는 거리가 멀었다. 하지만 이런 모습이 오히려 연수에게는 더 큰 불안을 초래했다. 이 사람은 필시 제대로 된

회사에 다닐 것이었고 그런만치 더욱더 똑 떨어지는 산업스파이일 가능성이 컸다.

"먼저 커피를 한잔하시죠. 제가 사오겠습니다. 뭘 드시겠어요?"

"아이스 캐러멜마끼아또로 부탁할게요."

"아, 좋네요. 저도 마침 차고 단 걸 마시고 싶었어요."

음료를 가지고 온 정한은 한 번에 쭉 마셔버리고는 연수가 다 마시기를 기다렸다 자리에서 일어났다. 연수는 그러잖아도 주변이 시끄러워 자리를 옮기자고 말하려던 참이라 뒤를 따라 택시에 몸을 실었다. 하지만 택시에서 내린 그가 한 익숙한 건물로 들어서는 순간 소스라치게 놀라고 말았다.

"여긴 FBI 건물이잖아요."

"네. 올라가시죠."

"먼저 저와 애기를 좀 해야 하지 않아요?"

"네, 궁리를 좀 해보려 했는데 마음이 바뀌었어요. 있는 그대로 애기하는 게 나을 것 같아요."

엘리베이터는 연수가 신문받던 층을 지나 계속 올라가더니 맨 위층에서 멎었다.

"어서 오세요. 이정한 씨 맞으시죠."

"네, 맞아요."

"저는 지부장님 비서예요. 접견실은 이쪽입니다."

엘리베이터 앞에서 기다리던 비서의 친절한 안내에 얼떨떨해진 연수의 팔을 잡고 접견실에 들어선 정한은 때맞춰 다른 문으로 들어오는 말쑥한 신사와 반갑게 악수를 했다.

"이분은 한국에서 오신 조 박사님입니다."

"네, 조 박사님. 어서 오십시오. 지부장 닉 카펜터입니다."

알 수 없는 일이었다. 연수는 바로 어제까지만 해도 자신을 잡아먹을 것 같던 FBI가 갑자기 이렇게 표변한 이유를 전혀 짐작할 수 없었다.

"카친스키 의원님으로부터 설명을 잘 들었습니다. 이 일은 제가 알아서 처리하겠습니다."

"감사합니다. 하지만 혹시 있을지 모를 오해를 피하기 위해 수사팀을 상대로 제가 직접 브리핑하면 어떨까요?"

카펜터 지부장은 밝은 표정을 지으며 대답했다.

"그렇게 해주신다면 진정 감사한 일입니다. 수사팀을 이리 부르겠습니다."

"아닙니다. 제가 내려가겠습니다."

"그럼 같이 가시죠."

연수는 눈앞에서 벌어지고 있는 놀라운 광경에 어리둥절할 뿐이었다.

수사팀장을 비롯해 공항에서 연수를 임의동행해 왔던 요원, 기타 신문관들이 모두 모인 앞에서 정한은 얼굴에 웃음기를 띠고 설명을 시작했다.

"여러분들이 어디선가 첩보를 입수한 것은 대단히 훌륭했습니다. 중국이 과학자, 기술자, 유학생, 해커 할 것 없이 전 방위적으로 우리 기술을 탐내고 있는 이때 그와 같은 첩보력을 발휘한 데 대해 진심으로 경의를 표합니다. 저는 이정한입니다. 바로 여러분이 산업스파이로 지목한 사람입니다."

팀원들은 눈이 휘둥그레져 정한과 카펜터를 번갈아 쳐다봤다.

"여기 찾아온 이유는 여러분들에게 왜 저와 이분, 조 박사님이 산업스파이가 아닌지 설명하기 위해서입니다."

수사팀뿐만 아니라 연수 역시 속으로 크게 놀라 정한의 입술에서 눈을 뗄 수 없었다.

"우선 저는 미국 의회에서 일하는 사람입니다. 외교 및 군사 분야의 법안 통과와 정책 수립에 관한 자문을 하고 있습니다. 즉 어떤 회사의 봉급을 받는 기술자나 연구원이나 임직원이 아니란 말입니다."

연수는 놀라움을 감출 수 없어 거의 소리를 지를 뻔했다.

"코비드19의 공포를 겪으며 병원성 바이러스를 지구상에서 말살시킬 수 있는 방법이 없을까 하고 차가 막힐 때마다 운전

대 앞에서 상상하다 보니 센서로 바이러스를 몸 밖에서 인식하는 게 가능하겠다는 생각이 들었던 겁니다."

팀장이 손을 들었다.

"말씀 도중 죄송한데 질문을 해도 될까요?"

정한은 흔쾌히 대답했다.

"네, 얼마든지요."

"이번 수사를 위해 우리는 많은 전문가들에게 문의했고 심지어는 학계에서 이름난 분을 촉탁으로 초빙하기도 했습니다. 그런데 모든 전문가들이 놀랐어요. 최고의 IT 전문가들과 BT 전문가들이 수십 명 모여 공동연구를 해도 그런 신기원적 개념에 이를 수 없다는 겁니다. 그런데 그 방면 경력이 전혀 없는 분이 그런 생각을 해냈다니 믿어지지가 않아요."

"그건 아마 전문가들의 딜레마일 것입니다. 함부로 상상을 하기가 어려운 거죠. 자기 분야 최고의 지성이다 보니 함부로 상상하기도, 말하기도 어려운 것입니다. 여하튼 저는 그런 분야를 전혀 모르고 오로지 혼자 상상했을 뿐입니다. 사실 상상이야말로 최고의 학문일 것입니다."

"의회에 계신 분이니 믿을 수밖에 없겠습니다."

수사팀은 이미 정한이 의회에서 하는 일을 들었을 때부터 이 사람은 반도체나 바이러스와는 거리가 있겠구나 생각하던 터에 팀장의 질문에 정한이 답하는 걸 보고는 산업스파이라는 의심을 거두고 있었다.

"그리고 저는 박사 학위 소지자도 아니고 심지어는 석사 학위조차도 없습니다."

"와하하하!"

"그마저도 중학교 때 수학, 고등학교 때 과학을 포기한 문과생이에요."

"와우!"

"기업이나 연구소가 거들떠도 안 보는 그런 문외한이란 말이죠. 다만 호기심이야말로 최고의 지성이란 생각 하나로 살았고 그러다 보니 엉뚱한 생각을 습관처럼 해요. 이제 설명이 되었을까요?"

"좋습니다."

"그리고 저는 그야말로 단편적 아이디어를 입 밖에 내었을 뿐 그 티끌 같은 아이디어를 실제로 과학적으로 조사하고, 연구하고, 세계적 전문가 그룹들에게 발표하고, 설득한 건 전적으로 여기 계신 조 박사님의 업적입니다. 그러니 저나 조 박사님이나 산업 스파이와는 전혀 해당 사항이 없어요. 조 박사님께는 생각지 못한 피해가 발생해 죄송할 따름입니다."

정한이 연수에게 머리를 숙이며 말하자 그동안 연수에게 무례하게 굴었던 신문관들도 미안한 표정으로 고개를 숙였다.

"마지막으로 여러분들의 문법으로 한 말씀드리자면 지금

까지 제가 한 말에는 추호의 거짓도 없으며 만약 조금이라도 사실과 어긋날 때는 어떠한 처벌도 달게 받을 것을 맹세합니다."

"와하하하!"

연수는 가슴이 마구 부풀어올랐다. 정신병자 내지는 산업스파이로 생각했던 정한은 자신이 벌벌 떨기만 할 뿐 어떻게 감당할지 엄두도 못 내던 FBI 수사팀을 믿을 수 없을 정도로 능수능란하게 다루었다.

"워싱턴에서 제일 바쁘신 분을 이렇게 오시게 해서 너무도 죄송합니다. 법사위원회의 카친스키 위원장님께서 목숨 걸고 보장한다 하셨는데 굳이 일부러 오셔서 이렇게 수사팀에게 직접 소상히 설명을 해주시니 FBI 뉴욕지부를 대신해 진정 깊이 감사드립니다. 즉각 조사 종결하고 기록은 삭제, 서류는 소각, 출국 금지는 해제하겠습니다. 그간 실례했던 점 용서 바랍니다."

이어 지부장이 연수에게 정식으로 사과했다.

자동차를 준비하겠다는 카펜터의 호의를 거절하고 건물 밖으로 나온 두 사람은 거리를 따라 걸었다. 날아갈 것 같은 발걸음을 옮기며 이따금 정한의 옆얼굴에 시선을 돌리곤 하는 연수의 눈길은 환희와 경이로움으로 가득 찼다.

"세상에 그런 일을 하는 분인 줄은 상상도 못 했어요."

"어흠!"

정한의 너스레에 두 사람은 어린아이처럼 깔깔 웃었다.

"연수 씨 정말 고생하셨는데 제가 저녁을 사드려도 될까요?"

"감사해요."

13. 글라스 협정

　정한이 예약한 식당은 화려하지 않으면서도 격조가 있는 유서 깊은 프렌치 레스토랑이었다.

　적당한 가격의 와인을 다양하게 구비한 이 식당의 종업원들은 정한을 보자 마음으로부터의 친구를 대하듯 익숙하고 친근하게 대해주었다.

　"단골인 모양이네요?"

　"그게 아니고 삶의 무기를 마련했던 곳이에요. 로비스트가 되려고 결심한 다음 이 식당을 택해 매일 왔죠."

　"왜요?"

　"사람을 설득하는 훈련을 하기 위해서요."

　"식당에서 남을 설득해요? 재미있네요. 어떤 훈련을 했는데

요?"

"제게는 와인을 원가로 달라 했어요. 이런 식당은 음식보다 와인에서 많이 남기기 때문에 절대로 와인 값을 안 깎아줘요. 그래서 목표로 삼아 주인부터 종업원까지 끈질기게 설득을 했어요."

"성공했나요?"

"아니, 실패했어요."

"네? 그런데 그게 얘깃거리가 돼요? 마치 자랑스러워하는 것 같아요."

"네, 정말 큰 힘이 되었어요. 아마 그때 성공했으면 기고만장해 제대로 성장하지 못했을 거예요. 와인 값 깎을 능력도 안 되는 내가 의회에서 국가의 대사를 다룬다 생각하니 거품이 싹 가라앉았어요."

"신중해지셨나요?"

"네, 준비성이 많아졌고 사소한 것 하나라도 최선을 다하게 되었어요. 그때 성공했으면 나는 특별하다, 뭐든 할 수 있다는 날림으로 일을 시작했을 테고 어느 순간 내려앉아버렸을 거예요. 큰 싸움판에서는 오직 끝까지 조심스러운 자만 살아남거든요."

두 사람은 서로의 잔에 와인을 채워주었다. 정한이 자신의 접시에서 달팽이를 집어 연수에게 권했다.

"어느 나라든 최고의 요리들은 공통점이 있는 것 같아요."

"뭐예요?"

"좀 흐물흐물하고 연하고 딱히 맛이라고 할 수 있는 맛이 없거든요."

"그래요? 그건 참 의외네요."

"저의 주관일 뿐이지만 여하튼 그런 것 같아요."

"그런데 아까 FBI에서 말한 인문계 출신이란 게 사실이에요?"

"물론입니다."

"놀라워요. 어떻게 문과 출신이 그런 발상을 할 수 있어요?"

"빈말이 아니라 연수 씨가 이번 아이디어의 원천이 제게 있다고 생각하는 건 옳지 않아요. 저는 작은 구슬 하나를 흘렸을 뿐 서 말이나 되는 구슬들을 일일이 찾아내고 꿰어내서 아름다운 보배로 만든 건 전적으로 연수 씨의 공적인걸요. 연수 씨 아닌 어떤 누구도 그렇게 만들어내지 못했을 거라 저는 확신해요."

"그래도……."

"게다가 또 그걸 발표하고 쏟아지는 온갖 따가운 눈총을 다 받아냈잖아요."

정한의 한마디에 연수는 가슴속에 있던 모든 응어리를 쓸어내며 화제를 돌렸다.

"의회에서는 어떤 일을 하세요? 구체적으로."

"로비스트이면서 자문위원이기도 하고 그래요."

"로비스트란 말 낯설어요. 한국에는 없는 직업 같은데요."

"법을 만들 때는 갖가지 이해관계가 첨예하게 부딪쳐요. 그럼 그 이해관계인이 자신의 입장이 법에 반영되도록 의원들과 고위관리들을 설득해야 하는데 그럴 때 로비스트를 찾아와요."

"그럼 로비스트는 정관계에 인맥이 넓어야 하겠네요."

"네. 하지만 인맥보다 중요한 게 누구나 공감할 수 있는 논리예요. 논리를 여하히 정교하게 구성하느냐가 로비스트로서의 성공과 실패를 좌우해요. 저는 인맥이 아니라 논리로 승부해요. 상대편 로비스트가 전직 대통령일 경우도 있으니 머리로 싸우는 길밖에 없어요."

연수는 늘 생각하는 습관을 가진 정한이 바이러스 잡는 반도체에 발상이 미친 건 결코 우연이 아니라 생각했다.

"그런데 왜 그 아이디어를 삼성전자에 주라 그랬어요? 삼성전자에 주라 암시한 건 맞죠?"

"네, 맞아요. 단시간 내 기술개발이 가능한 한국 기업이니까요."

"그런데 전혀 반응이 없어요. 억울하지 않으세요? 그렇게 스스로를 추방하면서까지 아이디어를 줬는데 정작 삼성전자는 관심 없으니.”

“사실 지금 삼성이 정신없을 거예요. 미중 충돌 와중에 세계 반도체의 판도가 크게 휘청거리고 있거든요.”

“반도체는 삼성이 탄탄한 줄 알고 있었는데요.”

“삼성도 한 방에 갈 수 있어요. 세계 최고의 통신 설비를 자랑하던 화웨이가 한순간에 무너지는 거 보세요. 미국의 디지털 기업들이 무서울 정도로 배타적, 공격적으로 바뀌는데다 삼성이 램을 지키면서 한편으로는 시스템반도체를 따라잡아야 하는 게 보통 일이 아니에요.”

“삼성전자에 애착이 많은 거 같아요. 한국에선 싫어하는 사람도 많은데.”

“미국에서 보면 한국에는 삼성전자밖에 없어요. 구글, 애플, 아마존, 마이크로소프트, 엔비디아의 세계 5대 기업이 강한 카르텔을 형성해나가고 있는 세계 디지털 시장에서 그들과 맞서 돈을 벌어들일 수 있는 유일한 한국 기업이 삼성전자거든요. 화웨이가 주저앉을 게 뻔하니만치 이제 세계에서 그들과 맞설 수 있는 유일한 비미국 기업일 거예요. 삼성전자는.”

“정한 씨랑 얘기하다 보니 무척 애국자라는 생각이 들어요. 사실 정한 씨는 미국에서 태어난 3세이니 미국 사람이나 마찬가지일 거 같은데…… 그런데 하나 이해되지 않는 게 퍼뜩 떠오르는데요.”

"뭐죠?"

"지난번 한국 오셨을 때 공항에서 돌아가신 진짜 이유가 뭐예요?"

정한은 포크를 들어 접시 한 귀퉁이에 남은 샐러드 조각을 찍어서 입에 넣었다. 그의 이런 동작은 마치 별거 아닌데 지나치게 확대 해석하지는 마세요 하는 의미로 보였다. 하지만 연수의 호기심에 가득 찬 눈길을 느낀 그는 싱긋 웃고 나서 계면쩍은 말투로 실토했다.

"사실 그날 인천공항에 내리자마자 의회로부터 긴급 호출을 받았어요. 다음 비행기편으로 바로 돌아가야 했거든요."

"네? 그런 거였어요?"

"내리자마자 그냥 돌아가려니 너무 허망해 평소 생각하던 걸 누군가에게 한 번 얘기는 해보자 생각했어요. 그리고 보니 공항에 나와 있는 의사가 제격이더군요."

정한이 멋쩍게 웃자 그동안 온갖 추리력을 동원해 상상했던 것과는 너무도 다른 허망한 사연에 연수도 김빠진 미소를 떠올리지 않을 수 없었다.

두 사람은 바로 자리를 옮겨 늦도록 얘기를 나누었다.

정한은 자신이 마시던 칵테일을 연수에게 내밀었다.

"입에 감겨요. 한국에서는 흔하지 않은 칵테일이니 한 모금

마셔봐요."

조심스레 잔을 입에 대보던 연수가 기분 좋은 목소리를 입술 사이로 내밀었다.

"아, 짜르르하면서도 달콤하네요. 아까 프렌치 키스라 했죠?"

"네."

이번에는 연수가 자신의 잔을 내밀었다.

"치자꽃 두 송이를 그대에게 드립니다. 내 입맞춤의 온기를 담아서. 이 꽃들이 당신에게 속삭일 거예요. 내 사랑을 말해줄 거예요."

손을 내밀어 잔을 받은 정한은 연수가 보인 의외의 모습에 잠시 말을 잊었다. 한국에서는 마스크와 가운 속에서, 미국에서는 사건을 겪느라 가려져 있던 그녀의 화사하고 선이 고운 얼굴이 맨해튼 바의 화려한 조명 아래서 앳되고 발랄한 표정을 가득 담아 정한의 눈길을 사로잡았다.

"멋지네요."

"쿠바의 열정이 담긴 모히토예요. 헤밍웨이가 쿠바의 바에 앉아 거리를 내다보며 마시던 술이죠."

그러자 입술에 바르듯 모히토 한 모금을 천천히 아껴 마시고 있던 정한의 입술을 타고 한 소절이 뒤를 이었다.

"두 송이의 치자꽃을 당신께 드려요. 늦은 밤 한 송이 시들면 당신 마음이 떠났기 때문일 테지요. 부디 내 특별한 입맞춤의 사랑을 기억해줘요."

"도스 가르데니아스! 그 노래 아셨군요. 영화도 보셨어요? 〈부에나비스타소셜클럽〉."

"네. 음악을 사랑하는 사람들의 잔잔한 사랑과 연민이 흐르죠."

"우리 갑자기 가까워진 거 같아요. 칵테일 글라스도 나누고. 무슨 협정을 맺은 거 같아요."

"글라스 협정이요."

두 사람은 소리 내 웃었다.

"그런데 사실 정한 씨와 협정을 하나 맺고 싶어요."

"네, 뭔데요?"

"저 내일 비행기 타거든요. 저와 오늘 같이 있어 주지 않으실래요?"

"⋯⋯."

"그리고 오늘 밤이 지나면 영원히 다시 찾지 않기로 협정을 맺어요."

"왜 그래야 하죠? 좋아서 밤을 같이 지내는 건데 그다음은 왜 다시 찾아선 안 되는 거죠?"

"그런 건 따지지 않았으면 좋겠어요."

"저는 그 반대편의 길을 생각하고 있었어요."

"어떤 길인데요?"

"혹시 생떽쥐베리의 『어린 왕자』 읽어보셨어요?"

"좀 보다 덮었어요. 재미없었거든요."

"거기 길들여진다는 말이 자주 나와요. 우정이나 사랑에는 시간이 필요하다는 얘기죠. 어느 날 갑자기 '사랑 백만 원어치 주세요'라는 게 안 된다는 거예요."

연수는 와인 잔을 든 채 웃음 띤 얼굴로 정한을 바라보았다. 점잖고 신사적인 표정, 하지만 누구보다 거칠고 남자다웠던 행동, 맨몸으로 입국해 격리 면제를 시키라 내지르던 배짱, 게다가 한달음에 워싱턴에서부터 달려와 FBI와 얽힌 실타래를 풀어내던 세련된 솜씨까지…… 다른 누구에게서도 볼 수 없는 그만의 것일 터였다.

"저는 그 구절을 읽을 때 도대체 그게 왜 안 되나 하는 반감이 생기던걸요."

연수가 먼저 일어나고 정한이 뒤따라 나섰다.

다음날 아침 두 사람은 호텔의 커피숍에서 이별을 나누었다.

"한국에 도착하는 대로 문자 주세요."

정한이 명함을 건넸으나 연수는 받지 않았다.

"전화번호 알아요. 하지만 공항에서 지울 거예요. 그게 우리 협정이었어요."

연수는 커피잔이 비자 일어났다.

"굿바이."

"잠깐요."

한 마디 남기고 걸음을 뗀 연수는 등 뒤에서 따라온 정한의 목소리에 잠시 망설이다 고개를 돌렸다. 정한은 연수의 갈색 눈동자 깊은 곳을 들여다보며 천천히 입을 열었다.

"이것은 협정 너머의 얘긴데요."

무슨 말인가 싶어 쳐다보는 연수의 귀에 천둥 같은 속삭임 한 마디가 파고들었다.

"저와 결혼해주지 않으실래요."

14. 양의 죽음

미국에서 돌아온 연수는 인천 공항 파견을 끝내고 질병관리청으로 귀임했다.

"조 박사님, 이것 좀 보실래요?"

전자 현미경을 들여다보고 있던 연구원의 호출에 연수가 모니터 앞으로 다가가자 연구원은 고개를 갸웃거리며 확신하기 힘들다는 표정으로 말했다.

"이놈은 처음 보는 것 같은데요. 전염병 신고된 양의 사체에서 뽑은 건데 병원성이 높은 놈 같은 느낌은 있어요. 양의 몸 안에 사는 애들 중 돌기가 이렇게 난 애들은 없잖아요."

"전염병 신고된 양이라고요? 구제역하고 맞춰봤어요?"

"네, 구제역은 절대 아니에요."

연수는 가슴을 쓸어내렸다. 구제역이라면 전국을 다시 한번 발칵 뒤집어놓을 수도 있는 초특급 전염병이었다.

"양에 해당되는 전염병이란 구제역밖에는 없는데. 왜 신고했을까? 돼지인플루엔자하고는 맞춰봤어요?"

"네. 그것도 아닌데요."

"구제역 말고는 양이 전염병으로 신고된 적 없잖아요?"

"네."

연수는 연구원이 모니터에 떠올린 염기서열로부터 열다섯 개의 연속된 염기가 들어간 모티프를 뽑은 다음 컴퓨터에 저장된 기존의 여러 병원성 바이러스와 염기서열 일치 비율을 맞추어보았으나 유의미한 결론을 갖기 힘들었다. 모티프의 염기를 열두 개로 잘라서 해보아도 이미 알려진 고병원성 바이러스와 매치되는 게 없는 걸 보자 연구원은 푸념처럼 내뱉었다.

"아무것도 아니네요. 요즘은 툭하면 전염병 신고들을 해대니……."

연수는 눈으로 한참이나 모니터의 염기 라인을 따라가다 이 염기서열이 어딘지 모르게 낯선 것만도 아닌 듯한 느낌이 들어 이미 모니터에서 시선을 거둔 연구원에게 지시했다.

"조류독감 바이러스를 하나씩 올려봐요."

연구원이 마우스를 움직여 여러 종의 조류독감 바이러스를 차례로 올렸지만 모니터에 뜨는 일치도는 계속 낮은 수준이었다.

"지독하게 심심한 사람이거나 무지 소심한 사람이에요. 제가 검사보고서 쓸게요. 괜히 박사님 시간만 빼앗았네요. 죄송해요."

"이 샘플이 어디서 온 거예요?"

"전라북도 어디에서 왔다 그랬는데, 제가 볼게요."

서류를 확인한 연구원은 모니터에 지도를 띄우고는 손가락으로 한 지점을 짚었다.

"전라북도 진안군이네요. 마이산 농장이라고 되어 있어요."

"왜 신고했다고 해요? 신고사유서 띄워볼래요?"

"네, 제가 읽어보았는데 양들이 서로 물어뜯고 난리였다나봐요."

과연 신고인이 접수한 사유서에는 양이 미쳐 날뛰는 건 처음이라 혹시 하는 마음에 신고한다는 내용과 함께 그날의 정황이 소상하게 적혀 있었다.

"심심한 양반은 아니고 소심한 양반이네요. 마누라가 계모임 갔다 늦으면 실종신고 낼 사람이에요. 케이스 클로즈입니다."

케이스 클로즈란 미드 수사물에서 흔히 쓰는 말로 사건종료란 의미였다.

"그런데 이분 진술이 아주 구체적이고 논리적이네요. 이분 인적사항 띄워볼래요?"

모니터에 나란히 뜬 신고사유서와 농장주 인적사항을 들여다보던 연수의 표정이 다소 깊어졌다.

"정부 중앙부처에서 오래 근무한 분인데요."

"이해가 갑니다, 박사님. 국장까지 한 사람이라 한 마디로 갑질하는 거예요. 진안군청이나 보건소에 나 이런 사람이니 알아서 모셔 하는 거죠."

그러나 신고인의 내력으로 보아 마냥 허황된 신고가 아닐 수 있다는 생각이 드는 순간 연수의 뇌리에 스치는 게 있었다. 양이 미쳐 날뛰었다고. 양을 키우는 농장주라면 그런 일은 절대 있을 수 없다는 걸 누구보다도 잘 알 터이다. 설사 거짓 신고를 할 이유가 있다 하더라도 그런 얼토당토않은 내용을 갖다 대 웃음거리가 되는 걸 자초할 리는 없었다. 그렇다면 이 말도 안 되는 신고를 믿어주는 게 옳지 않을까.

"뭔가 마음에 걸리는데……, 아무래도 현장 조사를 나가봐야겠어요!"

연수는 비상한 관심을 억누른 채 평상시와 다름없는 표정으로 현장 출동 요원 두 사람을 데리고 마이산의 최 대표 농장을 찾아갔다. 전염병을 다루는 방역 요원들에게 가장 필요한 덕

목이 있다면 그것은 뭔가가 확정되기 전까지는 철통같이 안면을 관리하는 일이었다. 자칫 무의식중에 튀어 나간 한 마디로 전국의 수많은 농장들이 파산할 수도 있고 해당 식재료를 쓰는 식당들의 손님이 뚝 끊기기도 하기 때문이다. 특히 결정권이 있는 연수의 경우는 더 말할 나위도 없었다.

"신고해주셔서 감사합니다. 질병관리청에서 나왔는데 저는 조연수라 합니다."

최 대표는 연수의 명함을 자세히 들여다보고 나서는 얼굴에 궁금증을 잔뜩 떠올린 채 물었다.

"내가 신고를 하긴 혔는데 참말로 그것이 전염병인가요? 이렇게 중앙부서에서 세 분이나 오신 걸 보니 뭔가 나온 거 같기도 한데……"

"신고가 들어오면 일단 현장에 나가는 게 원칙입니다."

하지만 젊은 시절 행정고시를 패스한 후 중앙 공직에서 한평생을 보낸 최 대표가 이런 말에 순진하게 넘어갈 인물은 아니었다. 별일 아니면 군청 공무원도 안 나왔을 거라는 건 굳이 묻고 답할 필요도 없었다. 방역 당국이란 평소에도 일단 뭐든 숨기고 보는 게 제1의 원칙이라는 걸 모를 리 없었다.

"폐사한 양이 얼마나 되는지요?"

"쪼매 죽었어요. 여덟 마리. 신고해놓고 보니 챙피한 맴이

들었구먼."

"어떻게 죽었는지 설명해주실래요."

"내 60 평생에 그런 꼴은 처음 봤구먼요. 너무나 지독해서 두 눈 뜨고 볼 수 없을 정도였다니께. 안 그랬음 내가 신고할 맴도 안 먹었지요."

"어땠는데요?"

"온몸이 터져버려 피투성이에 찢기고 물리고 그 뿔 같지도 않은 뿔에 받히고 겁나 처참했다니께. 오소리나 들짐승한테 물어뜯겼다 볼 수도 없고 지들끼리 악귀처럼 미친 듯 날뛰며 물고 뜯고 들이받았다 봐야 해요."

최 대표는 그날의 일이 다시 눈앞에 생생히 떠오르는 듯 몸을 부르르 떨며 두서없이 말을 쏟아냈다.

"양들이 물고 뜯다……, 희귀한 경우이긴 해요. 좀 깊이 있게 조사를 해봐야겠어요."

연수의 머릿속에는 '혹시 광우병인가?' 하는 생각이 스쳤다. 지금 최 대표의 묘사는 광우병을 연상케 하는 부분이 없지 않았다. 1986년 영국에서 처음 보고된 소 광우병은 양의 육골분을 사료로 먹인 데서 유래했다는 가설이 받아들여졌다. 이에 따라 방역 당국은 양의 뇌는 물론 동물성 사료를 소에게 먹이는 행위를 금지했다. 당시 종교계에서는 초식동물인 소에게 동물성 사료를 공급하는 신의 섭리를 거역하는 행위로 인해 광우병이 발생했다고 한탄하기도 했다.

'양들이 광우병에 걸린 케이스가 있었던가?'

전문가들은 광우병의 잠복기가 엄청 길어서 소는 오래 사는 탓에 발병하지만 수명이 잠복기보다 짧은 양들에게는 나타나지 않는다고 보아왔고 실제로 전 세계적으로 보고된 케이스도 없다.

"사체는 어디 묻으셨어요?"

최 대표는 산 정상 가까이까지 연수를 안내했다.

"여기 시커멓게 탄 자리가 바로 그 양들이 죽은 축사여. 이 불쌍한 것들이 비가 오니까 그리 들어갔던 거여."

"양을 매일 돌보시나요?"

"그라지라, 매일매일 한 마리씩 얼굴을 맞대고 확인혀요. 큰 비 오는 바람에 불과 이틀 못 봤는데 고것들이 그새 그리 병이 성했을까. 잠복기라는 것도 없었능가."

연수는 그의 말하는 품새도 그렇고 만에 하나 전염병일 경우에 대비해 양들이 죽은 축사와 그 부근까지도 꼼꼼하게 단속해놓은 솜씨가 근본적 신뢰가 가는 사람이라 어느 정도 안심이 되었다.

"여기 묻으셨어요?"

"맞아요. 여기 묻어버리고 다 태운 거여. 혹 전염병이면 무조건 태우는 게 최고니께. 근디 며칠 생각해봤는데 이게 전염병은 아닌가 봐요. 본디 가축전염병이 돌면 닭들이 제일 먼저 싹 다 죽어버리는데……. 우리 농장에서 죽은 건 달랑 양 여덟 마리뿐이니 뭐라 말하기가 참 거시기하구먼."

"사장님은 양을 방목하셨기 때문에 전염이 안 됐을 수도 있어요. 자연 격리가 되었던 거죠."

"그럼 이게 전염병은 맞아요?"

"병리학적으로는 사장님 말씀과 맞는 증상이 없어요. 어떤 병이 들어도 양이 그렇게 난폭하게 되지는 않거든요. 여기를 파서 조직을 좀 가져가야겠어요."

"전염병이면 큰일인디여. 돈 손해도 손해지만 사실 내가 저 재래닭 살려내느라 얼마나 많은 땀과 눈물을 흘렸는데……, 저 닭들이 그냥 닭이 아니라니까."

최 대표로부터 재래닭에 대한 설명을 듣고 난 연수가 안타까운 표정으로 위로했다.

"오로지 재래종을 보존하겠다는 소신 하나로 정말 대단하셔요. 하지만 아직 아무것도 모르니 지레 염려하진 마셔요. 전염병일 가능성은 극히 낮고 설사 양에게 문제가 있다 하더라도 아직 양이 닭에게 옮긴 전염병이 있다는 보고는 없으니까요."

"흐, 전염병이 아니라야 하는디."

"이제 땅을 파야 하니 만약의 경우를 대비해 방호복을 좀 입으셔야겠어요."

연수는 바이러스 샘플을 추출한 후 지자체의 협조를 얻어 마이산 농장을 완벽하게 소독하고 나서야 마이산 농장을 떠났다.

출장에서 돌아온 연수는 어딘지 불길한 기분이 자꾸 드는 것을 어찌할 수 없었다. 처음 신고서를 보았을 때 느꼈던 신고자에 대한 신뢰감이 죽은 양의 뒤처리를 한 솜씨와 정성을 대하자 한층 깊어졌던 것이다. 연수는 이미 출장을 가기 전부터 혹 심상치 않은 바이러스가 출현하지 않았을까 하는 미세한 예감을 가졌었는데 막상 현장에 가서 받은 느낌은 더욱 심상찮은 것이었다.

빨리 마이산에서 가지고 온 시료의 염기서열을 시퀀싱해야 하는데 실험실 전체가 코비드19의 소용돌이 속에 파묻혀 있는 현실에서 다른 바이러스를 연구할 환경은 도저히 되지 못했다. 고심하던 연수는 국장을 찾아갔다.

"마이산의 한 농장에 새로운 고병원성 바이러스가 나타났을 가능성이 있습니다."

"잘못 본 거 아녜요?"

"농장주의 증언으로는 양이 매우 난폭해졌다 합니다. 양에게는 그런 병이 나타난 적이 없거든요."

"거기 피해가 얼마 났어요?"

"방목하는 농장이라 십여 개 축사에 가축들을 흩어놓아 피해가 그리 크지는 않습니다. 하지만 양이 이상한 상태로 변했다는 사실이 중요합니다. 죽는 그 순간까지 미쳐 날뛰었다니 반드시 연구를 해야 합니다."

"양이 몇 마리 죽었냐니까요?"

"여덟 마리입니다."

"조 박사, 알다시피 지금 코비드로 우리 모두 뒤집어질 판인데 양 여덟 마리 죽은 걸 가지고 난리 칠 순 없어요."

"난리가 아니라 새로운 바이러스일 가능성이 크니 신속히 연구해야 한다는 뜻입니다."

"물론 당연히 우리가 할 일이긴 한데 이 폭풍이 좀 지나고 나면 합시다. 우리 실험실이 지금 그런 거 할 때가 아닌 건 조박사도 잘 알잖아요."

"때를 놓치면⋯⋯."

국장은 손을 내저으며 말을 끊어버렸다.

"자, 서로 할 일 합시다. 지금 무지 바빠요."

국장이 내놓은 말에는 직선으로 드러내진 않았지만 튀는 행동 그만하라는 노골적인 짜증이 담겨 있는 것 같아 연수는 입을 닫았다. 사실 연수의 에세이가 《NEJM》에 게재되고 샌프란시스코 학술대회에 발표자로 초대받는가 하면 국제적 권위를 자랑하는 '정치없는의사회' 멤버로까지 초빙되자 질병관리청이나 학계에서는 축하의 목소리도 있었지만 한 일에 비해 지나친 대접을 받는다, 본업은 팽개치고 해외로만 나돈다는 질시도 없지 않았던 것이다.

연수는 최 대표와 몇 번 통화를 한 결과 더 이상의 문제는 없고 주변의 농가 또한 무사하다는 얘기에 안심은 했지만 양들이 죽을 때까지 날뛰었다는 최 대표의 증언이 계속 뇌리에서 맴돌았다. 연수는 양들을 난폭하게 만든 질병이 보고된 적이 있는지 찾아보기 위해 리서치 게이트 같은 가벼운 사이트를 비롯해 각종 논문, 의학 저널 등을 샅샅이 뒤졌다. 그러나 어디에서도 그런 질병이 보고된 사례는 찾을 수 없었다.

전염성이 있는 새로운 균이나 바이러스는 반드시 세계보건기구(WHO)에 보고하게 되어 있고 위반 시 매우 엄중한 책임추궁이 따르기 때문에 그토록 특이한 질병이 누락되었다고 생각할 수도 없는 일이었다.

'내가 너무 과민했나.'

자리에서 일어나려던 연수는 마지막으로 인터넷에 들어가 양과 광우병이라는 단어를 쳐보았다. 양의 장기, 특히 뇌의 조각이 들어간 사료를 먹은 소에게서 광우병이 발생하더라는 기존의 광우병 지식만이 줄줄이 나와 접속을 끝내려는 순간 연수의 눈에 한 낯선 뷰가 들어왔다. 펠릭스라는 이름의 알프스 목동이 이해할 수 없는 경험이라며 올린 것이었는데 몇 줄 읽어나가던 연수는 소스라치게 놀라고 말았다.

 - 알프스 체르마트에서 양 두 마리가 격렬히 싸우다가 죽음에 이르렀다. 8년 목동 생활 동안 양들이 이런 식으로 죽는 걸 본 건 처음이다. 유달리 사이가 좋았던 두 양이 서로를 악귀같이 물고 뜯은 잔혹한 모습은 두 눈으로 보고도 도저히 믿기지 않는다. 수의사들은 모두 있을 수 없는 일이라며 고개를 가로저으니 분명히 목도한 나는 갑갑하기만 하다. 세상에는 이런 일을 경험한 사람이 정말 없는 것인가. -

 펠릭스라는 목동의 글은 마이산 최 대표의 얘기와 너무나 흡사했다. 연수는 즉각 댓글을 달아 보내려 했으나 목동은 글 하나만 달랑 올려놓고는 계정을 폐쇄해버려 연락을 할 수 없었다. 뭔가 느낌이 께름칙했으나 공적으로 이 사람을 찾으려면 상당한 근거가 있어야 할 터였다. 눈에 보이는 시료를 가져와도 움직이지 않는데 한낱 인터넷에 떠도는 뷰 하나에 국장의 결재가 떨어질 리 만무했다.
 하지만 기대조차 하지 않았다가 이런 글을 발견하자 연수는 의욕이 솟구쳐 이번에는 권위 있는 의학저널의 홈페이지에 들어가 똑같은 시도를 해보았다.

그날 밤을 꼬박 새우며 이런저런 의학저널들의 홈페이지를 샅샅이 뒤지자 작은 기사 하나가 마치 연수를 기다렸다는 듯 눈에 쏙 들어왔다. 이번에는 히말라야에서 죽은 양의 이야기였다.

– 히말라야의 한 유목민 촌에서 매우 특이한 양의 죽음이 보고되었다. 죽기 직전까지 격렬하게 몸부림치던 이 양에 대해 저명한 중국 학자는 양에게서도 광우병 증상이 나타날 수 있지 않은가 하는 의심과 더불어 연구할 과제라는 메시지를 전해왔다. –

보고서도 논문도 아닌 의학저널 한 귀퉁이에 실린 교수 인터뷰 같은 데서 간단히 언급된 것이었지만 연수는 이 짧은 글을 보자마자 자리에서 벌떡 일어나고 말았다.

'센트럴랭커셔 의대 제이슨 라이언 교수'

이 사람이 소개한 히말라야 창탕 고원에서의 양의 죽음은 알프스와 마이산에서 발생한 양의 죽음과 완전히 똑같다는 걸 연수는 즉각 알아보았다. 그녀는 가까스로 마음을 진정시키고는 라이언 교수에게 메일을 보냈다.

라이언 교수가 보내온 답장이 인터뷰 기사 이상의 내용을 담고 있지는 않았지만 연수는 그로부터 히말라야에서 양의 죽음을 목도한 사람이 충분히 신뢰할 수 있는 중국의 미생물학자라는 사실을 알고서는 다시금 가슴이 뛰었다.

그녀는 좀체 입을 열지 않으려는 라이언 교수를 가까스로 설득해 그 중국학자의 이름이 린밍훼이이며 우한 코로나 발병 초기에 입바른 소리를 하다가 중국 공안 당국에 의해 히말라야 오지 학교 교사로 추방당했고 지금도 당국의 엄격한 감시망에 갇혀 옴짝달싹할 수 없다는 사실을 알아냈다.

마음 같아서는 당장이라도 린밍훼이가 있는 곳으로 달려가 땅속 어딘가에 묻어놓았다는 사체 시료를 가져오고 싶어 몸이 달았지만 아무것도 확증된 게 없는 지금 예감만으로는 시간도, 예산도 따낼 수 없었다. 연수는 혹 린밍훼이와 직접 통화가 될 수 있을지 모른다는 희박한 가능성을 품고 알프스와 마이산의 상황과 자신의 연락처를 알리는 편지를 써 라이언 교수로부터 받은 주소로 보냈다.

15. 공안서장

"린 선생님, 편지예요. 한국에서 온 것 같아요."

돌마가 전한 편지를 읽어 내려가던 린밍훼이의 관자놀이가 불끈 솟았다.

"무슨 내용인지 물어도 될까요?"

"돌마 선생, 불길하기 짝이 없는 예감이 들어요. 어쩌면 무서운 전염병이 생겨났을 수도 있을 것 같아요."

"죽은 마칭 말이에요?"

"그래요. 알프스와 한국에서도 양이 날뛰다 죽는 일이 생겼다는군요. 이건 분명 바이러스로 감염되는 전염병에 틀림없어요."

돌마 역시 양을 잘 아는 터라 긴장하는 기색이 역력했다.

"여기는 세상에서 제일 높은 곳인데 도대체 어디서 그런 바이러스가 전염될까요?"

"어쩌면 기러기가 문제일지 모르겠어요. 알프스와 히말라야를 거쳐 한국, 심지어는 미국까지 가는 기러기도 있으니까. 확실한 건 바이러스를 추출해 염기서열 시퀀싱을 해봐야 해요. 이럴 때가 아닙니다. 한시바삐 저 시료를 이 한국 의사에게 보내줘야 해요."

"한국에 어떻게 보내죠? 우편으로 보내질까요?"

"죽었든 살았든 바이러스를 우편으로 보내는 건 중대한 범죄 행위예요. 절대 그럴 수는 없어요."

입술을 꾹 다문 채 한참 생각하던 린밍훼이는 이윽고 결심이 선 듯 자리에서 벌떡 일어났다.

"티베트를 빠져나가야겠어요."

"네? 공안에 붙들릴 게 뻔한데……, 남들보다 몇 배 더 혹독한 처벌을 받을 텐데요."

"죽어도 가야 해요. 이게 치명적 바이러스라면 세상에 퍼지기 전에 막아야 해요."

"린 선생님은 철두철미하게 감시당하고 있는데 어떻게 가겠다는 거예요?"

"가다 잡히더라도 그냥 있을 수는 없어요."

린밍훼이는 워낙 당국에서 점찍은 요주의 인물이라 별 할

일도 없는 산골 마을의 공안들은 하루에도 열 번 이상씩 그의
동향을 살피고 있었다.

"티베트를 빠져나가 어디로 가죠? 인도?"

린밍훼이가 고개를 끄덕이자 돌마는 일어나 그의 손을 붙잡
았다.

"제가 갈게요. 저는 누구의 감시도 안 받잖아요."

"돌마 선생이? 그럴 순 없어요."

"이게 만약 신종바이러스라면 양도 양이지만 사람들도 해
를 입을 거 아니에요?"

"최근 모든 고병원성 바이러스는 인수공통감염으로 번진다
봐야 해요. 특히 양과 사람은 거의 같이 살잖아요. 젖도 매일
짜고."

"수많은 사람들이 죽는다는 얘기죠?"

"틀림없어요."

"그럼 저도 가야 할 의무가 있어요. 저는 교사니까요."

돌마의 표정에 거부할 수 없는 결연한 기색이 서렸다.

워낙 히말라야 오지의 작은 마을이다 보니 외부로 나가는
버스가 하루에 한 번밖에 안 오는 터라 사람들의 눈에 안 띄게
마을을 나갈 수는 없었다. 게다가 버스를 타려면 정류장 바로
옆에 있는 공안 지서에 들러 신고를 해야 했기 때문에 세 시간

쯤 걸어 나간 곳에서 마을에서 출발해 온 버스를 잡아타기로 마음먹고는 꼭두새벽에 집을 나섰다. 몸에 파고드는 냉기도 냉기지만 자신이 누구인지 쉽게 알아보지 못하도록 두텁게 누벼진 겨울용 츄빠로 온몸을 감싸고 야크털로 짠 목이 달린 모자를 써 눈만 빼꼼하게 내놓은 채 돌마는 걷고 또 걸어 버스에 올랐다.

그녀가 고개를 푹 숙이고 대부분 비어 있는 자리 중 하나를 향하는 순간 어디선가 귀에 익은 걸쭉한 목소리가 돌마의 이마를 때렸다.

"이거 돌마 선생 아니신가? 어쩐 일로 여기서 버스를 타시나?"

"……."

돌마는 놀란 가운데서도 침착함을 잃지 않으려 눈동자를 움직이지 않고 버스 뒤쪽의 빈 좌석으로 걸어가 앉았다. 그러자 좀 전에 말을 걸었던 사내가 곧바로 그녀의 뒷자리로 옮겨 앉더니 두껍고 뭉툭한 손가락으로 돌마의 모자를 툭툭 건드렸다.

"돌마 선생, 왜 이렇게 이상한 방식으로 버스를 타지? 지서에 신고는 하셨겠지."

그는 마을 지서의 악질 공안 류오였다.

돌마는 마음을 단단히 먹으며 모자챙을 올려 얼굴을 내놓았다.

"류오 공안님이시네요! 공안님도 어디 가시나 봐요?"

"여기서 버스를 타려면 꼭두새벽부터 몇 시간은 걸었을 텐데 왜 이런 이상한 짓을 하느냔 말이오. 거짓말 지어내려 하지 말고 얼른 말해요."

"잠도 일찍 깨고 해서 걸어 나오고 싶었어요."

류오는 우연히 버스에 올라타는 돌마를 보고는 직감적으로 뭔가 수상하다는 촉이 왔다. 이곳 티베트의 고원 마을에서 한족 공안으로 산전수전 다 겪은 그는 재빠르게 머리를 굴렸다. 돌마가 제집 앞 정류장을 놔두고 세 시간 넘게 떨어진 곳에서 버스를 타는 것은 그냥 보아 넘길 수 없는 이상한 행동이었다. 일단 이런 생각이 들자 최근 린밍훼이가 영국으로 국제우편을 보내고 한국에서 국제우편을 받은 일도 뒤늦게 수상하게 여겨졌다.

"당신 뭔가 숨기는 거 있지? 혹시 린밍훼이하고 관련이 있나? 그놈 심부름하는 거 아냐?"

"무슨 얘길 하세요?"

돌마의 음조가 신경질적으로 높아지는 걸 보고 류오는 능글맞은 웃음을 지었다.

"당신은 천생 사람 못 속이는 여자군."

류오가 개기름이 흐르는 얼굴에 누런 이빨이 드러나도록 입을 크게 벌려 자신만만한 웃음을 올리자 그의 뜨거운 숨결이 기분 나쁘게 돌마의 목덜미에 닿았다.

"저리 떨어져요!"

"두 시간 후 버스가 카끄다쉬의 종점에 도착하면 나와 같이 공안서로 간다. 자신 있으면 한 번 버텨봐. 한 달이고 두 달이고 입을 벌릴 때까지 그 시궁창 유치장에 가둬둘 테니까. 너한테서는 린밍훼이의 노린내가 술술 풍긴단 말이야. 내가 누구지? 류오야, 류오."

악질 공안이 대놓고 한 건 올렸다는 기세로 자기 머리를 검지로 가리키며 위압적인 웃음을 터뜨리자 버스에 타고 있던 십여 명의 티베트인들이 눈살을 찌푸렸다. 평소 티베트인들은 자신들의 나라를 병탄한 중국에 대해 강한 반감을 가지고 있는 터였다. 한 늙수그레한 남자가 의미심장한 시선을 그녀에게 보내자 돌마는 무슨 뜻인지 알아차리고 고개를 끄덕였다.

"자, 이제 앞장서!"

버스가 종점에 다다르자 돌마는 일어나며 종잇조각에 몰래 적은 전화번호를 그 남자의 품에 떨어뜨렸다.

"뚜뚜뚜뚜!"

연수는 전화기 창에 뜬 낯설고도 긴 번호를 대하자 직감적으로 이것이 티베트의 린밍훼이에게서 걸려온 전화임을 알았다.

"닥터 린밍훼이? 후즈 콜링? 돈 노우 홧 유어 스피킹. 스피크 인 잉글리쉬, 플리즈."

연수는 상대가 도통 알아들을 수 없는 말을 계속 반복하자 답답한 한편으로는 이상한 생각이 들었다. 아무리 중국인이라 하더라도 영국의 라이언 박사와 소통할 수 있다면 어느 정도 영어는 할 수 있을 것이었다. 한참 뭐라 그러던 상대 역시 갑갑했는지 같은 소리를 반복하다 전화를 끊어버렸고 연수는 창에 뜬 번호로 전화를 걸었으나 연결이 되지 않았다.

안타깝기 짝이 없었지만 달리 할 도리가 없었던 연수가 다시 전화를 받은 것은 다음날이 되어서였다.

영어가 가능한 사람을 찾아 걸려온 전화를 통해 연수는 돌마가 티베트의 중국 공안에 체포되었고 공안의 입에서 바로 그 린밍훼이라는 이름이 튀어나왔다는 사실을 알게 되었다. 이런저런 상황을 상세히 물어보고 짐작과 추리를 반복한 끝에 연수는 돌마라는 교사가 린밍훼이의 심부름으로 인도 국경에 가까운 카끄다쉬라는 도시로 가다 버스 안에서 공안에 체포되었다는 사실과 그 심부름이란 자신이 린밍훼이에게 요청한 히말라야 양 조직의 반출일 거라는 결론에 이르렀다.

아마도 린밍훼이는 사람을 시켜 조직을 인도로 반출한 다음

거기서 자신에게 보내는 방법을 찾으려 했을 것이었다. 돌아
가는 상황은 어느 정도 눈에 잡혔으나 한국에 앉아 할 수 있는
일이라곤 손톱만치도 찾을 수 없어 고심하던 연수는 밤을 하
얗게 샌 후 새벽녘이 되어서야 한 사람의 이름을 떠올렸다.

'미수라.'

카끄다쉬의 공안서 유치장에서 돌마는 발가벗겨진 채 극도
의 수치감에 시달려야 했다. 짐승이나 다름없는 고문 기술자
가 작은 수건 하나를 던져 주고는 낄낄거리며 몽둥이로 음부
와 젖가슴을 교대로 찔러대자 돌마는 자동인형처럼 수건을
올렸다 내렸다를 반복하며 몸을 가려야 했고 어둠 속에서 얼
굴과 머리를 가리지 않고 곡괭이 자루를 마구 휘둘러 댈 때는
죽거나 불구가 될지 모른다는 무시무시한 공포에 뒤덮였다.

"그만요! 제발 그만! 말할게요!"

그러나 단말마의 비명을 지르며 당장의 고통을 벗어나고 나
면 돌마는 다시금 굳은 침묵을 지켰다. 자신이 입을 열면 린밍
훼이가 큰 화를 당한다는 의리 외에도 나는 교사다라는 오기
가 힘이 되어 주었다. 그러나 이런 비장한 결의도 시간이 지나
면서 차츰 허물어져 내렸고 공안서장 앞으로 끌려갔을 때는
한 마리 벌레처럼 꿈틀거리며 목숨을 구걸하고 있었다.

"살려주십시오. 다 말씀드리겠습니다. 저는 린밍훼이의 지

시를 받아……."

서슬이 퍼런 공안서장은 잠시 돌마를 내려보다 분노에 찬 눈길을 류오와 고문 기술자를 향하고는 욕설을 뱉어냈다.

"이 개새끼들아! 너희가 공안이라고 마음대로 사람을 이 지경으로 만들어! 더구나 여자를! 너희 같은 새끼들이 장족을 이런 식으로 족쳐대니 이들이 몸에 불질러 죽어가며 독립독립 하는 거 아냐, 이 죽일 새끼들아!"

공안서장은 분을 참지 못하겠다는 듯 따귀를 몇 대씩 올려 붙이고는 날 선 목소리로 부관에게 지시했다.

"이 두 새끼 당장 꽁꽁 묶어 유치장에 집어처넣고 저 여자는 가져온 짐 하나도 빼지 않고 그대로 다 챙겨 풀어줘!"

평소 고문을 즐기던 공안서장의 너무도 달라진 모습에 부하들은 입을 떡 벌린 채 의아해했지만 그의 곁에 서 있던 무척 부유해 보이는 한 인도인이 돌마를 데리고 나가는 모습을 보고는 고개를 끄덕였다.

미수라 교수로부터 돌마를 안전히 고향으로 돌려보내고 그녀가 가지고 있던 바이러스 시료는 냉동실에 잘 간직해두었다는 전화를 받고 난 연수는 입술을 꽉 깨물었다. 알지도 못하는 남이 행복해지거나 안전해진다면 자신의 희생을 무릅쓰고라도 무엇이든 해낸다는 정신이 있는 한 인간은 바이러스와의 전쟁에서 이길 수 있다는 확신에 연수는 자신의 할 일을 더욱 분명히 했다.

'실험실을 잡아야 한다.'

바이러스를 추출해 염기서열을 밝힐 작업을 할 수 있는 실험실이 너무도 아쉬웠으나 몇 개 있지도 않은 인가된 실험실들이 모두 코비드19에 매여 있는 현실에서 실험실을 구하는 것은 하늘의 별따기였다. 사방팔방으로 실험실을 찾아헤맸으나 모두 허사였고 심지어는 대기자 명단에도 이름을 올릴 수 없었던 연수의 뇌리에 그가 다가왔다.

16. 솔크연구소

"연수 씨."

인천 공항을 떠나 11시간의 비행으로 도착한 LA 공항 역시 코로나 여파로 예전의 분주함을 잃고 한산한 모습이었다. 연수가 솔크연구소의 초청장을 지닌 방역 목적의 방문자임을 밝히고 검역을 마치자 한 청년이 손을 번쩍 쳐들며 성큼성큼 다가왔다.

이정한.

한국에서는 그렇게 괴팍하게, 뉴욕에서는 그렇게 경이롭게 보이던 그가 태평양의 금빛 햇살 때문인지 아니면 연분홍색 캐주얼 셔츠 때문인지 한결 편안하게 다가왔다. 다시 볼 기회란 없다 생각했기 때문에 마구 대할 수 있었던, 아니 마구 대해버렸던 남자. 그러나 더 이상 가벼울 수 없었던 그 순간 그는 생각도 못 한 반응을 보여 왔었다.

'저와 결혼해주지 않으실래요.'

어쩌면 자신은 이런 미래를 기다리고 있었을지 모른다는 생각이 문득 떠오르자 연수는 마음속으로 급히 고개를 가로저었다.

정한은 자연스럽게 그녀의 여행 가방을 잡아끌며 세상 반갑다는 듯 환한 웃음을 지었다.

"오시는데 고생은 안 하셨어요?"

"연구소에서 사전 승인을 받아둬 검역을 일사천리로 통과했어요. 그리고 고맙게도 시료를 옮기는 수송 요원까지 한국으로 보내주었어요. 모두 정한 씨 덕분이에요."

한국에서는 도저히 실험실을 구할 수 없었던 연수는 미국 의회에 있는 정한을 떠올리고는 무턱대고 그에게 제안서를 보냈는데 생각지도 않았던 솔크연구소의 초청을 받게 되었던 것이다. 연구소는 연수가 한국을 떠나기도 전에 특별 수송 요원까지 보내 마이산 샘플을 미국으로 옮겨 갔다.

"제가 뭘 한 게 아니라 그들이 이 아이템에 크게 주목하기 때문이에요."

"그럴 리가요?"

"틀림없어요. 저는 연수 씨의 제안서를 갖고 예전에 국방부

관련 민원을 하나 해결해준 적 있는 미국생물안전협회를 찾아갔어요. 거기서 이 솔크연구소를 연결했는데 제가 고맙다 인사하니 거꾸로 연구소에서 큰 기대를 하고 있다더군요. 참, 그리고 여기 솔크연구소에 와보니 어마어마한 한국인이 계시던데요. 그분이 연수 씨 프로젝트를 관장할 거예요."

밖으로 나온 정한이 손짓을 하자 기다리고 있던 리무진이 소리 없이 미끄러져 왔다. 은청색 리무진은 LA의 화려한 햇살을 반사하여 고운 별 가루를 뿌려 놓은 것처럼 은은하게 빛났다.

"이런 차는 부담스러운데요."

기사가 내려 반가운 표정을 지으며 가방을 받아 트렁크에 싣자 정한은 시크하게 리무진의 문을 열며 말했다.

"사실 저의 소박한 차로 마중 나오고 싶었지만 연수 씨가 정식으로 연구소 초청을 받았기 때문에 공적으로 할 수밖에 없어요. 초청받은 사람의 중요도에 따라 차량이 정해지는데 이 리무진은 가장 높은 등급이에요."

"실험실을 제공받은 것만 해도 황공한걸요."

연수는 부담스러운 한편으로 어쩌면 자신의 제안서가 정한의 말대로 사람들의 주목을 받고 있는 건 아닐까 하는 생각이 들었지만 이내 지워버렸다. 노벨상을 습관적으로 받아내는 세계적인 솔크연구소가 자신을 주목한다는 건 믿기 힘든 일이었다. 연수는 슬쩍 정한의 옆얼굴을 바라보았다. 뛰어난 로비스트로 얼렁뚱땅하는 기질을 가진 이 사람의 농간일 가능성이 훨씬 컸지만 사실이야 어떻든 연수는 연구를 할 수 있게 해준 이 사람, 정한이 무척이나 고마웠다.

"여기서부터 솔크연구소가 있는 샌디에이고까지 한 시간 좀 더 걸려요. 구불구불 이어지는 태평양 해안선을 따라 캘리포니아의 황금 햇살이 쏟아지는 드라이브 코스가 일품이죠. 캘리포니아에서는 닥치고 햇살을 즐기세요. 코로나 바이러스로 고생 많으셨을 텐데 다 날려버리세요."

리무진이 LA 공항을 나서 샌디에이고로 이어지는 퍼시픽코스트 하이웨이로 들어서자 눈부시게 펼쳐지는 절경에 연수의 입에서는 절로 탄성이 새어 나왔다. 짙푸른 태평양의 물 빛깔과 맞닿은 연한 하늘 위로는 하얀 구름들이 바람을 타고 갖가지 형상을 지어냈다.

"멋지네요!"

"캘리포니아의 매력이죠."

샌디에이고 해변 건너편으로 마치 예술작품 같은 솔크연구소의 투박하면서도 아름다운 모습이 눈에 들어오자 연수는 부러움이 담긴 시선을 이어나갔다.

"과학자들의 천국이네요."

정한은 웃었다.

"흐, 하지만 정작 당사자들이 어떻게 느끼는지는 알 도리 없죠. 맨날 원자나 분자나 바이러스 쪼가리들만 생각하고 사는 사람들이니. 워싱턴에 오는 관광객들은 의사당을 보고는 자유의 전당이라며 셔터를 눌러대지만 막상 의회에서 일하는 사람은 자유가 뭔지도 몰라요."

연수가 리무진 기사에게 물었다.

"여기 과학자들은 연구소를 지옥이라 생각할까요?"

"천국인지 지옥인지 몰라도 그 사람들 좀비인 건 맞아요. 한결같이 머리를 뚝 잘라 연구실에 놓고 다니거든요. 심지어는 집에 갈 때도요."

연수와 정한은 같이 웃었다.

"재미나는 표현이네요."

기사는 창문을 내리고 눈길을 멀리 태평양에 두며 말했다.

"사실 주민들은 연구소가 뭐 하는 덴지 잘 몰라요. 잘 지은 집 정도로 알고 있죠. 샌디에이고 사람들은 바다, 파도, 서핑, 선탠 외에는 아무것에도 관심 없으니까요."

"재밌네요. 세계 최고의 연구소가 정작 고향에서는 잘 지은 집 정도라니."

사실이 그랬다. 미국 캘리포니아주 샌디에이고 라호야에

있는 솔크연구소는 소아마비 백신을 개발한 요나스 솔크가 1960년 설립한 연구소로 노벨 생리의학상 수상자를 11명이나 배출한 세계적인 생명과학 연구소이다. 특히 신경과학과 행동 연구 분야에서 명실상부한 세계 1위에 자리매김하며 55개의 랩에서 세계 각국의 과학자 1,100명이 연구에 몰두하고 있다. 그러나 과학 분야에 관심 없는 일반인들에게 솔크연구소는 샌디에이고에 가면 꼭 봐야 할 관광명소로 더 유명하다.

솔크연구소에서 가장 유명한 곳은 완벽한 대칭 구조를 이루며 남북으로 길게 늘어선 연구소 건물들 사이의 비워진 공간이다. 처음에 설계자 루이스 칸은 이 대리석 바닥의 광장을 나무로 빽빽이 채우려 구상했으나 마음을 바꿔 마치 그림의 여백과 같이 비움의 공간으로 만들었다고 한다.

"먼저 좀 걷는 게 어떨까요."

리무진이 연구소에 도착하자 정한은 기사에게 짐을 리셉션에 갖다두도록 부탁하고는 투어에 앞장섰다. 구름 한 점 없는 하늘이 심해 끝에 맞닿은 수평선을 눈 안에 들이며 텅 빈 마당을 흐르는 물길을 따라 걷는 연수는 최고의 관광지에 온 기분이었다.

"솔크 박사님이 훌륭한 분이라는 건 익히 알고 있었지만 이렇게 멋진 연구소를 지으신 줄은 몰랐어요."

"맞아요. 솔크 박사님은 소아마비 백신 개발을 위해 7년 세

솔크연구소 197

월을 매일 16시간씩 쉬지 않고 일했다더군요."

"연구에 몰입하다 이곳에 나와 저 바다를 보면 영감을 받을 거 같아요. 솔크 박사님의 대단함이 새삼 느껴져요."

2차 세계 대전 후 소아마비는 전 세계에 팬데믹을 가져왔고, 미국도 예외가 아니었다. 당시 소아마비는 엄청난 공포의 대상이었다. 그 와중에 가난한 러시아 유대인 이민자 가정에서 태어난 전형적인 흙수저 솔크가 드디어 소아마비 백신을 만들어내는 데 성공했다.

"솔크 박사의 진정한 위대함은 오히려 소아마비 백신 개발 이후에 드러나요. 그는 자신이 개발한 소아마비 백신에 대해 특허권을 행사하지 않았어요. 전 세계의 돈을 다 쓸어담을 수 있는 바로 그 순간 그는 몰려든 제약 회사 대표들 앞에서 한마디만을 잔잔히 입 밖으로 밀어냈어요."

"뭐라 말하셨어요?"

정한은 한동안 태평양을 응시하다 고개를 돌려 감동에 잠긴 눈길로 연수의 두 눈을 빤히 들여다보았다.

"Could you patent the Sun(태양에 특허를 낼 수 있나요)?"

정한은 마치 자신이 솔크 박사인 양 잔뜩 감정을 담아 독특한 러시아식 액 센트의 영어를 토해냈다.

"솔크 박사가 특허권을 포기한 덕분에 세계보건기구(WHO)는 소아마비 백신을 단돈 100원에 전 세계에 나누어

주었어요. 전 세계의 무수한 부자들과 동시에 무수한 가난한 사람들이 그 어마어마한 병에서 벗어나는 비용은 단돈 100원이었어요."

"아! 가슴을 울리네요."

"그때 솔크 박사가 특허료를 받아서 백신 가격이 비싸졌더라면 소아마비는 수많은 사람을 죽이고 아직도 가난한 사람들의 병으로 남아 있을 테지요."

정한과 연수가 어느덧 코트의 끝에 다다르자 아스라한 수평선으로 시뻘건 태양이 서서히 빨려들기 시작했다. 연수는 저물어가는 바다를 보며 독백처럼 중얼거렸다.

"바이러스와의 전쟁에서 솔크 박사님이 보여준 건 기술이 아니었네요. 이 세상의 모든 어려운 사람들을 위해 자신의 이익을 포기한 그 마음이에요. 약자와 동행하는 삶만이 가치가 있다는 진리를 그 짧은 한 마디로 가르쳐주셨어요."

석양이 연수의 얼굴에 붉게 물들며 그녀의 신념에 찬 표정을 비추어내는 걸 물끄러미 바라보고 있던 정한이 갑자기 연수를 꽉 끌어안고는 입을 맞추었다.

"으읍!"

한참이나 입술을 떼지 않고 있던 정한은 이윽고 두 팔에서 힘을 빼며 난해한 고차방정식에 고심하는 수학자의 얼굴로 말했다.

"왜 그랬던 거죠? 이렇게나 가는 길이 뚜렷한 분이. 그날 뉴욕에서 제게 왜 그런 도발을 하셨는지 지금껏 이해가 되지 않거든요."

연수는 얼굴에 내려앉는 잔광을 손등으로 가리며 고개를 돌린 채 말했다.

"한 번 마음이 하라는 대로 하고 싶었을 뿐이에요."

"……."

"그런데 실험실만 구해주심 됐지 굳이 여기까지 오지 않아도 되는 걸 그랬어요. 방금 그 행동에 형사 조치를 해야 하나 고민할 필요가 없도록요."

정한은 소리 내어 웃었다.

"사실 여기는 제가 필요로 하는 곳이기도 해요."

"믿을 수가 없네요. 군사전문가가 생물연구소에서 무슨 일이 있으실까요?"

"중요한 일이 있습니다."

연수는 쌍꺼풀이 없는 커다란 갈색 눈동자에 웃음기를 잔뜩 담아 짐짓 놀란 표정을 짓고는 손으로 입술을 가리며 물었다.

"흐흡, 혹시 생물 무기라도 만들려는 거예요? 제가 또 공범으로 FBI에 잡혀가는 건 아니겠지요?"

"감이 좋으시네요. 생물무기와 연관이 있긴 한데 제가 만들려는 건 아니에요. 엔리멍 아시죠?"

"네. 미국으로 탈출한 홍콩대학교 교수 말이죠? 참, 그 사람은 줄기차게 코비드19를 중국 군부가 우한실험실에서 만든 생물 무기라 주장하더군요."

"네. 과연 그런지, 아니라 하더라도 코비드19의 세계 확산에 있어 중국의 책임을 어디까지 물을 수 있는지 정확히 판단해야 해요. 그래서 여기에 생물학 공부를 하러 온 거예요."

정한의 대답에 연수는 전부터 털어놓고 싶었던 '정치없는의사회' 얘기를 꺼냈다.

연수는 자신이 스미드클라인의 비밀 요청으로 인도에 갔었다는 사실과 자신이 받아온 USB에 중국 지도자가 인도 수상에게 압박을 가하는 통화내용이 있었음을 말했다.

"그것은 대단히 이상한 일인데요. 그 사람 이름이 뭐라 그랬죠? '정치없는의사회'의 스미드클라인?"

"네."

"미국에서는 뭐가 없다라고 하면 그 반대로 봐야 해요. '정치없는의사회'는 바로 정치하는 의사회인 거죠. 당장도 연수 씨를 인도에 보내 가짜 정보를 가져오게 했잖아요."

"가짜 정보라고요?"

"물론입니다. 그건 과장된 중국의 책임을 만들어내기 위한 공작이에요. 중국 지도자와 인도 총리의 통화, 그걸 돈으로 따지면 최소한 3억 달러는 될 거예요. 3억 달러짜리 정보를 차

안으로 던져준다? 아무 대가도 없이. 그것도 인도에 처음 온 한국인에게. 이것은 처음부터 스미드클라인이라는 자에 의해 기획된 거예요."

"그러나 스미드클라인은 의과학계의 명망가인데요."

"하하, 그건 전연 다른 문제예요. 전문가의 경험으로 볼 때 이건 딱 떨어지는 공식이에요. 만약 미국 정부가 전략을 바꾸지 않았다면 지금쯤 연수 씨는 코비드19 재판의 증인 소환장을 받았을 거예요. 그러고는 확신에 가득 차 스미드클라인이 원하는 대로 증언을 하겠죠. 물론 스미드클라인과 미국 정부는 한 몸이고요."

"그럼 그 마한두라도 스미드클라인의 사람이란 말이에요?"

"인도에 가서 만난 사람들 중 미수라 하나 빼고는 다 의심하는 게 맞아요. 연수 씨가 진짜 스파이라면."

연수는 자존심이 상했지만 마구 항변할 입장은 못 되었다. 아무래도 그 방면 일은 미국 정치 깊은 곳에서 산전수전 다 겪은 정한이 자신보다 한참 나을 것이었다.

"그런데 그걸 어떻게 알아요?"

"오랜 의회 활동 경력에서 오는 육감이에요. 그리고 지난번 FBI에 의해 산업스파이로 몰리게 된 것도 미수라의 집에서 만났던 둘 중 하나의 밀고 때문이라 생각했었잖아요. 밀고자는 미수라가 아니라 그 교수예요."

"그 일에 관해서는 저도 그런 결론을 내리기는 했어요. 그런데 그 USB가 가짜라면 스미드클라인은 왜 그런 짓을 한 걸까요?"

"공작이죠. 미국 정부의 초기 전략은 우한연구소로부터 바이러스가 유출되었음을 입증해 중국의 책임을 확실히 한다는 거였어요. 하지만 새롭게 밝혀진 사실 하나로 말미암아 최근 미국 정부는 전략을 대거 수정할 수밖에 없었어요. 차분히 기억을 되돌려보세요. 처음에 그리도 낯선 어조로 우한연구소 유출을 주장하며 확실한 증거가 있다 장담하던 대통령도, 국무장관도, 정보기관들도 썰물 빠져나가듯이 일시에 발을 다 빼버렸잖아요. 지금은 미국 정부의 그 누구도 우한연구소에서 바이러스가 유출됐다는 주장을 하지 않고 있어요."

"그럼 우한연구소에서 바이러스 합성 실험을 했다는 건 애초부터 근거 없는 모함인가요?"

"아니에요. 그들은 틀림없이 그 실험을 했어요."

"그런데 새롭게 밝혀진 사실 때문에 더 이상 그런 주장을 하지 않는다고요? 이해가 가지 않아요. 도대체 그 사실이란 게 뭐죠?"

"먼저 스미드클라인에게 전화를 걸어 USB에 대해 물어봐요. 아마 잃어버렸다고 할 거예요."

자존심이 상한 연수는 정한의 말이 끝나기도 전에 스미드클라인의 번호를 누르고 있었다. 과연 정한의 말이 맞는지 솟구치는 호기심을 참기 어려웠다.

"박사님, 제가 드렸던 그 USB 말이에요."

말을 꺼내자마자 저편에서 USB를 잃어버렸다고 대답해오는 통에 연수는 전화기를 떨어뜨릴 뻔했다. 멍한 상태에서 아무렇게나 통화를 끝내버린 연수의 귀에 정한의 한 마디가 파고들었다.

"미국 정부가 급거 전략을 수정한 건 중국이 우한연구소에서 바이러스 합성실험을 하지 않아서가 아니에요. 그 실험은 중국의 뇌관인 동시에 미국의 뇌관이란 걸 뒤늦게 알게 되었기 때문이에요."

"어째서 그렇죠?"

"미국 또한 그 실험의 책임으로부터 자유로울 수 없기 때문이죠. 지난 2015년 우한연구소와 미국의 노스캐롤라이나대학이 공동으로 지금의 코비드19를 유발했다고 의심받을 만한 실험을 했거든요."

"그런 일이 있었나요?"

"네, 우한연구소의 그 유명한 박쥐여사 시 젠글리와 노스캐롤라이나대학의 랄프 베릭 박사가 사스 바이러스에 여러 종류의 유전자 가닥을 조합해 새로운 바이러스를 만들었어요. 그러니 우한연구소에서 바이러스를 합성한 사실은 중국의 책임인 동시에 미국에게도 책임과 비난이 돌아가게 되어 있어요. 따라서 유출을 거론하는 건 오히려 미국에 짐이 되죠."

"아!"

"마찬가지 이유로 인도와 캐나다 학자들이 제기한 PRRA의 삽입도 미국 정부는 외면할 거에요. 맞다 틀리다 논쟁이 붙으면 중국의 책임이 그사이 유야무야될 가능성이 크거든요."

"자칫했으면 제가 맨 앞에서 앵무새가 될 뻔했어요."

"노선을 수정한 미국 정부는 한 놈만 팬다는 식으로 다른 건 다 빼고 중국 정부의 초기 대응만을 재판에 올릴 거예요. 그걸로도 충분하니까요."

연수는 놀라지 않을 수 없었다.

"정한 씨는 이런 걸 다 어떻게 알아요? 군사 분야의 로비스트라 했잖아요."

"코비드19는 전쟁으로 갈 가능성이 아주 커요. 앞으로 전개될 시나리오를 말해드릴까요?"

"네."

"먼저 세계 각국의 법원에서 중국의 책임을 지목하는 민사 판결이 순차적으로 나올 거예요. 그런 다음 미국과 동맹국들이 중국 실험실들에 대한 현장 조사를 요구해요. 물론 중국은 거부해요. 그다음은 중국에 대한 배상금 청구와 경제 봉쇄를 시도해요. 그다음은 뭐겠어요?"

"전쟁?"

"군사 충돌이죠. 여하간 그게 정부의 시나리오예요. 의회는 독자적 판단을 해야 정부의 요구에 대응할 수 있고 저도 그 일환으로 스탠퍼드대학교, 그리고 칼텍에 코비드19의 생물학적 진실에 대한 판단을 구하던 중이었어요. 그런데 마침 연수 씨의 실험실이 솔크연구소로 정해져서 저도 솔크연구소를 어드바이저로 지정하고 며칠 먼저 와있었던 거죠."

"바이러스와 인간 간의 전쟁이라고만 생각했던 코비드19가 국가 간의 전쟁으로까지 번지리라고는 생각지 못했어요."

"세계 전쟁사를 보면 전염병이 국가 간 전쟁의 발단이 되는 경우가 많아요. 전염병이 치명적일수록 전쟁이 잘 일어나요. 독일에서는 스페인독감을 혹독하게 겪은 도시일수록 나치 지지율이 높았어요."

"왜 그럴까요?"

"팬데믹이 지나가고 나면 경기는 침체하고 사람들의 분노는 커지죠. 모든 걸 남의 탓으로 돌리려는 극단주의가 심해지면서 자연히 우리와 저들을 나누고 저들을 공공의 적으로 만들어요. 그런데 이번 코비드19는 중국과 나머지 많은 나라들 간의 대립을 불러오기에 너무도 안성맞춤의 구조를 갖고 있어요."

"중국의 부실하기 짝이 없는 초기 대응을 말하는 거군요."

"게다가 분노의 대상 중국이 어느 나라보다 빨리 코비드19 종식 선언을 해버렸거든요. 이것은 불난 집에 기름을 부어버린 거나 다름없어요. 마스크에 갇힌 채 하루 수만 명의 확진자를 쏟아내는 미국이 하루 한 명의 확진자도 없다며 마스크를 던지고 종식 선언을 해버린 중국을 보는 눈길이 어떻겠어요?"

"난센스네요. 이 세상에서 가장 단순한 생명체가 가장 복잡한 생명체를 마구 뒤흔들다 못해 전쟁까지 일으킨다는 게."

"드라마틱하네요."

"맞아요, 바이러스와 인간의 싸움을 긴 시간을 두고 보면 장엄한 한 편의 드라마예요. 우리 인간이 고도로 진화된 복잡한 유전자를 지녔다 해서 바이러스의 단순함을 무시했다간 큰코다칠 수 있어요. 바이러스는 단순한 데다 숫자 또한 압도적으로 많아요. 바닷물 1cc에 바이러스 2억5천만 마리가 살고 있으니까요."

"그렇다면 바이러스를 세어가면서 얘기를 하면 더 실감이 나겠어요. 저 건물 안에 바이러스 수억 조 마리가 한눈에 보이는 방이 있던데요."

"네?"

정한을 따라 발걸음을 옮기는 연수의 얼굴에 뒤늦게 웃음이 번졌다.

17. 이기적 유전자

정한이 말한 방은 탁 트인 창 너머로 끝없이 펼쳐진 태평양이 한눈에 들어오는 곳이었다. 세상에서 가장 안락해 보이는 소파에 엉덩이를 걸치자 한없이 꺼져드는 푹신함에 연수는 긴 여행의 피로감이 달아나는 것 같았다.

"진짜 온 세상 바이러스가 저 태평양 바닷속을 온통 헤집고 다니네요. 그런데 이 연구소는 정말 쾌적하고도 격조가 있어요. 아까부터 은근히 걱정이 되기 시작했어요. 연구소의 배려에 턱없이 못 미칠까 봐."

"첫 미팅이 내일이죠? 이 사람들은 우리 한국인처럼 첫날이니 인사 차린다 하는 건 절대 없어요. 넌 도대체 무얼 말하고자 하는 거니 하며 보자마자 무섭게 달려들어요."

"차라리 그게 나아요. 빙빙 돌려 말하는 것보다는. 그런데 사실 남의 평가에는 관심이 없어요. 실험실을 얼마나 자유롭게 쓸 수 있느냐가 제겐 중요해요."

"연구소에서도 비상한 관심을 보이고 있으니 그건 걱정할 필요 없어요. 아까 얘기한 세미언 박사님이 이리 오시겠다 했는데 그분이 오신다는 건 바로 연수 씨 제안서의 비중을 보여주는 거예요. 아, 저기 오시네요."

솔크연구소에서 연수의 연구를 지원하고 평가해줄 사람은 세미언이라는 이름을 가진 한국인이었다. 그는 한국에서 대학을 마친 후 바로 미국으로 와 최연소 박사 학위를 받고 괄목할 연구를 수없이 수행해온 미생물학 분야의 대가로 연수의 보고서를 보고는 긴급 연구 과제로 추천한 장본인이었다.

"매력이 넘치는 여류 과학자군요. 썩 큰 미인이라 할 수는 없어도."

"네? 한국에서는 그런 말 하시면 성희롱이에요."

"그냥 예쁘다 하면 성희롱 된다 해서 고뇌 끝에 뒤를 붙인 건데."

"좀 이상한 변명이긴 해도 받아는 들일게요."

농담인지 진담인지 모를 한두 마디로 첫 만남의 벽을 쉽게 허물어뜨린 세미언은 이번에는 정한을 향해 엉뚱한 말을 툭 던졌다.

"아인슈타인은 최고의 과학자였지만 인생의 후반기를 참으로 불행하게 보낸 사람이오. 어떠한 사람도 생각해낼 수 없었던 두 개의 상대성이론을 발표함으로써 인류 최고의 천재라는 칭송을 받았지만 그는 자신이 연구한 바로 그 중력 때문에 모든 과학자들의 버림을 받았던 거요."

정한은 만만치 않은 실력으로 응수했다.

"중력에 관한 한 아직도 그를 따라갈 사람이 없을 것 같은데요. 어쩌면 영원히 그럴지도 모르고요. 우주상수라는 개념을 그 아닌 누가 감히 상상이나 하겠어요?"

"맞소. 하지만 그의 뇌는 그토록 정연한 우주의 질서에 꽂혀서는 이상한 방향으로 홱 돌아가 버렸던 거요. 백만 년 후의 어느 날 오후 2시 43분에 울릉도에서 개기일식을 관찰할 수 있고 5천만 년 후의 어느 날 새벽 4시 16분 25초에 금성이 지구 북동쪽에서 솟구친다는 걸 정확하게 예측할 수 있는 그 정연함을 보고 그는 신의 창조를 확신한 거요. 거기서 그의 불행이 시작되었소. 그는 모든 우연을 거부하고 오로지 필연만을 받아들이려 했기에 삼라만상이 우연성에 기반을 두고 있다는 양자역학을 도저히 받아들일 수 없었던 거요."

연수가 공감을 표시하며 말했다.

"인생에는 우연인 줄 알았던 일들이 나중에 알고 보면 필연이었고, 필연이라 생각했던 게 우연이었구나 하고 생각되는 게 참 많아요."

"인간이 제멋대로 우연과 필연을 판단해서 그런 거요. 여하튼 아인슈타인은 신이 없는 영역에서 이룬 성취로 말미암아 신의 영역으로 영원히 들어가 버린 사람이오."

"그러네요. 다행인지 불행인지는 모르겠지만."

"바이러스의 세계가 또한 그렇소. 인간이 손대지 않았는데 과연 이런 게 가능할까 의심할 수밖에 없는 현상들이 무수히 있소."

연수는 어딘지 이 말은 자신을 겨냥한 것 같은 느낌이 들었다. 인도의 과학자들과 캐나다 안티바이러스연구소의 주장에 자신이 어느 정도 공감하고 있다는 걸 이 사람은 아는 걸까.

"제게 하시는 말씀이신가요?"

세미언은 대답 없이 하던 말을 계속했다.

"아인슈타인이 왜 이 우주가 신에 의해 창조되었다 확신했겠소? 자연은 우리가 만들어내는 그 어떠한 인공장치보다 훨씬 정교한 장치를 만들어내는 능력이 있소. 나노 단위의 바이러스 안에서도 말이오."

"코비드19는 자연 발생했다는 말씀이시군요."

"일단의 학자들이 PRRA의 아미노산이 정연하게 스파이크 프로틴의 목 부분에 가 있는 걸 보고 연구소에서 만들어냈다 생각하지만 자연에서도 충분히 가능한 일이오."

"인도 과학자들에 이어 캐나다 안티바이러스연구소도 그 아미노산들이 인간에 의해 삽입되었다는 견해를 내놓았는데 다른 두 연구팀이 한 가지 결론을 내렸다면 그 무게감도 인정해야 하지 않을까요?"

"보고서는 거칠게 씌었고 과도한 선입견이 작용한 거요. 수준 있는 과학자는 확률이 반반인 것에 대해서는 의견을 내지 않는 법이오. 자, 이제 우리 일로 돌아갑시다. 연구는 어떻게 할 작정이오?"

연수는 얼른 대답했다.

"펠릭스라는 이름의 알프스 목동이 올린 글에는 한 번도 싸운 적이 없는 두 마리 양이 격렬한 몸부림과 더불어 서로 상대를 죽음에 이르도록 치열하게 공격했다는 내용이 있어요. 그 다음 히말라야에서는 마칭이라는 이름의 양이 죽을 때까지 격렬하게 몸을 장애물에 부딪쳤어요. 한국의 마이산에서는 여덟 마리의 양이 격렬한 몸싸움 끝에 죽었어요. 연구계획서에 올린 대로 저는 지금껏 한 번도 보고된 적이 없는 이런 현상의 원인을 규명하려는 거예요."

"어떤 실험을 할 거요?"

"마이산과 히말라야의 의심되는 양들로부터 유전자 모델을 뽑아 최근 30년 내에 줄지어 생겨난 아홉 개의 바이러스와 염기서열을 비교하려 해요."

"공통된 모티프를 찾겠다는 거군."

"네. 이것이 새로운 바이러스의 출현인지를 밝히고 만약 그렇다면 그 계보가 무엇인지 추적하려는 겁니다."

"동물 실험은 하지 않을 거요?"

"한국의 직장에 복귀해야 하기 때문에 일단 염기서열 비교만 하려 해요."

"그다음 과정은 우리 연구원들이 할 수도 있을 거요. 실험실은 마음대로 써요. 마이산의 시료는 우리 수송 요원이 가져다 놓았고 히말라야 시료도 우리 요원들이 갔소. 그 밖에 내가 무엇을 도와주면 되지?"

연수는 잠시 생각하다 웃으며 대답했다.

"가끔 아인슈타인 얘기 같은 거 해주시면 좋겠어요."

"호호, 입 닫고 가만있으라는 말이군."

테스트를 겸한 연수의 환영회는 저녁에 열렸다. 말이 테스트지 그냥 여러 사람이 샴페인 잔을 손에 든 채 서로 의견을 교환하는 편하고 화기애애한 자리였다.

"생화학을 하는 심슨 박사예요. 우린 참석하진 못 했지만 샌프란시스코 세미나에서 놀라운 발표를 했다고 온 세상이 난리던데요."

"네?"

연수는 놀라지 않을 수 없었다. 그 세미나에서 자신은 박해에 가까운 푸대접을 받지 않았던가.

"기발한 생각이었어요. 사실 아무도 말을 하지는 않지만 백신이나 치료제로 바이러스를 잡는다는 건 환상이거든요. 조박사 때문에 우리는 의사 면허 다 반납하고 신세 한탄이나 하게 될 거예요."

말과 동시에 그는 노래 한 소절을 불렀다.

"아아, 흘러간 의사 면허여, 다시 한번 환자 품에 안기고 싶어……."

"하하하하!"

사람들이 모두 웃음을 터뜨렸다.

"바야흐로 RNA 시대예요. 변종의 시대란 얘기죠. 그런데 의약계는 죽어라 과거의 표적을 쏘는 총만 만들고 있으니 안 웃겨요? 호모사피엔스를 죽여야 하는데 네안데르탈인을 죽이는 창을 만드니 흐흐, 제약사 놈들 확률 1%짜리 도박을 하는 거죠."

"그렇다 하더라도 해야만 하는 일입니다. 아무것도 안 한다고 생각해 보세요."

"그렇긴 한데……, 여하간 몸 밖에서 바이러스를 잡아야 한다는 주장은 코페르니쿠스의 전회보다 더한 거예요."

솔크연구소에서도 연수는 화제의 중심이었다.

"도킨스의 이기적 유전자 이론은 어떻게 생각해요? 인간 자체가 유전자와 바이러스 따위의 극미한 존재를 옮기고 지속시키기 위한 도구에 불과하다는 상쾌한 얘기."

사람들의 시선이 일제히 연수에게로 쏠렸다.

"인간이 이룩한 지능이라는 무형의 물질을 보지 못한 한계가 있다 생각해요. 인간의 지능은 결국 AI로 진화하는데 여기에는 이기적 유전자가 개입할 공간이 조금도 없어요. 그러니 흥미로운 이론이기는 하지만 존재의 하부 구조를 설명하는 데 불과할 뿐 존재 전부를 설명할 수는 없어요. 특히 인간을 유전자의 숙주로만 규정한 건 여성의 아름다움에 대한 모독이에요."

연수의 대답에 주변에서 와 하는 탄성이 일었다.

"이 바이러스 놈들아, 숙주는 우리 남자들로 충분하다. 여성에게 손대지 마라."

"와하하하!"

"옥스퍼드에서 도킨스 박사와 같이 일했던 제스먼이오. 도킨스를 떡으로 만들었는데 정말 공감이 가는 얘기요. 그래도 내 친구를 위해 한마디 칭찬을 해준다면?"

나이가 지긋한 백발의 한 학자가 웃으며 말을 건네자 사람들은 더욱 흥미를 가지고 일제히 연수의 입술에 시선을 모았다.

"음, 제가 볼 때는 그분이 책 제목 하나는 잘 붙였어요. '이기적 유전자'라는 말이 쉽게 귀에 박히잖아요."

연수의 대답이 끝나기도 전에 웃음과 환호가 파티장을 뒤덮었다. 제스먼도 한참 웃고 나서 동료를 위한 변명 한 마디를 던졌다.

"도킨스도 지구상에서 인간만이 유일하게 이기적 유전자의 폭정에 반역할 수 있다고 말하긴 했소."

"바로 이 연구소의 솔크 박사님이 온몸으로 그걸 보여주셨죠. 인간은 행복 대신 불행을 택하기도 해요, 그게 더 의미가 있을 때는. 바이러스의 본능적 생존력과 갈래를 달리하는 인간의 힘이죠. 여기 모인 분들은 모두 인류의 행복을 위해 자신의 불행을 택한 게 아닐까요?"

"와하하하! 와하하하!"

솔크연구소는 유쾌한 웃음으로 연수를 환영했고 한쪽에 서서 이 광경을 바라보던 정한의 입가에도 미소가 흘렀다. 병리학이라는 외롭고 삭막한 길을 택한 이 가냘프기만 한 여성의 알 수 없는 매력은 과연 어디서 나오는지 곰곰 생각하며 정한은 홀로 샴페인 잔을 기울였다.

18. 우연과 필연

하루를 쉰 다음 연수는 실험실에 들어갔다. 마이산에서 채취한 시료를 앞에 둔 연수는 가슴이 설렜다. 느낌으로는 분명 새로운 바이러스인데 과연 자신이 DNA나 RNA 분석을 통해 유전자 모델을 찾아낸 후 아미노산 모티프와 염기서열의 계보를 밝혀낼 수 있을지 불안하면서도 한편으로는 거대한 진실을 밝혀내는 흥분과 전율에 휘감겼다.

연수는 연구소의 차세대 염기서열 시퀀싱 설비를 사용하는 대신 속도가 느린 고전적 전기영동 방식으로 염기서열을 관찰하기로 마음먹었다. 세포 하나당 30억 개가 넘는 인간의 염기서열 시퀀싱과는 달리 고작 3만 개에 불과한 바이러스의 염기서열을 뽑아내는 데는 속도가 늦은 고전적 방법도 충분했다. 게다가 인도의 미수라가 보관하고 있는 시료가 도착할 때까지 실험실에서 시간을 보내고 싶었다.

연수는 며칠간에 걸쳐 서두르지 않고 한 과정 한 과정을 조심스럽게 밟아나가며 디지털 시대의 마지막 아날로그 맨처럼 자신의 실험을 즐겼다. 실험실의 스태프들은 연수의 이런 모습에 의아해했지만 가끔 들르는 세미언은 낄낄 웃으며 연수의 작업은 물론 연수 자체를 구경하는 걸 좋아했다. 그의 눈초리가 실험실의 이곳저곳은 물론 자신의 차림새와 얼굴 표정까지 훑는 걸 느낀 연수는 그를 추방할까도 생각했다. 그러나 장난과 농담 사이에 툭툭 던져오는 한마디 한마디가 기발해 연수는 아예 이 사람을 남자가 아닌 걸어다니는 백과사전이라 생각하기로 했다. 그러자 이제까지 보이지 않던 새로운 면이 보였다. 그것은 바로 과학자의 철학이었다.

"조 박사, 좀 이상한 얘기로 들리긴 하겠지만 과학 하는 사람들의 성공과 실패는 철학에 달렸소."

"무슨 철학이요? 성공과 실패의 철학? 성공의 철학을 택한 사람은 성공하고 실패의 철학을 택한 사람은 실패하는 거예요?"

연수가 웃으며 농담으로 던진 말에 세미언은 진리를 잡아챈 사람처럼 눈을 빛냈다.

"실패의 철학? 그거 멋진 말이오."

세미언은 잠시 생각하더니 새로운 땅을 찾아낸 탐험가의 얼굴이 되어 생각을 쏟아냈다.

"사실 꿈은 깨지기 마련이고 일은 실패하기 마련이잖소. 그렇게 보면 인간은 태어난 바로 그 순간이 가장 성공했을 때요. 그 투명한 살결, 순수한 표정, 천진한 웃음, 보이는 모든 것에 대한 믿음……. 하지만 나이가 들면서 이게 다 무너지잖소? 허허, 모노를 이제야 제대로 이해했소. 조 박사가 내 머리를 꽝 때려준 덕분이오."

"자크 모노 박사님이요?"

"그렇소. 그 양반 머릿속에서는 모든 게 거꾸로요. 본래 모든 생명체는 발전하는 방향으로 자신을 끌고 나가는 게 아니라 변화를 강요하는 외부 환경에 저항해 자기 복제의 기전을 유지하려 한다는 거요. 그러니 진화란 생명체의 본질이 실현되는 게 아니라 거꾸로 생명체의 본질인 이 불변적 자기 복제에 실패한 결과라는 거요. 허 참! 실패의 철학이란 한 마디를 듣고 나니 갑자기 진화의 본질이 바로 이해되네."

"저는 바로 이해가 안 가는데요."

"어려울 게 없소. 진화란 성공이 아니라 오히려 실패란 얘기요. 그래서 그 양반이 미시적 우연이란 말을 썼군. 진화가 노력과 성공의 결과물이라면 우연이란 말을 쓰지 않았을 것 아니오. 우연이란 바로 실패란 뜻이니까. 정리하자면 진화란 자기를 지키려 했으나 외부 요인의 방해로 실패해서 나타나는 것이다. 그래서 우연히 나타난 변종이 죽으면 그만이지만 죽지 않는다면 자기 복제를 계속할 테니 그 우연은 필연이 된다. 그렇잖소. 똑같은 게 계속 생기는 건 더 이상 우연이 아니니까. 아, 오늘은 진정 무자비한 득템을 했는걸."

너무도 만족해하는 세미언을 물끄러미 바라보며 연수는 순수한 지식 그 자체를 사랑하는 사람의 행복을 함께 맛보았다.

"실패가 진화를 끌어간다니 왠지 열등감이 좀 해소되는 기분이 들어요. 전 민감한 편이 못 되는데 민감하지 못한 것이 오히려 능력이라는 얘기잖아요."

"그렇소. 민감한 게 힘이 아니라 바깥의 변화에 둔감한 것이 힘이오. 약한 사람들이 항상 빨리 변하잖소. 다른 동물들도 그런 것 같은데."

"그러고 보니 가장 약한 바이러스가 가장 빨리 변하네요."

"오늘은 우리 둘이 호흡이 잘 맞아 기분이 좋은걸. 저녁은 샌디에이고 시내에 나가 먹는 게 어떻소? 내가 좋아하는 친구도 부르고."

"닥터 세미언도 친구가 있으세요?"

"새로 사귀었는데 나와 얘기가 통하더군. 그 친구 다방면에 유식하니 사회 진화의 법칙은 뭔지 한 번 물어봅시다. 언뜻 스치는 생각인데 사회도 실패로부터 진화하는 것 같소."

"갑자기 실패라는 게 너무도 중요한 가치라는 생각이 들어요."

"여하튼 우리 큰 사상을 하나 만들어냈으니 뭐 좀 좋은 거 먹읍시다. 조 박사는 뭘 먹고 싶소?"

"한국 음식 먹은 지 오래됐어요. 김치찌개나 육개장이나 뭐 좀 매운 게 필요해요. 그런데 그 친구 분은 한식을 싫어하실 수도 있을 거 같은데 그냥 그릴로 갈까요?"

"아니, 한인타운으로 갑시다. 그 친구도 한식 먹을 줄 알던데."

"이 선생, 여기요."

놀랍게도 세미언이 새로 사귄 친구란 이정한이었다.

"아니, 워싱턴에 계신 거 아니었어요?"

"지금 막 오는 길이에요. 연구는 잘되어가세요?"

"네. 내일 오전이면 염기서열이 나올 거예요."

소주를 곁들인 저녁이 끝나자 세 사람은 커피숍으로 자리를 옮겼다. '생애 최고의 드링크'라는 커피숍이었는데 커피잔에 새겨진 '삶은 취해야 더 좋아'라는 문구가 정한과 연수를 미소 짓게 했다.

"이 선생, 앞으로 우리는 실패하기로 했소. 실패가 성공보다 더 중요하다는 결론에 이르렀단 말이오."

연수가 짐짓 목소리를 높였다.

"박사님, 설마 제 실험이 실패하기를 바라시는 거예요?"

"그게 더 낫다는 게 아까 우리가 합의한 얘기잖소?"

"모두 예술가를 칭송하지만 실제 예술가와 같이 사는 사람은 죽을 맛일 거예요. 빈센트 반 고흐와 같이 산다 생각해보세요."

"하하, 그런 거였소? 그런데 사회는 어떤 원리로 진화하는 거요? 그것도 같은 원리인가."

세미언이 이번에는 정한을 향해 물었다.

"역사 발전이 보통 그렇게 이루어지죠. 사회라는 공간을 모아놓은 게 역사라는 시간이니까 사회도 그렇게 진화한다고 보는 게 맞네요. 다만 역사는 보는 사람의 시각이 만들어요. 그러니 같은 현상을 놓고도 어떤 사람은 발전했다 하고 어떤 사람은 퇴보했다 하죠. 자연과학의 원리로 보자면 역사는 양자역학 같은 거예요. 관찰자에 의해 본질이 결정되니까요."

"캬, 그거 명언이군. 역사란 관찰자에 의해 본질이 결정된다. 그러면 객관적 역사란 없다는 건가?"

"없어요. 역사란 객관적 사실을 크기순으로 분류하는 게 아니에요. 내 눈으로 분류하는 거죠. 그래서 일본인에게 3.1운동은 소동에 불과하지만 우리에게는 민족의 위대한 저항인 거죠."

연수가 커피잔을 입에서 떼며 불쑥 끼어들었다.

"3.1 운동이 얼마나 거센 결사 저항이었는지 알려 주는 사실이 있어요. 3.1 운동이 일어났던 1919년은 세계적으로 스페인 독감이 대유행이었어요. 우리나라에도 이 독감이 닥쳐 14만이나 되는 사람들이 죽었어요. 밖에 나가면 역병에 걸려 죽는다고 온 나라가 패닉에 빠져 있었지요. 그런데도 그 죽음의 공포를 뚫고 온 국민이 거리 거리에 쏟아져 나와 대한 독립 만세를 외친 거예요. 일본인들도 이걸 알게 되면 감히 소동이란 말을 쓸 수 없겠죠."

"호오, 그런 일이 있었나? 나는 스페인독감이라 하면 인플루엔자A만 떠오르니 민족 반역자가 된 기분이군. 오늘 밤 자기 전 순국선열께 참회의 기도를 드려야겠어."

"오히려 그분들이 제일 좋아하실 거예요. 박사님 덕분에 스페인독감의 정체도 밝혀졌고 지금은 스페인독감이 와도 큰 문제없게 되었으니까요."

"나 덕분에?"

"바이러스학의 대가이시잖아요. 대가들 덕분에 현대의 스페인독감은 맥을 못 추니 박사님 덕분인 거죠."

"아무 한 일 없이 이런 상찬을 받아보는 건 처음이네. 이런 게 공치사라는 건가."

정한이 연수를 향하며 물었다.

"그러고 보니 스페인독감의 원인이 무엇인지는 그간 안 알려졌던 거 같은데 이젠 밝혀졌나요? 그리고 스페인독감이 현대에도 다시 나타났다고요?"

"네, 스페인독감의 원인 바이러스는 오랫동안 베일에 싸여 있다 2005년에 미국의 한 병리학자에 의해 아주 극적으로 밝혀졌어요."

"거의 100년 전 일이고 바이러스가 뭔지도 모르던 시절이라 무슨 기록이 남아 있을 거 같지도 않은데 어떻게 알아냈을까요."

"그분이 알래스카 빙하 속에서 스페인독감으로 사망한 여성의 시체를 찾아낸 거예요."

"정말 극적이네요."

"조사해 보니 H1N1이었어요. 바로 현대의 신종플루예요."

"아, 스페인독감이 바로 신종플루예요?"

"네, 똑같은 바이러스가 1919년에는 세계 인구의 3분의 1을 감염시키고 5천만 명을 죽였는데 2009년 나타났을 때는 160만 감염에 사망자는 2만 명도 안 됐어요. 이제 박사님 같은 분의 공이 얼마나 큰지 아시겠죠?"

"감사합니다, 박사님."

정한이 존경스러운 표정을 지으며 고개를 꾸벅 숙이자 세미언이 진지한 낯빛으로 큰 비밀을 털어놓듯 말했다.

"하지만 인류는 결국 바이러스에 의해 사라질 거요. 출현했다 하면 무조건 인류의 멸종을 초래할 수밖에 없는 최후의 바이러스가 지금 어딘가에서 만들어지고 있소."

"넷?"

"그게 정말인가요?"

엄청난 사실을 단정적으로 말하는 세미언을 향해 정한과 연수는 누가 먼저랄 것도 없이 소리쳤다.

"그렇소. 바이러스는 지금 이 순간에도 온갖 형태의 합종연횡을 일으키고 있소. 코비드19에 PRRA의 모티프가 합쳐졌듯이 바이러스 간의 합성이 무작위로 무한 반복되다 어느 날 상상도 못할 무서운 놈이 탄생하는 거요. 최고의 치사율과 전파율을 같이 가진 그놈 말이오."

"아무리 그렇다 해도……."

"바이러스의 숫자가 얼마나 많은지는 알 거 아니오. 이것들이 우리가 알지도 못하는 새 숙주 속에서 무한 합성을 반복하고 있소. 독감에 걸린 돼지가 조류독감에 이중으로 감염돼 탄생한 게 바로 신종플루요. 이런 조합이 무수히 일어나고 있는 거요. 로또 당첨 확률을 아무리 낮춰도 결국 당첨자는 나오게 되어 있소. 수천억 분의 일로 확률을 낮추어봐도 라스베이거스의 잭팟은 터지기 마련이오."

"그럼 인류의 멸망이 순전히 바이러스의 결합 확률에 달려 있단 말씀인가요?"

"그렇소. 인류의 종말을 불러올 치명적 바이러스는 이미 여러 번, 아니 어쩌면 수만 번 생겼을 수도 있소. 다만 이것이 제2의 숙주를 찾지 못한 채 스스로 소멸했을 뿐이오."

"현재의 발달된 의과학 기술을 동원해도 그걸 막을 방법은 없다는 말씀인가요?"

정한이 억눌린 목소리로 세미언에게 물었다.

"그렇게 생겨난 놈들이 숙주를 제대로 한 번만 타고 넘으면 바로 팬데믹이오. 지구에서 하루 뜨고 내리는 항공편이 20만이 넘고 5,000만 명 정도가 매일 비행기를 타는데 무슨 수로 막겠소?"

분위기가 삽시간에 얼어붙자 세미언은 말을 돌렸지만 세 사람은 머잖아 자리에서 일어났다.

19. 최후의 시계

연수의 마지막 손길이 자판을 떠나고 모니터에 마이산 시료에서 채취한 바이러스의 염기서열이 선명하게 드러나자 스태프들은 제각기 한 마디씩 내뱉었다. 긍정과 부정, 인식과 착각, 지각과 감각이 어우러진 공간에서 연수의 진갈색 눈동자는 쉴 새 없이 트리플 모니터의 이쪽저쪽을 오갔다. 연수를 도와온 스태프 중 한 사람이 아주 선명하게 모니터에 드러난 마이산 바이러스의 염기서열을 보며 만족스러워했다.

"결과가 제대로 잘 나온 거 같아요."

갖가지 차세대 염기서열 분석법을 모두 제쳐두고 전해질에 아미노산을 띄워 염기를 분류하는 전기영동의 고전적 방법으로 일을 마친 연수를 신기해하면서 스태프들은 흔쾌히 악수를 건넸다.

"고마워요."

짧게 답한 연수는 맨 먼저 필로 바이러스의 유전자 모델을 모니터에 올렸다. 이 바이러스는 20세기 말부터 최근 발생한 코비드19에 이르기까지 현대에 발생한 아홉 개의 바이러스 중 양의 죽음과 연관해 가장 의심되던 터였다.

바이러스 간의 유사성을 비교하는 방법은 많지만 기본적으로는 랜덤으로 열두 개나 열다섯 개 정도의 연결된 염기를 한 단위로 묶어 일치되는 정도를 측정한다.

"그것도 직접 해요?"

"금세 하는걸요."

컴퓨터는 순식간에 결과를 내놓았다.

"전혀 일치하는 게 없네요."

다음으로 연수는 코비드19를 모니터에 띄우고 모티프를 비교해보았다. 아무래도 팬데믹의 주범이라 가능성이 있다고 생각했지만 두 모티프 간 의미 있는 유사점을 찾을 수는 없었다.

"아!"

인플루엔자A를 모니터에 띄우는 순간 '매치'라는 시그널이 깜박거렸고 이와 동시에 연수의 입에서 탄성이랄지 탄식이랄지 분간하기 어려운 소리가 새어 나왔다. 자세히 모티프를 비교하자 각종 인플루엔자의 돌기에 공통으로 나타나는 헤마글루티닌과 뉴라미니다제의 두 단백질이 마이산 바이러스의 표면에서 관찰되었다.

상상했던 가장 나쁜 경우 중 하나였다. 마이산의 양들을 죽인 미지의 바이러스는 조류독감 바이러스와 합성된 것이었다.

연수는 간략한 보고서를 써서는 세미언을 찾아갔다.

"뭐가 되었든 조류독감 바이러스와 섞이지 않기만을 바랐었는데요."

연수는 마치 죄를 지은 사람마냥 기어 들어가는 목소리로 비교 분석 결과를 알렸다. 조류독감은 돌기에 헤마글루티닌과 뉴라미니다제의 두 단백질을 갖고 있어 보통 머릿글자 H와 N으로 표시된다. 이 H 단백질은 열여덟 가지 유형이 있고 N 단백질은 열한 가지 유형이 있어 이론상으로는 198종류의 조류독감이 나올 수 있다. 이 중 H1N1이 인간에게 가장 감염이 잘되고 전파 속도가 빨라 스페인독감과 신종플루를 전 세계에 퍼뜨린 바 있다. 하지만 최근에 출현해 인간에게도 감염되는 H5N1 조류독감은 치사율이 무려 60%에 달해 이것이 확산되기만 하면 세계는 대재앙을 맞을 수밖에 없다. 그러다 보니 학자들 사이에서는 인간은 결국 조류독감으로 멸종하리라는 비관적 전망이 치솟고 있었다.

"히말라야 시료가 내일 들어오는데 만약 마이산 것과 일치하면 정말 큰일인데요."

"결과를 봅시다."

어떤 바이러스든 전파력의 끝판왕 조류독감 바이러스와 합성된다는 게 어떤 의미인지 두 사람은 누구보다 잘 알고 있었다.

다음날 우여곡절 끝에 솔크연구소에 도착한 마칭의 조직이 냉동컨테이너로부터 꺼내지는 걸 지켜보던 연수는 밀려드는 불안과 초조를 이기지 못해 쓰러질 것만 같았다. 저기에서 나오는 바이러스가 어제 실험실에서 추출한 것과 동일하다면 치명적 바이러스가 생겨나 이미 세상에 퍼지고 있다는 사실이 확고부동하게 증명되는 것이었다.

'제발 아니길……'

연수는 자신이 신을 찾고 있음을 느꼈지만 마음 한편에서는 이미 두 시료가 같을 수밖에 없다는 확신이 차츰 자리잡고 있었다.

마칭의 조직들은 등록 절차를 거친 후 실험실의 염기서열 시퀀싱 장치에 올려졌다.

"스탠바이!"

중요한 작업이라 하나하나의 과정을 세세하게 촬영하기 위해 몇 대의 녹화 카메라가 자리를 잡았고 세미언이 관리 감독의 직을 수행하기 위해 도착하고 그 외 허가받은 참관자들이 자리를 잡고 나자 연수는 작업개시 신호를 보냈다.

"고우!"

이번의 작업은 며칠 전과는 완전히 다른 양상이었다. 마이산 바이러스는 연수가 전기영동이라는 고전적 방식으로 하든 어떻게 하든 상관할 게 없었지만 이제는 더 이상 그런 여유를 부릴 수 있는 상황이 아니었다.

연수는 물론 참관인들, 작업을 실행하는 연구실의 전문 스태프들, 그리고 세미언까지 숨을 죽이고 지켜보는 가운데 나노포어를 비롯한 몇 가지 기술이 결합된 솔크연구소만의 염기서열 분석이 시작되었다. 마칭의 피부에서 추출된 RNA를 수많은 조각으로 잘게 자른 다음 클러스터를 만들어 분석기에 올리자 얼마 지나지도 않아 차세대 염기서열 시퀀싱이라는 훌륭한 기술은 모니터에 염기서열을 선명히 드러냈다.

"아!"

굳이 마이산 바이러스의 유전자 배열 모티프를 갖다 대지 않아도 연수는 두 바이러스가 일치한다는 걸 감각으로 느낄 수 있었다. 지구가 꺼지는 듯한 낙담을 간신히 억누른 채 컴퓨터가 두 시료에서 나온 바이러스의 갖가지 비교 결과를 모니터에 띄울 때까지 기다리는 동안 연수는 두 다리가 후들후들 떨려 제자리에 서 있을 수조차 없었다. 다행히 기다릴 틈조차 없이 컴퓨터는 선명하기 이를 데 없는 100이라는 빨간 숫자를 모니터 정중앙에 띄웠다.

"와!"

"굿 잡!"

마칭 바이러스와 마이산 바이러스는 단 1%의 오차도 없이 정확히 일치하고 있었다. 세미언이 마이크를 잡고 카메라를 보며 간단히 평가를 한 다음 연수에게로 와서 손을 내밀었다.

"축하해요!"

연수는 어리둥절했다. 히말라야와 마이산에서 채취된 각각 다른 두 개의 시료에서 같은 바이러스가 추출되었고 그 결과는 미지의 바이러스가 조류독감 인플루엔자와 합성된 새로운 바이러스의 출현이었다. 양이 미쳤다는 증언만이 있을 뿐이어서 확실한 건 앞으로 연구를 해야 할 일이었으나 치명적 바이러스가 생겨났다는 예감이 들어맞은 것이었다. 양을 미치게 하는 바이러스. 그 계보가 무엇이든 조류독감 바이러스와 합쳐진 이상 비극은 싹을 틔우고 만 것이었다.

그런데 악수를 청하다니. 연수는 엉거주춤 인사를 받았고 요란한 박수와 더불어 꽃다발까지 받았다. 세미언은 옅은 미소를 띤 채 이 모든 과정을 주도했지만 카메라가 철수하자 돌처럼 굳은 표정이 되어 자신의 사무실로 돌아갔다.

며칠 후 보고서를 쓰던 연수는 세미언의 전화를 받고는 그의 사무실로 갔다.

"좀 쉬었소?"

"보고서를 쓰려는데 모든 게 너무 부족하기만 해요."

연수는 어떤 식으로 보고서를 써야 할지 알 수 없었다. 이제껏 한 번도 보고된 적이 없는 양의 발작. 발병한 양이 예외 없이 죽음에 다다른 거로 보아서는 거대한 질병의 탄생인 데다 조류독감의 모티프가 섞였으니 이미 인수공통전염병이 되어 있거나 차후 사람에게로 전파될 가능성이 지극히 높았다.

만약 이것이 퍼진다면 코비드19와는 비교할 수 없는 세계적 팬데믹을 불러올 게 분명했고 따라서 보고서는 긴급히 쓰여야만 했다. 하지만 과학보고서의 형식을 갖출 수 있는 여건은 하나도 찾아볼 수 없었다. 유전자 모델을 정립했으니 급히 동물실험을 하면 되지만 그러자니 살아있는 바이러스를 찾을 길이 없는 것이었다.

"보고서다운 보고서가 나올 수는 없겠어요."

"알고 있소. 그렇다 하더라도 보고서를 쓰지 않을 수는 없소. 어쩌면 바이러스 X가 태어났을지 모를 일이오."

"바이러스 X라고요?"

"최후의 바이러스를 우리는 바이러스 X라 이름 지었소."

"며칠 전 박사님이 말씀하셨던 최고의 치사율과 전파력이 합쳐진 그 바이러스군요. 그 얘기를 하셨을 때 제발 상상의 산물이기를 바랐어요. 그런데 지금 이게 그것일 수 있단 말씀이세요?"

"따라오시오."

연수는 평소와는 너무도 다른 세미언의 표정과 어조를 대하자 이상한 기분이 들었다. 자리에서 일어난 그는 영문을 모르고 곁에서 걸음을 맞추는 연수에게 놀라운 얘기를 꺼냈다.

"이곳에는 비밀의 방이 있소."

"비밀의 방? 어떤 방인데요?"

연수는 비상한 호기심으로 세미언의 입술에 눈길을 보냈지만 그는 아무런 대답 없이 지하 깊숙한 어딘가로 연수를 이끌었다.

복도의 끝에 다다른 세미언이 벽을 향해 눈동자를 인식시키자 초록색 빛이 깜박이며 벽면이 갈라지듯 스르르 입구가 열렸다.

"여기가 바이러스 X의 방이오."

세미언의 뒤를 따라 발을 들인 방은 한 치 앞도 분간이 안 되는 암흑천지였다. 세미언은 앞의 공간을 향해 낮은 목소리를 내보냈다.

"코드네임 829, 아포칼립스 스타트."

세미언의 말이 떨어지자 방안 이곳저곳에서 희미한 빛들이 움직이기 시작하더니 보랏빛 안개가 피어오르며 적십자 표시가 된 병원이 나타났다. 병원의 복도에는 아기를 안은 엄마, 기침을 토해내는 노인들이 공기를 낚아채려 꿈틀거리며 하늘을 향해 입을 뻐끔거리고 있었다.

"흐흡, 숨을……, 숨을 쉴 수가 없어요."

연수는 허리가 끊어지는 듯한 통증에 몸을 새우처럼 구부렸다. 그러고는 사위에서 들러붙는 악취에 주먹으로 입술을 틀어막으며 가까스로 치솟는 토사물을 눌렀다. 연수는 두 귀를 감쌌지만 귓속을 파고드는 소리는 달팽이관에 들러붙어 그녀를 더욱 고통스럽게 할 뿐이었다. 이어 나타난 병상의 환자들은 고개를 파묻은 채 흐느꼈고 텅 비어버린 병원의 화단에는 부풀어오른 시체들이 곳곳에 버려져 있었다.

길거리에 쓰러져 있는 사람들 위로 쥐 떼가 달려들고 돼지와 닭들이 몰려들더니 이내 사람과 가축이 한데 뒤엉켜 뒹굴며 사방으로 피가 튀고 비명이 난무했다.

"악! 쥐 떼가 몰려오고 있어요, 제발 이것 좀 꺼요!"

연수의 비명에 세미언이 허공을 향해 지시어를 내뱉자 냄새가 흩어지며 장면이 바뀌었다.

대도시의 거리에는 버려진 차들만이 흉물스러운 가운데 적막이 내려앉아 있었다. 사람들이 살던 아파트나 주택들은 불기를 잃은 채 어둠에 잠겨 있었고 집집마다 자살한 시체들이 일그러진 표정으로 썩어가고 있었다. 한때 가족의 일원이었던 개나 고양이들에게 얼굴을 물어뜯기면서도 그들을 품에서 놓지 않고 죽어간 사람들도 있었다.

북극에서 남극까지, 또는 아프리카나 동남아시아, 아마존의 열대 우림에 이르기까지 지구 구석구석에 빈틈없이 찍혀 있던 인간의 발자국은 흔적도 없이 사라졌고, 그 어느 곳에서도 인간의 숨소리는 들을 수 없었다. 하늘에 닿은 거대한 숲에서는 알 수 없는 짐승들의 울음소리만이 가끔 울려퍼질 뿐이었다.

스크린이 꺼지고 불이 켜지자 세미언은 침중한 표정을 감추지 않은 채 설명을 시작했다.

"이 방은 타임캡슐이오. 바이러스에 의한 인류의 멸망을 이 타임캡슐에 담은 거요."

연수가 아직도 고통에 몸을 떨며 헛구역질을 하는 걸 보며 세미언이 말을 이어갔다.

"언젠가 지구에 다시 높은 지능의 생명체가 생기거나 외계

인이 지구를 밟았을 때 텅 빈 이곳에 한때는 꽤 발달했던 문명을 누렸던 인간이라는 존재가 있었다. 그리고 그들이 바이러스 X에 의해 사라졌다는 걸 알려주기 위해 남겨두는 기록이오."

역한 냄새가 완전히 빠져나가자 연수는 온몸의 통증과 구역질이 가라앉는 걸 느꼈다.

"또 하나 봐야 할 것이 있소."

세미언은 또 한 번 허공을 향해 소리를 냈다.

"코드네임 829, 피날레 스타트."

피날레라는 지시어에 연수는 잔뜩 얼어붙었으나 이번에는 신경을 자극하는 어떠한 냄새나 소리도 없이 둥근 시계가 벽면에 떠올랐다.

"바이러스 시계요. 바이러스 X를 100으로 해놓고 이에 가까워진 바이러스의 근접지수를 보는 거요."

"아!"

"일명 '최후의 시계'요."

"그럼 이미 알려진 바이러스들의 점수가 나와 있나요? 코비드19도 집어넣어 보았을까요?"

"지금 세상은 코비드19 때문에 난리지만 사실 계보학으로 보면 코비드19는 그렇게 대단한 바이러스는 아니오. 사람들의 통념과 이 시계의 계수는 많이 달라요."

세미언은 자신의 입술가에 난 흉터 자국을 가리키며 말했다.

"이건 헤르페스 바이러스인데 한 번 봅시다."

세미언은 컴퓨터 자판 앞에 앉아 헤르페스의 학명을 입력했다. 그러자 모니터의 왼쪽에는 감염률, 오른쪽에는 치사율의 수치가 떴다. 연수는 어린아이처럼 잔뜩 흥미로운 표정으로 수치를 따라가다 벌어진 입을 다물지 못했다.

"아니, 이런!"

스크린에 떠오른 36이라는 붉은색 숫자가 연수의 눈으로 빨려들었다.

"이게 왜 이런 거죠? 헤르페스는 입술에 물집 생기는 정도 아닌가요? 거의 제로가 나올 줄 알았는데요."

연수는 키보드에 두 손을 올린 채 스크린을 향하고 있는 세미언에게 수긍하기 어렵다는 듯 물었다.

"치사율은 거의 제로에 가깝지만 이놈이 전파력에서는 세계 최고요. 인류의 60~80%가 체내에 얘를 가지고 있으니까. 대부분이 이미 엄마 뱃속에서 감염되어 세상에 나와요. 대상 포진도 이놈이 일으키는데 한 번 앓는다고 면역이 되지도 않소. 척수의 신경절 안에 평생 잠복하니 확실한 치료제도 물론 없지. 면역 기능이 떨어졌을 때 발진하고 키스 등으로 너무나 쉽게 옮겨지지만 걱정할 건 없소. 현재까지는 그냥 가볍게 지나가거나 적절한 처치를 하면 되니까."

"그래도 36이라는 수치는 충격적인데요."

"흐흐, 이놈이 필로 같은 놈하고 결합하면 비극이오."

"필로? 에볼라를 일으키는?"

세미언은 말을 이었다.

"안 그런다는 보장이 없소. 지구 환경은 바이러스들이 점점 합치는 쪽으로 옮겨가고 있으니까."

"사람들의 이동이 급격히 많아져서 그런 거죠?"

"가장 큰 이유는 바이러스들의 고유한 숙주가 급속히 줄고 있기 때문이오. 사자, 코끼리, 코뿔소, 두루미 할 것 없이 야생 동물은 다 사라지고 있소. 대신 인간은 80억, 100억으로 급속히 늘고 있고, 매년 도축되는 가축 수만도 100억 마리요. 그러니 자기만의 숙주 안에 조용히 숨어 살다 내쫓긴 바이러스들이 새로운 숙주를 찾아 가축과 인간에게 몰려들 수밖에 없는 거요."

"최근에는 가축이 가진 바이러스는 거의 100% 인간에게 전염된다고 봐야겠더군요."

"그렇소. 최근 매우 주목할 만한 바이러스가 발견되었소. 이놈은 각각 다른 세 가지 바이러스의 복합체요. G4EAH1N1. 합쳐두면 읽기도 어렵지만 흩어놓으면 아주 익숙할 거요. G4는 알다시피 유행했던 돼지독감 인플루엔자요. EA 역시 맹위를 떨쳤던 조류독감이고 H1N1은 알다시피 신종플루요. 아마 돼지 인플루엔자에 걸린 돼지가 다시 조류독감에 감염되어 게놈 조각들이 섞였을 거요. 호흡기를 통해 퍼지는 이놈은 처음에는 돼지 간에, 돼지로부터 사람에게로, 그리고 사람 간에 전염되었소. 이놈은 바이러스끼리 매우 쉽게 합쳐진다는 사실을 생생히 보여주고 있소."

"코로나 바이러스들도 너무 쉽게 합쳐지는 게 매우 걱정이 돼요."

"최근 H5N1, H5N8 등 낯선 조류독감 바이러스들이 앞다투어 터져 나오고 있소. 이런 놈들에 비하면 지금의 코비드19는 그리 센 놈이 아니오. 아마 코비드19의 점수는 무척 낮게 나올 거요."

세미언이 자판에 코비드19의 학명을 두들기자 빨간색 숫자가 스크린에 떠올랐다.

'4'

"엇!"

연수는 깜짝 놀랐다.

"이걸 믿을 수 있을까요? 아무것도 아닌 헤르페스가 36이나 나오는데 세계를 공포에 빠뜨리고 있는 코비드19를 4로 판정하다니! 슈퍼컴퓨터가 코비드19에 너무 무신경한 건 아닐까

요?"

"우리가 생각하는 바이러스는 차원이 달라요. 아까 그 헤르페스 같은 놈들이 무서운 거요."

연수는 솔크연구소가 생각하는 바이러스 X가 어떤 차원의 것인지 추측할 수 있었다. 아무렇지도 않아 보이지만 거의 모든 사람이 갖고 있는 헤르페스 같은 바이러스와 어떤 다른 치명적 바이러스의 합성을 이들은 두려워하고 있는 것이었다.

"현재로서는 조류독감 바이러스가 가장 무섭소. 어쩌면 인간은 새에 의해 종말을 맞이할지 모르겠소. 히치콕의 《새》라는 영화에는 깊은 뜻이 있었소. 그가 알았든 몰랐든 간에."

연수는 고개를 끄덕이며 공감을 표했다.

"자, 이제 올라갑시다."

세미언은 연수를 향해 팔을 내밀었고, 연수는 그의 팔을 잡은 채 비밀의 방을 벗어나 밖으로 나왔다.

"그런데⋯⋯."

그러나 아직 끝난 것이 아니었다. 잠시 잊고 있었지만 세미언이 자신을 타임캡슐로 데려가 바이러스에 의한 인류의 종말을 보여주고 바이러스 X 시계를 보여준 이유가 예사로운 것일 리는 없었다.

"조 박사가 추출해낸 모델 말이오."

"네."

연수는 어딘지 예사롭지 않은 느낌에 마치 선고를 앞둔 피고인의 심정으로 세미언의 다음 말을 기다리다 쫓기듯 먼저 입을 뗐다.

"네, 세계 세 군데 지역에서 발생했고 양의 신경계를 지독하게 공격했으니 고병원성임에는 틀림없어요. 그래서 에볼라를 비롯해 최근 30년 내 출현한 바이러스와 비교한 결과 일치하는 게 없었어요. 처음 조류독감 모티프가 섞인 걸 봤을 때는 전파력 때문에 걱정했는데 알려진 치명적 바이러스들과 합쳐진 건 아니에요. 그건 박사님도 아시잖아요."

"알고 있소. 그런데 지난 며칠간 심층 조사를 한 결과 상상도 하지 못했던 충격적 사실이 밝혀졌소."

"뭔데요?"

가슴 깊숙한 곳으로부터 치솟는 불길한 마음을 억누를 수 없었던 연수는 손을 주머니에 넣어 휴대폰을 으스러지도록 움켜쥐었다. 아까부터 자꾸 세미언이 뜸을 들이는 게 뭔가 생각지도 못했던 무서운 사실이 튀어나올 것만 같았다.

"거기서 레이비즈 바이러스의 모티프가 발견되었소."

"아!"

레이비즈 바이러스란 걸렸다 하면 죽음밖에는 다른 길이 전혀 없는 광견병의 원인 바이러스로 모든 바이러스 중 가장 치사율이 높은 것이었다. 연수는 그제야 왜 양들이 그리 난폭해졌는지 알 것 같았다. 자신은 바이러스가 신경계에 작용했을 가능성을 염두에 두고도 양의 뇌에 있는 광우병 인자인 프리온 단백질에만 꽂혀 있었던지라 생각이 광견병에는 전혀 미치지 못했었다. 그러나 그 모델 안에 레이비즈 바이러스가 들어 있다면 이것은 그야말로 무시무시한 일이었다.

"그래서 제게 타임캡슐을 보여주셨군요. 그러고 보니 레이비즈일 가능성을 염두에 두었어야 했네요. 신경계를 그리 독하게 공격하는 바이러스는 레이비즈가 거의 유일하다는 걸 떠올렸어야 했어요. 그런데 레이비즈 바이러스가 조류독감 바이러스와 섞이는 게 가능한 일일까요?"

아무리 이론상으로는 모든 게 가능하다 하더라도 이 세상 어떤 바이러스 학자가 광견병과 조류독감이 섞인다 생각했을까 하는 의문이 연수의 뇌리에 떠올랐다.

"아무도 그런 생각을 못 했을 거요. 아니 안 했다는 게 더 맞는 말이겠지."

레이비즈 바이러스는 이 세상에서 가장 치명적인 바이러스이지만 누구의 주의도 끌지 못하고 있었다. 너무도 훌륭한 백신이 이미 오래전에 개발되어 문명 세계의 모든 사람은 완벽하게 보호되고 있기 때문이었다. 그러나 세상에는 수천만 마리의 관리되지 않는 유기견과 들개가 있었고 이들에게 물려 죽는 사람들도 연간 5만 명 정도 된다.

"이제껏 생각지 못했지만……."

반성이랄까, 후회의 기색이 연수의 얼굴에 떠오르는 걸 본 세미언 역시 침중한 표정을 지었다.

"이건 팬데믹의 또 다른 얼굴이네요. 우리 인간의 이기심이 부메랑이 되어 돌아온 거예요. 광견병으로 죽는 사람들은 모두 가난한 사람들이잖아요."

관리되지 않고 떠도는 개는 거의 후진국이거나 경제 파탄에 직면한 나라들의 흉물이다. 인간에게 버려지거나 태어날 때부터 관리를 받지 못한 개들, 무리를 지어 방황하다 들개가 되다 보면 광견병 바이러스를 보유한 박쥐나 너구리나 오소리 등 야생동물과 부딪치고, 긁히고, 물리게 된다.

"소장실로 갑시다."

20. X의 출현

　세미언과 연수가 소장실에 들어서자 소장은 눈인사로 연수를 반겼다. 보통 때 같으면 악수를 나누고 긴 축하의 말을 안겼을 테지만 그는 두 사람이 앉기를 기다려 가라앉은 목소리로 말을 꺼냈다.

　"그게 정말인가?"

　"분명 그러네."

　반신반의했던 소장 애슐리 박사는 세미언이 내민 분석보고서에 의해 상황이 확인되자 그대로 얼어붙었다. 그는 흔들리는 자신을 간신히 억제시키며 목이 메는 듯 겨우 소리를 끄집어냈다.

　"진정 바이러스 X가 나타난 건가?"

세미언이 묵묵히 고개를 끄덕이자 소장은 한참이나 멍하고 있다 갑자기 실성한 사람처럼 픽 웃었다.

"콜럼버스의 달걀이군!"

연수는 그의 한 마디가 무엇을 의미하는지 알 수 있었다. 막상 이루어지고 보면 너무도 쉽고 당연한 일이지만 그전에는 짐작조차 되지 않는 일, 그것이 바로 광견병과 조류 바이러스의 결합이었다.

"흐흐, 모두가 엉뚱한 데 정신이 팔려 있었어. 코로나든 조류독감이든."

사실 전파 속도가 상당히 빠른 코비드19가 팬데믹을 일으키고 있는 와중이라 의과학자들은 코비드19와 메르스의 유전자 재조합을 염려하고 있었었다. 전 세계 전문가들의 눈길은 모두 사우디아라비아를 향하고 있었는데 헤아릴 수 없는 코비드19 환자 중 누군가가 메르스에 이중 감염되면 두 바이러스의 합성이 가능해지기 때문이었다.

같은 코로나 바이러스인데다 둘 다 호흡기에 있는 ACE2 단백질과 잘 결합하기 때문에 어느 한 세포에 두 바이러스가 같이 침투하면 세포 안에서 자기 복제를 하는 과정에서 RNA 조각들이 섞여 메르스의 높은 치사율이 코비드19에 더해질 가능성이 큰 것이었다.

하지만 정작 나타난 건 아무도 상상하지 못하던 광견병 바이러스와 조류독감 바이러스의 결합이었다.

"어떻게 해야 하지?"

평소 면역학의 대가로 자부하던 애슐리 박사였지만 막상 바이러스 X가 출현하자 넋이 빠진 채 무기력의 심연으로 떨어져버렸다.

"침착하게. 현재는 양을 빼고는 감염 케이스가 보고된 게 없는데다 대형 발병 사태가 일어나지도 않았잖나. 지켜보세."

하지만 일단 바이러스 X라는 한 마디가 귀에 박힌 소장은 공포와 비관에서 헤어나지 못했다.

"인간에게 감염될 게 뻔해. 광견병도 조류독감도 인간에게 전파되잖나."

"기전이 그리 간단하지는 않을 거야. 광견병은 바이러스를 보유한 개나 야생동물에게 물리거나 체액에 노출되었을 때만 감염되고 조류독감 중 많은 종류가 아직 종간 장벽을 못 뚫고 있으니 우리에게 시간이 있을지 모르네."

"이 세상의 닭과 오리를 다 죽이고 개와 고양이를 다 죽여도 감염은 피할 수 없네. 이미 이것이 출현한 이상 방법은 없어."

"자살이 일어나 종이 다 없어져버릴 수도 있잖나. 일단 조 박사가 보고서를 쓴 다음 그 경로를 찾아보세."

소장은 정신을 차리고 연수에게 물었다,

"감염 경로를 유추할 수 있나요?"

연수 역시 반쯤 얼이 빠졌던지라 그제야 마음을 다잡듯 고개를 끄덕이며 대답했다.

"히말라야와 한국에 나타난 바이러스의 유전자 모델이 동일한데 육지에서 다른 감염 보고가 없으니 새가 바이러스 X를 품고 이동한 것입니다. 새의 이동 경로 안에 있는 모든 지역이 위험하지만, 아직 어떤 새가 어떤 경로로 이동했는지는 알지 못합니다."

"세미언, 어떤 기도를 드려야 하지? 인수공통전염병이 아니기만을 빌어야 하나?"

"나라면 바이러스 X가 다른 숙주를 만나지 않고 삶을 마쳤기를 기도하겠네."

연수 또한 그것만이 유일한 길임을 알았다. 알프스에서 히말라야를 거쳐 한국으로 날아왔든 히말라야에서 시작해 알프스와 한국으로 날아왔든 아니면 한국에서 히말라야와 알프스로 날아갔든 현재로서는 이 새들이 다른 숙주를 만나지 않은 채 모조리 죽어버리기만을 바라는 외에는 아무것도 할 수 있는 일이 없었다.

"아! 그 길이 있군. 그렇지! 그 길을 빌어야 해."

"애슐리, 자네 좀 침착하게. 지금 막 뭔가 떠올랐는데 자네 때문에 도무지 집중할 수 없잖아."

이어 세미언의 시선이 연수의 얼굴에 직선으로 꽂혔다.

"조 박사, 그 마이산의 양들 말이오."

"네."

"잠복기가 어느 정도인 것 같소?"

"감염된 양들이 농장의 다른 양들과 격리되어 있었던 시간은 태풍이 불었던 2~3일 정도예요. 다른 양들은 이상 없으니 잠복기는 길어도 3일이에요."

"바로 그거요. 희망이라면 그게 유일한 희망이오. 알프스를 비롯한 세 군데에서 양이 죽은 지 두세 달 정도 되지만 아직 그 세 군데 말고는 새로이 보고된 케이스가 없잖소. 조 박사, 어서 보고서를 써요."

연수는 세미언과 함께 보고서를 써나갔다. 처음 세 지역에서 알려진 양의 죽음과 관련해 들었던 얘기를 남김없이 썼고 광견병 바이러스와 조류독감 바이러스가 유전자 재조합을 일으키는 기전에 대해 썼다. 세미언은 이미 존 카터라는 학자가 2005년에 행한 실험에서 광견병 바이러스가 조류에 전염되는 것이 확인된 사실과 사스, 메르스 등이 기존의 코로나 바이러스에서 재조합된 것이라는 사실까지 알려주었다.

보고서의 초점은 이미 출현해버린 바이러스 X가 언제 인간을 덮칠 것인가에 모아졌다. 이에 대해서는 희망적인 요소와 절망적인 요소가 동시에 존재했다. 일단 광견병이나 조류독감은 이미 인간에게로 옮겨지는 기전을 획득해 갖고 있기 때문에 유전자 재조합으로 탄생한 바이러스 X가 인간에게 전파되는 건 시간문제라 생각할 수 있었다. 하지만 세미언은 다소 희망적이었다. 그는 연수의 분석대로 바이러스 X의 잠복기가 지극히 짧아서 감염과 거의 동시에 증상이 나타나기 때문에 바이러스 X의 운반자들이 모두 죽어버렸을 가능성이 있다고 생각했다.

"바이러스 X의 잠복기가 그렇게 짧다는 건 종이 한 장 차이로 인류의 운명이 갈린다는 얘기요. 숙주 사이에 퍼져버렸으면 인류의 멸종이고 퍼지지 않았다면 스스로 다 사라져버릴 가능성 또한 커요."

"기적을 기대해도 되는 걸까요?"

"기적이 아니라 과학이오. 바이러스의 운반자인 새들이 다른 숙주와 접촉하기 전에 모조리 죽어버렸다면 사라졌을 가능성이 있소."

"그 새들의 사체를 다른 짐승들이 접했다면요. 먹었다든지, 스치기만 했더라도."

"대륙 간 전염을 시킬 수 있는 새라면 높이 날아요. 이들이 날다 떨어질 때 어떤 동물도 살지 않는 빈 곳에 떨어질 확률이 높단 얘기요. 또한 야생 동물이 죽은 새를 먹거나 분비물에 노출되었다 해도 48시간 안에 다른 동물을 감염시키지 못하고 죽었다면 인류는 멸종의 위기를 넘겼다 할 수 있소."

"애슐리 박사님은 완전히 절망적인데요."

"과학자는 도박 같은 추측을 하는 법이 아니지만 지금은 확률에 기대를 걸어볼 수밖에 없는 형편이오. 최초 숙주인 새들이 모조리 죽어버렸을 확률, 이차 숙주와 접촉하지 않고 죽었을 확률, 2차 숙주가 감염되긴 했으나 짧은 잠복기로 인해 바이러스를 퍼뜨리지 못하고 죽었을 확률, 이런 확률의 연산 위에서 희망이 있단 얘기요. 애슐리 박사는 이런 합성이 일어났다는 자체로 절망에 빠진 거요. 일단 합성된 이상 새가 어디에 떨어지든 그놈은 반드시 살아나 인류를 덮친다 생각하는 거지."

보고서를 쓰는 동안 연수는 온몸을 엄습해오는 허무감에서 헤어나기 어려웠다. 새가 어디에 떨어졌느냐에 인류의 생존이 달려있다니.

"아아!"

핵항모전단의 호위를 받으며 대만을 방문해 일약 세계적 유명인사가 된 에이자 장관은 어디인가로부터 걸려온 한 통의 전화를 받은 후 얼굴이 사색이 되어 비명과도 같은 신음을 뱉어냈다. 방금 자신의 귀를 파고들었던 목소리, 언젠가 이런 일이 꼭 있었던 것 같은 데자뷔에 장관은 과거의 기억을 차례로 떠올려보았지만 막상 비슷한 일조차 없었다. 수 세기 전으로 돌아간 듯한 느낌. 신의 계시 내지는 악마의 저주를 받은 사람이나 가져봤을 법한 낯설고 두려운 공포감이 장관을 무겁게 내리눌렀다. 장관은 도저히 자신이 들었던 얘기를 믿지 못하겠다는 듯 몇 번이나 자동녹음된 대화 내용을 들어보다 마침내 얼굴에 비장한 빛을 떠올리고는 인터폰을 눌렀다.

"비상방역대책회의를 소집해! 지금 즉시."

다음날 새벽 알링턴의 레이건 공항에는 에이자 장관을 비롯해 방역담당 공무원 몇 사람이 모였고 이들은 긴장된 표정으로 대기하고 있던 보건부 전용기에 올랐다. 새벽의 어둠을 뚫고 활주로를 달려나간 비행기는 이륙 후 하늘을 한 번 선회하며 서쪽으로 방향을 잡은 후 고도를 높이고 숨 가쁜 제트 기류를 방출했다.

세 시간의 비행 후 이들이 착륙한 곳은 샌디에이고였다. 기다리던 자동차에 나눠 탄 이들은 곧 목적지에 도착해 장관 방문 때 의례적으로 하는 간단한 웰컴 세레모니나 사진 촬영도 없이 바로 회의실로 직행했다.

"장관님."

"오랜만입니다."

장관을 비롯한 보건부의 핵심간부들이 도착한 곳은 바로 솔크연구소였고 회의실에서 이들 워싱턴으로부터 도착한 사람들을 기다리고 있는 학자들 중에는 연수가 포함되어 있었다.

"멀리서 오셨으니 커피 한 잔은……."

연구소 측 누군가의 말을 에이자 장관이 손을 뻗어 중단시켰다.

"소장님, 설명을 부탁드립니다."

긴장할 대로 긴장한 장관을 비롯한 공무원들의 시선이 연구소장 애슐리 박사의 입술에 직선으로 꽂혔다. 애슐리는 미미하게 고개를 끄덕이고는 입을 열었다.

"오랜 시간 과학자들의 상상 속에서만 존재하던 괴물이 출현했어요. 인플루엔자 바이러스가 레이비즈 바이러스와 합성한 겁니다. 우리는 이걸 바이러스 X라 명명했습니다."

소장의 한 마디에 회의실은 깊은 침묵 속으로 빠져들었다. 인플루엔자는 가장 빈번하게 감기를 일으키는 바이러스로 스페인독감, 홍콩독감, 조류독감, 신종플루 등 한 번에 수억 명씩 감염시키는 최고의 전파력을 가졌고, 레이비즈 바이러스는 걸렸다 하면 치료법이 없는 죽음의 바이러스이다. 최고의 전파력과 최고의 치사율을 가진 두 바이러스의 결합. 바이러스를 아는 사람들 사이에서 언젠가 출현할 거라는 예상이 돌아다니긴 했지만 상상이 실제가 되리라고는 아무도 생각하지 못했던 바로 그 바이러스 X. 장관은 영혼이 빠져나가는 것 같은 느낌에 돌연 멍한 상태가 되었다. 동행한 공무원 중에는 과연 이것이 현실인가 싶어 눈을 비비고 주변을 돌아보는 사람조차 있었다.

"상상도 못 했던 조합이 일어났군요."

장관 옆에 앉아있던 의사 출신의 감염병국장이 침중한 표정으로 말했다. 바이러스 간의 합성에 무슨 규칙이 있는 것도 아니니 이론적으로는 모든 종류의 바이러스 합성이 가능하지만 감기 인플루엔자와 광견병을 일으키는 레이비즈 바이러스와의 합성이란 상상하기 어려운 일이었다.

"우리는 이 바이러스 X가 광견병에 감염된 종류 미상의 야생동물 세포에 종류 미상 조류의 독감 인플루엔자가 들어가 유전자 조합을 일으킨 걸로 보고 있어요. 즉 광견병에 걸린 너구리 같은 야생동물이 조류독감에 걸린 새나 그 배설물 등을 먹거나 접촉함으로써 일어났을 걸로 추측해요."

"그것이 지금 맹렬한 속도로 퍼지고 있습니까?"

"확률을 반반으로 보고 있어요. 아직 조류독감 바이러스와 섞여 잠복기가 짧아요. 그러므로 이 바이러스는 자신을 운반하는 새들을 전부 죽였을 가능성이 있어요. 이럴 경우 이 새들이 어디서 죽었느냐가 관건입니다."

소장으로부터 자세한 설명을 듣고 난 장관 일행은 어떤 반응을 보여야 할지 몰라 당황하는 기색이 역력했다. 인류의 운명이 새가 어디에서 죽었는지에 달려 있다니.

"아직은 극도의 보안을 유지해야 할 걸로 봅니다. 전 세계에 던지는 충격이 너무 큰데 반해 지난 3개월간 보고된 발병이 없으므로 세심히 지켜보는 게 나아요. 양과 야생동물의 접촉이 생기지 않도록 전 세계 목양업자들에게 각별한 지도와 감시를 수행해야 하고 만약 어딘가의 목장이나 농장에서 의심 증상이 나타나면 그 지역뿐 아니라 그 나라 전역과 인근 나라의 양을 한 마리도 남기지 않고 모조리 살처분해야 합니다. 어쩌면……."

소장은 말을 끊었다 마지막 한 마디를 힘겹게 밀어냈다.

"그 도시와 그 나라를 봉쇄해야 할지도 모릅니다."

무서운 얘기였다. 바이러스 X가 발생한 지역이나 나라의 사람들을 사정없이 가두어 죽여야 한다는 엄청난 주장에 장관 일행은 할 말을 잊고 있었다. 차관보가 이 공포의 발언에 저항하듯 물었다.

"보통은 3개월간 발병이 없으면 안전한 게 아닙니까?"

소장은 고개를 가로저었다.

"우리가 알지 못하는 어딘가에서 야생동물 간 감염이 이어질 수도 있고 변이를 일으켜 잠복 기간이 길어졌을 수도 있어요. 보통은 그런 시기에 바이러스들이 종간 장벽을 넘어서는 수단을 획득합니다."

비행기에 올라타 워싱턴으로 돌아가는 에이자 장관 일행의 뇌리에는 바이러스 X라는 벗어날 수 없는 단어가 끝없이 맴돌고 있었다.

보건부 장관은 요소에 보고를 한 후 전 세계 방역당국과 긴급 연락을 취해 목양기업과 목장, 농장은 물론 양을 한 마리라도 키우는 모든 개인을 대상으로 조사와 감시를 실시했다. 전 세계 방역 기관들은 실시간으로 교차 모니터링을 하며 10억 마리 양을 감시하였고 그러다 보니 아무리 보안을 유지하려 해도 바이러스 X가 출현했다는 소식은 조금씩 퍼져나갔다. 자고 일어나면 어느 나라 어느 목장에 수소들만 싹 다 죽었다느니 어느 나라에서는 양을 2천만 마리나 땅에 묻었다느니 하는 가짜 뉴스가 넘쳤고 사이비 종교 집단들은 앞을 다투며 심판을 부르짖었다.

급기야는 패널들이 방송에 나와 섣부른 지식을 토대로 과장과 과잉을 거듭하며 바이러스 X의 공포를 퍼뜨렸고 이런 정보에 놀라 스스로 목숨을 끊는 사람들도 속출했다. 그런 중에도 세계인들이 이 바이러스를 처음 찾아낸 솔크연구소를 신뢰한 것은 큰 다행이었다. 소장과 세미언 박사는 하루도 빠짐없이 방송에 출연해 실시간으로 모니터링되고 있는 상황을 알렸다. 이를 통해 사람들은 아직 양을 키우는 목장이든 돼지우리든 양계장이든 집단 폐사가 일어난 일이 없고 인명 피해 역시 전무하다는 정확한 정보를 접하게 돼 동요와 소요는 조금씩 진정되어 갔다.

"조 박사의 공헌이 지대했소."

연수는 소장과 세미언이 하루도 빠짐없이 이구동성으로 칭송하자 아예 이들과 동선이 겹치지 않도록 움직였으나 기실 연구소 내에서는 어딜 가나 같은 소리를 들어야 했다.

"우리가 최초로 바이러스 X를 발견했기에 신뢰를 얻을 수 있었던 겁니다. 세계의 모든 사람들이 처음부터 끝까지 우리가 바이러스 X를 관리한다고 믿어 주었기 때문에 신뢰가 생겼던 거요. 팬데믹에는 신뢰가 가장 중요하니까."

솔크연구소는 예고했던 석 달의 시간이 지나자 바이러스 X의 종식을 선언했다. 질환이 한 번 나타나지도 않았는데 종식을 선언한 건 역사상 처음 있는 일이었지만 사람들은 그 어느 팬데믹의 종식보다 바이러스 X의 종식 선언에 안도했다.

하지만 그 종식 선언이 바이러스 X의 소멸을 의미하는 것은 아니었다. 솔크연구소는 과거 나타났다 알 수 없는 이유로 사라져버린 몇몇 치명적 바이러스와 같이 바이러스 X를 〈초 감시등급〉으로 선정했다. 하지만 사실 이런 분류는 아무 의미가 없었다. H5N1 조류독감 바이러스도 이 등급으로 분류되었지만 사람들의 기억 속에서 사라져가다 2003년 어느 날 다시 나타나 59%라는 최고의 치사율을 보이며 많은 사람을 죽인 후 다시 잠복해버렸기 때문이었다. 바이러스가 갑자기 스스로 잠복해버리는 현상에 대한 학자들의 견해는 다양했고 자살 변이를 일으키기 때문이라는 해석이 설득력을 얻고 있지만 하나 분명한 건 한 번 출현한 바이러스는 언젠가 반드시 돌아온다는 사실이었다.

하지만 인간이란 당장 고통을 받지 않으면 망각하는 존재이고 설사 전력을 다해 감시한다 하더라도 보이지 않는 곳에서 변이를 거듭하며 때를 기다리는 바이러스에게 유효할 리도 만무해 위험성은 상존했다. 그럼에도 종식 선언이란 기쁘기 한량없는 일이었다.

"알프스 두 마리, 히말라야 한 마리, 마이산 여덟 마리 도합 양 열한 마리의 감염 외에 어떠한 희생도 없었던 건 기적이자 인류의 행운입니다."

바이러스 X의 종식이 선언되자 그 모든 진앙의 중심이었던 솔크연구소에도 안도의 미소가 스며들었다. 지옥에서 살아 돌아온 것 같은 희열을 느끼며 여유를 되찾은 연구원들 사이에서는 유머조차 오갔다.

"차라리 모르고 있을 걸 그랬나 봐."

솔크연구소는 신뢰와 영광의 한복판에 우뚝 섰고 그 일등공

로자인 연수의 편지를 공개했다. 한사코 방송 출연을 거부하는 연수를 대신해 소장이 읽은 편지는 전 세계 보건당국과 연구소, 학교 등 방역을 담당하는 모든 기관에 보내졌다.

– 어떠한 세계적 학자도 바이러스의 대가도 광견병을 생각하지는 않았습니다. 백신만 접종하면 아무 문제가 없었기 때문입니다. 어떤 나라는 무려 60년이 넘도록 단 한 건의 광견병조차 보고되지 않고 있습니다. 그런데 인류를 멸종으로 몰아넣을 뻔했던 바이러스 X는 아무도 주목하지 않던 바로 이 광견병에서 합성되었습니다.

우리는 왜 이 광견병을 팬데믹의 고려 대상에서 이토록 철저히 배제했을까요? 유전자 재조합이 일어날 가능성이 없어서 그랬던 것일까요? 그게 아니란 건 우리 모두 너무 잘 알고 있습니다. 백신만 있으면 광견병은 세상에서 가장 안전한 병이기 때문입니다.

그런데 이 세상에는 집에 돌아왔을 때 꼬리를 흔들며 반겨주는 애완견에, 온 가족이 쓰다듬는 애완묘에, 도시를 떠도는 유기견에, 황야에 버려져 들개가 되어버리는 불쌍한 개에 백신을 한 번도 맞혀주지 못하는 가난한 사람들이 있고 가난한 나라가 있습니다.

치명적 바이러스들이 이렇듯 열악하고 불결한 환경에 노출된 지역에서 집중적으로 생겨나고 있습니다. 코비드19를 통해 우리

는 바이러스가 지구 어느 곳에서 생기든 순식간에 전 세계로 전
파된다는 걸 여실히 보았습니다.

그러므로 열악한 지역의 환경을 외면한 채 우리 자신의 안전만
을 도모하는 이기적 행태로는 위험을 피할 수 없을 뿐 아니라 인
류문명의 붕괴와 인간성의 상실을 초래할 뿐입니다.

팬데믹은 약자와의 동행만이 인류가 나아갈 길임을 가리키는
마지막 이정표인 것입니다. ―

21. 세기의 재판

"어떤 말로도 축하할 수 없는 큰일을 해내셨어요. 특히 세계의 동행을 촉구한 편지는 감동적이었어요."

"플로리다에서 코비드19 재판이 열린다면서요? 가보셔야겠네요."

"네, 재판의 추이를 지켜보면서 의회에 보고도 하고 생각도 좀 해야 해요."

"안 가실 수 없겠죠. 바이러스를 상대하다 보니 21세기의 인류는 천 길 낭떠러지에서 언제 꺼질지 모르는 썩은 발판 같아요. 내일 바로 전 인류가 멸종할 수 있는데도 나는 옳고 너는 틀리다며 전쟁에나 몰두하고 있으니."

정한은 잠시 생각하다 인사를 하고는 돌아섰다.

"얼른 갔다 올게요. 치자꽃이 시들기 전에."

미국 플로리다의 주도 탤러해시의 연방지방법원 법정에는
전 세계에서 수많은 사람들이 몰려들어 개정을 기다리고 있
었다. 물샐틈없이 꽉 들어찬 법정 안의 방청객들은 대부분이
기자들이었고 밖에서는 CNN을 비롯한 굴지의 방송사에서 나
온 리포터들이 본사의 메인 앵커와 함께 실시간 중계를 위해
긴장한 모습으로 대기하고 있었다. 그만큼 오늘의 이 재판은
전 세계의 비상한 관심이 쏠린 매우 특별한 사건이었다.

"기립!"
정리의 목소리와 함께 방청객들은 모두 일어났고 50대 초
반의 재판장 패터슨은 자리에 앉자 세심히 준비해온 듯 재판
진행 중의 주의사항을 몇 가지 당부했다. 특히 그는 중국인 방
청객에 대한 언어 및 신체 폭력에 대해 강력한 사전 경고를 발
한 다음 개정을 선포했다.
"제임스 밀러와 중화인민공화국 정부, 중화인민공화국 국
가위생건강위원회, 후베이성, 우한시 간의 손해 배상 소송을
개시합니다. 원고 일어나서 취지 설명을 하시오."
법무법인 버키의 노련한 변호사 크루즈는 천천히 자리에서
일어나서는 재판장에게 가벼운 목례를 보낸 후 법정에 가득

들어찬 방청객을 향해서도 잠시 고개를 숙여 보였다.

"존경하는 재판장님, 위 피고들은 2019년 11월에 우한시 일원에서 발생한 코비드19라는 질병이 사람 사이에 전파되는 바이러스성 전염병인 줄 번연히 알면서도 이 사실을 세계보건기구에 보고하지 않았습니다. 오히려 이들은 이 전염병이 발생한 사실을 은폐한 채 그 위험성과 전파력에 대해 전 세계에 거짓말을 하였습니다. 이들은 질병을 보고하고 알리는 등 전염병 확산을 막기 위한 어떠한 조치도 취하지 않음은 물론 오히려 리원량 등 선량한 내부 고발자를 협박해 침묵토록 하였습니다."

크루즈는 취지 설명을 하는 동안에도 연신 텅 비어 있는 피고석을 향해 눈길을 보냈다. 피고는 나타나지 않았지만 그는 예상했다는 듯 조금도 망설이지 않고 취지 설명을 계속했다.

"이들의 속임수, 은폐, 불법 행위는 전 세계적 전염병 창궐을 유발하였고 특히 코비드19가 첫 발생한 이후 가장 중요한 몇 주간 중요 정보를 숨겨 수백만 명을 바이러스에 노출시켰습니다. 이에 원고 제임스 밀러를 대표로 하는 피해자들은 위 피고들이 연대하여 43억 달러의 배상금을 지불하라는 판결을 구하는 바입니다."

"피고 측 아무도 출석 안 했소?"

정리가 피고의 불출석을 보고하자 재판장은 개의치 않는다는 듯 자신의 결정을 알렸다.

"피고가 출석하지 않았고 앞으로도 출석하지 않을 것이 확실하기 때문에 이 사건은 변론 기일을 따로 잡지 않고 매일 속행해 내일부터 바로 증인 신문에 들어가겠소."

재판장이 퇴장하자마자 방청석은 회사에 원고를 보내려는 기자와 리포터들의 휴대폰 통화음과 노트북 두들기는 소리로 가득 찼다.

다음날 증인 신문에 가장 먼저 나온 사람은 말레이시아 정부의 보건국장과 프랑스, 미국의 의사들이었다. 크루즈는 여전히 텅 비어있는 피고석에 눈길을 한 번 준 후 먼저 증인석에 선 말레이시아의 보건국장에게 물었다.

"말레이시아에서 코비드19의 변종이 발견되었다는데 사실입니까?"

"그렇습니다."

"그 상황을 얘기해줄 수 있습니까?"

"우리 정부의 의학연구소가 시바 강가 등 코비드19 집중 발생 지역 두 곳에서 4건의 돌연변이를 발견했습니다. 이 변종은 중국 우한에서 발견된 것보다 전염력이 6배 이상 강합니다. 이 변종 바이러스는 D614G로 이름 지어졌는데 이는 스파이크 프로틴의 614번 아미노산이 아스파르트산에서 글리신으로 바뀌었기 때문입니다. 이 변종 바이러스는 인도에서 귀국한 한 사람으로부터 시작한 집단 감염을 추적하던 중 발견되었습니다."

"그 많은 아미노산 중 단 하나가 바뀌었는데 전파력이 그렇게나 강해진 것입니까?"

"그렇습니다."

크루즈는 미국과 프랑스의 증인들로부터도 같은 대답을 들어내고는 미국 알라모스연구소의 미생물 부서장을 증인으로 세웠다. 크루즈는 세계 40개국 만여 명이 제기한 집단 소송이라는 점을 잘 활용하고 있었다.

"그러면 중국에서 최초 발생했을 때는 코비드19가 D614형인데 이것이 G614형으로 바뀐 것입니까?"

"그렇습니다. 그로 인해 전파력이 예닐곱 배나 강해진 것입니다."

"현재 중국은 코비드19의 종식을 선언하면서 미국과 유럽이 감염병 대응을 잘못하고 있을 뿐이라 주장하는데 이 사실로부터 유추하면 중국을 제외한 세계는 현재 중국의 것보다 6~7배 강한 바이러스와 싸우고 있는 거군요."

"그렇습니다."

다음으로 크루즈는 아동심리학자를 증인대에 세웠다.

"현재 전 세계의 다섯 살, 여섯 살짜리 아동들, 심지어는 갓

난아이들까지 얼굴의 절반을 가리는 마스크를 쓰고 있습니다. 이것이 아동들의 심리에 악영향을 미칠 수 있습니까?"

"물론입니다. 밝고 맑고 아름다운 세상을 접해야 할 아이들이 마스크를 씀으로써 겪어야 할 폐해는 이루 말할 수 없습니다. 이 마스크 착용이 길어지면 아이들은 사랑과 소통을 혐오하는 전혀 다른 인류가 될 가능성이 있습니다."

"감사합니다."

다음으로 크루즈가 부른 증인은 영국 정보통신부의 통신위성 담당 요원이었다.

"영국의 정보통신부가 보리스 존슨 수상에게 제출한 보고서에 의하면 우한바이러스연구소에서는 2019년 10월 7일부터 24일까지 휴대폰 신호가 완전히 사라졌습니다. 평상시 활발하던 통화가 이 기간에 단 한 건도 이루어지지 않았다는 뜻인데요, 이 신호가 사라진 것은 어떤 메커니즘을 통해 알게 된 것입니까?"

"저의 일은 지구 궤도를 따라 돌고 있는 통신 위성의 전파 정보를 취합해 정리하는 것입니다. 이 통신 위성은 지상에서 발생하는 전파 신호를 잡아 자동으로 기록하는데 그 연구소에서는 18일간이나 휴대전화 발신 전파가 전혀 발생하지 않았습니다."

"18일간 휴대전화 발신이 단 한 통도 없었다는 겁니까?"

"그렇습니다."

"이것이 컴퓨터 화면을 찍은 것입니까?"

크루즈가 먼저 제출받아 재판부에 낸 사진을 들어 보이며 물었다.

"분명합니다. 그 사진은 인공위성의 전파 감응 장치를 이용해 찍은 것으로 통화를 하지 않을 때는 전파가 잡히지 않아 검게 보이지만 통화를 할 때는 전파가 표시되어 노랗게 보입니다. 그 노란 점의 개수가 바로 통화한 횟수입니다."

"과연 보통 때는 무수히 많은 노란 점이 찍혀 있지만, 그 기간에는 완전한 블랙이군요. 휴대폰 통신이 완전히 사라졌어요. 그런데 휴대폰 통화가 완전히 사라졌다는 건 무얼 의미하는 것입니까?"

"사람이 아무도 없었다는 뜻으로 이는 연구소가 폐쇄됐을 때나 가능한 일입니다."

"증인과 영국의 통신 위성이 오판했을 가능성은 없을까요?"

"미국 대통령에게 보고한 CIA 보고서도 똑같은 사실을 담고 있습니다. 그 보고서를 보면 첨부된 전파 사진 아래편에 인공위성의 일련번호가 나오는데 저희 것과 달라 독자적으로 찍은 것임을 알 수 있습니다."

"알겠습니다. 감사합니다."

이어 증인대에 올라선 프랑스 감염질환센터장을 상대로 크루즈는 연구소 폐쇄의 의미를 물었다.

"생물안전등급 4의 연구소를 비워두는 경우가 있습니까?"

"절대 없어요."

"4등급 연구소를 18일간이나 폐쇄했다면 바이러스 유출 사고가 터지지 않았을까 하는 의심을 해보게 되는데 이것이 상식적입니까?"

"물론 상식적입니다."

"박사님은 어떻게 생각하십니까? 우한바이러스연구소는 프랑스의 기술 지원을 받아 세워졌으니만치 안전 여부에 대한 전문적 판단을 주실 수 있을 텐데요."

"우리는 최고의 안전장치를 설계했으나 공사를 하기로 했던 프랑스 기업은 내쫓겼습니다. 중국인민해방군 산하 기업이 공사를 맡아 설계까지 변경하는 바람에 외교 문제로까지 비화되었어요. 10년 이상 끌다 중국 정부가 절대로 생물 무기를 만들지 않겠다는 각서를 쓰고 난 후에 완공되었지요."

철저한 준비를 한 크루즈의 증인 소환은 치밀했고 신문은 간단명료했다. 다음으로 크루즈는 2018년 우한연구소를 방문한 후 미국 정부에 보고서를 제출했던 한 과학자를 증언대에 세우고는 연구소 냉동설비의 고무 패킹이 손상된 게 드러난 사진을 제시한 다음 질문을 내놓았다.

"우한연구소의 안전에 관한 보고서를 대통령에게 제출하셨던데 그 내용은 무엇이었습니까?"

"안심할 수 없고 강력히 경고해야 한다는 내용이었소."

"중국은 다른 나라 과학자들의 방문 조사를 극력 거부하고 있습니다. 왜 그렇습니까?"

"우리가 지적한 문제점들이 개선되지 않았을 가능성을 배제할 수 없소."

"중국은 여러 과실로 사상 유례가 없는 대참사를 냈다는 의혹을 받고 있는만치 만약 어떠한 과오도 없었다면 앞장서서 외부인을 초청해 합동 조사로 의혹을 없앨 의무가 있지 않습니까?"

"방역이라는 측면에서 보았을 때 중국의 조치는 처음부터 지금까지 바람직한 게 하나도 없소."

"감사합니다."

크루즈는 끝없는 증인을 세웠고 증인들은 중국이 발병 시기를 속였고 대형 전염병임을 알았으면서도 중국민의 해외 출국에 아무런 제한을 두지 않아 세계를 팬데믹에 빠뜨렸다는 생생한 증언을 했다.

특히 하버드 의대 연구진은 우한 시내 병원 5곳의 주차장을 촬영한 위성사진과 중국 포털 바이두의 검색어 증가량을 근거로, 중국 내 첫 코로나 확진자 발생 시점을 세계보건기구(WHO) 보고 시점보다 4개월이나 앞선 2019년 8월로 추정했다.

탤러해시의 재판은 전 세계의 비상한 관심 속에서 신속히 진행되었고 중국의 책임에 대한 증언이 줄을 이었지만, 중국 정부는 이 증언 모두를 강력하게 부인했다. 한 발 더 나가 재판 자체가 코로나와 싸워 이긴 중국에 진흙을 던지려는 방역 실패국 미국의 얄팍한 술수라고 반박했다.

일사천리로 재판을 진행한 탤러해시 지방 법원의 패터슨 재판장은 중국 정부가 강력한 전염병의 발생을 알리려는 사람들을 박해하고 침묵케 하였으며 국제 사회에의 보고를 늦추었음은 물론 국내에서는 강력한 통제를 하면서도 출국을 막지 않은 책임을 물어 피고들에게 청구된 전액에 대한 배상 명령을 내렸다. 세계 각국에서 중국을 상대로 한 줄소송이 이어지는 가운데 가장 먼저 나온 이 판결의 상징성은 엄청난 것이었다.

정한은 미국 정부가 무엇을 하든 의회가 막을 수 있는 것이 하나도 없다는 결론을 내리지 않을 수 없었다. 원고부터 변호사, 배심원, 심지어는 재판장과 리포터들까지 격분하지 않은 사람이 없었고 세계를 마비시키고 있는 전염병에 대처한 중국의 과오가 하나하나 드러날 때마다 미국뿐만 아니라 유럽과 아시아, 아프리카까지 온 대륙이 요동쳤다.

하지만 이에 대한 중국 정부의 반응은 찾아볼 수조차 없었다. 무슨 웃기는 소리를 하는 거냐, 우리는 이미 종식 선언까지 했는데 너희 열등한 것들이 괜히 생사람 잡는 짓 해서야 되겠니 하는 투로 일관했다.

법원의 배상 판결도, 세계 주요국 정상들이 보내는 경고도 중국은 마이동풍 식으로 무시하고 외눈 하나 깜짝하지 않았다.

결국 미국, 영국, 프랑스, 독일, 그리고 인도, 호주, 일본의 7개국 정상은 중국을 향한 강제 조치를 결의했다. 그들은 중국 공산당에 대해 중국 내의 모든 생물학 연구소와 실험실을 서구의 조사단에게 완전 개방할 것을 요구했다. 이들이 중국 정부가 아닌 중국 공산당을 책임의 대상으로 지목한 것은 중국 국민과 공산당을 갈라놓고 결과적으로는 중국의 체질을 완전히 바꾸려는 의도였다.

하지만 공산당 총서기 시진핑은 일언지하에 7개국 정상의 요구를 거부했을 뿐만 아니라 이것은 중국에 배상금을 덮어씌우기 위해 미리 짜진 각본에 불과하다고 반격했다. 날카로운 대립을 거듭하던 중 7개국 정상은 이제껏 한 번도 존재해본 적 없는 지상 최대의 연합 함대를 구성해 남중국해를 향해 출발시켰다.

미국 항모 로널드 레이건호가 선두에 서고 그 뒤를 영국, 프랑스, 독일의 대서양 함대, 그리고 일본, 호주, 인도의 태평양 및 인도양 함대가 대오를 지어 항행했고 후미는 다시 미국 항공모함 루스벨트호가 받쳤다. 항모 한 대당 이지스 구축함 세 척과 이지스 순양함 세 척, 그리고 핵 잠수함 두 대를 붙였고, 백 대 규모의 최신예 전폭기가 상시 출격 태세로 갑판에서 대기했다. 연합 함대는 도합 8,000발 규모의 함대지 미사일을 장착한 채 남중국해에 진입한 후 여봐란듯이 군사 훈련을 실행했다.

22. 중난하이

　베이징 근교 중난하이에 자리 잡은 근정전, 청조의 강희제가 손수 지은 후 중국의 근현대사가 먼지처럼 켜켜이 쌓여 있는 곳. 지구상 가장 비밀스러운 공간인 이곳에 세 시간째 미동도 않고 서 있던 사나이의 입에서 마침내 한 마디가 새어 나왔다.

　"호사다마!"

　좋은 일에는 꼭 마가 낀다고 했던가, 아니면 목적한 바를 이루려면 숱한 풍파를 이겨내야 한다고 했던가.

　근정전의 현 주인인 중국 공산당 총서기는 자신이 맞닥뜨린 사상 초유의 위기 속에서도 호사다마의 한 단어를 결코 거칠게 내뱉는 법이 없었다. 마치 대리석 탁자에 얇디얇은 와인 잔

내려놓듯 부드럽게 말하는 것은 이 사람 시진핑의 전형적인 스타일이다.

그의 걸음걸이와 움직임은 중국인의 국민 무술인 태극권의 한 동작처럼 어떤 상황에서도 무겁고 느릿하며, 그의 말소리는 중국어 특유의 화려한 성조마저도 잠재울 듯 한없이 낮고 고요하게 울려퍼진다. 특히 어떤 경우에도 표정이 바뀌지 않을 뿐 아니라 절대 감정을 드러내는 법이 없는 후덕한 얼굴 위에 가면처럼 드리워져 있는 부드러운 미소 덕분에 도무지 그가 얼마나 큰 야망을 품은 인물인지, 어디까지 잔인해질 수 있는 인물인지를 가늠하기 어렵다. 심지어 15억 중국 인민들도 집권 초기 그를 아무런 두려움 없이 시다다, 시 아저씨라 부르며 옆집 아저씨로 생각했을 정도였다.

'후우우……'

시 주석은 두꺼운 입술 위로 깊고 낮은 한숨을 흘려내며 창가에서 몸을 돌려 거대한 집무실 탁자 앞으로 다가갔다. 오후의 약해진 햇살은 구중궁궐의 깊이에 다다르지 못하고 창문 앞에서만 일렁일 뿐이어서 방안은 어스름한 정적에 잠겨 있다.

50년 전 쓰러지지 않는 할아버지라는 뜻의 부도옹을 별명으로 가졌던 덩 샤오핑이 같은 자리에서 마음속에 새겨 넣은

글자는 도광양회였다. 그러나 빛을 감춘 채 어둠 속에서 힘을 기른다는 뜻의 도광양회는 이 사람 시진핑에게 와서는 표본실의 도마뱀처럼 박제되어버렸다.

하지만 그 결과는 끔찍했다. 연합 함대가 남중국해를 장악한 가운데 온갖 대책을 궁리하던 시진핑은 결단을 위해 단 두 사람의 심복만을 불렀다.

"왕후닝!"

시진핑은 오랜 시간 밀랍인형처럼 숨소리도 내지 않고 앉아있는 심복 왕후닝을 향해 나지막하나 단호한 음성을 내뱉었다. 왕후닝은 '중국 공산당의 제갈량'이란 별명을 가진 책사 중의 책사이다.

"내가 실각할 수밖에 없는 이유를 말하시오."

"뼛속까지의 진실을 원하시는지요?"

시진핑은 눈을 가늘게 뜨고는 말없이 고개를 끄덕였다.

"중국 경제가 지속적으로 하락하는 것은 시다다 때문입니다. 시다다가 덩 주석의 유훈 '도광양회'를 어기고 머리를 꼿꼿이 세운 채 미국과 치킨 게임을 시작한 이후 미국은 시 주석을 주저앉히고 공산당을 멸망시키겠다고 선언했습니다. 이후 화웨이에 대한 제재를 시작으로 보복 관세, 중국 유학생 거부 등 직접 제재는 말할 것도 없고 제3국에 대해서도 미국의 원천 기술을 사용한 제품을 중국에 수출하지 못하게 하여 대만의 TSMC와 한국의 삼성전자, SK 하이닉스는 우리에게 반도체 공급을 중단했습니다. 이제까지는 약과이고 앞으로 더욱 견딜 수 없는 불황이 닥쳐 중국은 저성장의 늪에 빠지고 맙니다."

시진핑 자신도 지금까지 중국의 비약적 경제 성장이 가능했던 건 미국 덕분이란 걸 너무도 잘 알고 있었다. 미국은 이쑤시개부터 슈퍼컴퓨터에 이르기까지 중국 제품의 늪에 빠져 있으면서도 4% 관세만을 부과했고 중국은 미국 상품에 10% 관세를 매겼으니 대미 무역은 노다지 캐기나 다름없었다.

"이 모든 게 시다다가 설익은 실력으로 미국과 맞짱 뜬 때문이라 생각하는 인민들은 시다다의 사임만이 해법이라 생각하고 있습니다."

"다음은?"

"시다다가 남중국해, 동중국해 등 도처에 군사 기지를 만들고 주변국들과 영토 분쟁을 일으키며 눈에 띄게 군비를 늘려 미국과 충돌할 수밖에 없는 일촉즉발의 위기가 하루하루 이어지고 있습니다. 인민들은 시다다가 권좌에서 내려와야만 미국과 다시 관계를 회복할 수 있다 생각합니다."

"다음은?"

"전 세계 인민들은 시다다가 전염병을 숨겨 팬데믹이 시작되었다 믿고 있습니다. 상하이방 사람들은 시다다가 전염병

확산의 책임을 지고 주석 자리에서 내려와야만 미국이 연합 함대를 철수한다고 선동하고 있습니다."

"이제 끝났소?"

"하나 더 있습니다."

시진핑은 차갑게 웃었다. 나는 자신 있으니 뭐든 다 얘기하라는 투였다.

"아시다시피 원난의 양계장에서 시작된 조류독감에 닭과 오리들이 무더기로 폐사하고 있습니다. 1억 마리가 넘는 가금류를 살처분했지만 걷잡을 수 없이 속도가 빨라지고 있습니다. 또 다른 전염병의 창궐에 모두 패닉 상태입니다. 양계장에서 일하는 사람들의 태반이 급성 폐렴으로 죽어가고 있습니다. 얼마 전 과학자들이 경고한 대로 최악의 조류독감 바이러스가 나타난 것입니다. 먼저 이것부터 최선을 다해 막아야 합니다."

"코로나가 아니라 조류독감인가?"

"과학자들은 이것이 H5 계열의 낯선 바이러스일 가능성이 있다 판단하고 조사 중입니다. 바로 치사율 59%의 그 극악한 바이러스의 변종입니다. 빨리 못 막으면 또다시 팬데믹이 일어날 가능성이 있습니다."

"이제 끝인가?"

왕후닝은 묵묵히 고개를 끄덕였다.

"팬데믹 배상을 하느냐, 경제 봉쇄를 당하느냐의 극단 상황으로 내몰리면 우리는 둘 중 어느 쪽을 선택해야 하는 거요?"

"배상입니다. 수출을 포기하는 즉시 경제는 추락합니다. 배상금 협상에 임해 중국이 책임지는 모습을 보이고 최소한의 배상금을 장기간 나누어 내는 걸로 방향을 잡는 게 상책입니다."

왕후닝은 극렬한 반미주의자였지만 동시에 냉철한 이성의 소유자였다. 그는 이번의 사태로 전 세계와 담을 쌓는 것이 중국의 진정한 위기라는 걸 느끼고 있었다. 하지만 그의 보스는 생각이 달랐다.

"배상을 하겠다 결정하는 순간 당이 위태로워진다는 생각은 안 해봤소?"

당이란 물론 시진핑 자신을 말하는 것이었다.

왕후닝이 머뭇거리자 시진핑은 타오르는 단풍나무의 붉은 빛을 머금은 단단한 탁자를 한 손으로 짚으며 유리창을 통해 들어오는 중난하이의 은빛 하늘에 눈길을 두었다.

"액수의 높낮이가 문제가 아니오. 인민들은 배상이라는 굴욕을 참아내지 못해."

왕후닝 역시 이 문제를 생각하지 않은 바 아니었다. 하지만 중국의 모든 힘이 수출로부터 나온다는 걸 너무도 잘 아는 그로서는 경제 봉쇄가 가져올 험난한 미래야말로 중국을 붕괴

시키는 가장 무서운 재앙이라는 확신을 가지고 있었다.

"인민은 누르는 게 상책입니다. 지금은 누를 수 있지만 경제가 와르르 무너질 때의 인민 봉기는 어떻게 할 수가 없습니다. 우리는 그 길을 가야 합니다. 초기 대응이 미흡했다고 실토하며 세계 인민의 마음을 얻으면 배상액을 확 줄일 수 있습니다."

시진핑은 묵묵히 고개를 끄덕였다. 물론 짧은 숨으로 보면 그것이 가장 쉬운 길일 것이다. 그러나 과연 그 길인가.

"왕 동지. 당신이 모르는 게 있소. 미국과의 대결은 중국의 운명이오. 미국과 대결했던 나라들을 보시오. 소련은 미국 GDP의 38%에 이르렀을 때 가라앉았소. 미국은 유가를 완전히 바닥으로 끌어내려 소련의 경제를 마비시켜버린 거요. 일본이 미국 GDP의 40%가 되었을 때 엔화는 천장 모르게 끌어올려졌소. 일본의 잃어버린 20년이 시작된 거요. 알겠소? 우리 중국은 잘못한 게 없소. 유일한 문제는 우리가 미국 GDP의 70%가 되었다는 사실이요. 본래 우리도 40%에서 철퇴를 맞고 고꾸라질 뻔했지만 놈들에게 서브프라임 사태가 터진 거요. 지금 여기서 미국에 굴하면 영원히 중국은 미국의 노예 상태에서 벗어나지 못하는 거요. 나는 반드시 이 위기를 이겨내야 하오. 목숨을 잃더라도 이겨낼 거요. 저 경자배상을 기억하시오? 제국주의의 침략에 저항해 독립운동을 했다는 죄목으로 우리는 서구 제국주의 11개국에 4억 5천만 냥을 배상해야만 했소. 중화인민의 피와 땀과 굶주림이 놈들의 기름진 배를 채우는 데 들어간 거요. 나는 미국에게 굴하느니 차라리 죽을 거요."

시진핑이 결연한 의지를 다지듯 손바닥으로 탁자를 탁 내리치는 순간 무겁게 내려앉은 눈꺼풀 속에 깊게 파묻혀 있던 두 눈동자가 레이저와 같은 섬광을 내뿜었다.

"왕 서기, 다시는 제국주의자들에게 배상한다는 얘기 입에 올리지 마시오!"

그가 백 년을 묵혀온 분노와 결기의 한 마디를 가슴속 깊숙한 곳으로부터 밀어올리자 사람이 내뿜은 것이라고는 도저히 생각할 수 없는 살기가 실내를 뒤덮었다. 묵묵히 이 광경을 바라보고만 있던 한 사람, 산전수전 다 겪어 온 중국의 실질적 이인자 왕치산이 입을 열었다.

"주석, 만나야 할 사람이 있습니다."

"그가 누구요. 나는 누구든 만나겠소. 아니, 나의 주석 자리도 양보하겠소. 다시 옛날처럼 주저앉느냐, 아니면 중국몽을 달성하느냐의 이 절체절명의 순간에 중국의 앞길을 제시할 수 있는 사람이라면."

왕치산은 목소리를 낮추었다.

"오늘 밤, 사람이 갈 겁니다."

그날 밤 시진핑을 찾아온 사람은 불명이라는 이름을 가진 낯선 중년의 사내였다.

"전쟁입니다."

중국 최고의 권력자는 사내의 대담한 말에 크게 놀랐다. 누가 감히 미국을 상대로 한 전쟁을 입에 올릴 수 있단 말인가. 이제껏 무수히 뇌리에 떠올렸던 단어, '전쟁'. 그러나 절대 결심할 수 없었던 일.

시진핑은 눈살을 가볍게 찡그렸다.

"어떤 전쟁을 말하는 것이오?"

시진핑은 두툼한 두 팔을 육중한 마호가니 탁자 위에 길게 뻗고는 서서히 고개를 들어 천정을 올려다보았다.

"핵전쟁입니다."

사내의 입에서 폭풍처럼 터져 나온 말에 새하얀 석회석으로 장식된 천정의 프레스코에 눈길을 두었던 시 주석의 뇌리에 수많은 생각이 파노라마처럼 밀려왔다 밀려갔다. 그간 무수히 많은 전쟁 시나리오를 떠올렸으나 언제나 전쟁 불가였다. 그러나 오늘 밤 이 알 수 없는 사내의 입에서 나온 핵전쟁은 너무도 위험한 말이지만 편안히 들려왔다. 시진핑은 돌연 고개를 돌려 불명의 얼굴을 정면으로 바라보았다.

"시 주석은 배상금을 물어도 죽고 안 물어도 죽습니다. 배상금을 물면 인민의 분노를 감당할 수 없고 배상금을 물지 않으면 경제 봉쇄에 죽습니다. 유일한 생로가 바로 전쟁인바 여기에는 세 가지 조건이 있습니다."

"무슨 조건이 필요한 거요?"

"반드시 핵전쟁이어야 하고 선공을 때려야 하며 그 타깃은 미국의 항공모함 전단이라야 합니다."

"설명을 해주시오."

"중국과 미국의 군사력 차이는 열 배입니다. 하지만 핵무기는 차이가 없습니다. 미국이 가진 핵탄두는 5,000개, 중국이 가진 핵탄두는 500개이지만 이것은 아무런 차이가 없는 거나 마찬가지입니다."

시진핑은 고개를 끄덕였다. 강력한 핵탄두 열 개면 미국을 50년 후퇴시키고 스무 개면 지구상에서 완전히 없애버릴 수 있는 마당에 500개와 5,000개라는 차이는 사실 무의미한 것이었다.

"열 배 이상 전력 차이가 나는 재래식 전쟁은 중국의 필패지만 핵전쟁은 오히려 이깁니다. 하지만 누구도 핵 단추를 누를 용기가 없습니다. 우습지 않습니까? 칼을 상대의 목덜미에 대놓고 있으면서도 찌를 용기가 없어 한 대, 두 대, 열 대, 스무 대 매를 맞으면서 죽어간다는 것이."

"으음."

"중국이 미국보다 군사가 열 배 약한 게 아니고 주석의 용기가 열 배 약한 것입니다."

"핵으로 선공을 해야 한다는 건 알겠소. 그런데 왜 항공모함을 타깃으로 하는 거요?"

"그러면 미국 본토에 쏘겠습니까?"

시진핑의 얼굴에 미소가 번졌다. 이 사람은 말하는 게 시원시원했다.

"주석도 미국 대통령도 본토에 대륙 간 탄도탄을 쏘라는 명령은 내리지 못합니다. 그것은 두 나라의 공멸이기 때문입니다."

"그렇지!"

"항공모함에 쏘는 것은 뺨을 힘껏 때리고 상대의 반응을 보는 거나 같은 것입니다. 같은 세기로 뺨을 때려올지 아니면 우리 목에 칼을 집어넣는지 그도 아니면 약하게 때리는 시늉만 할지."

"상대가 우리 목에 칼을 넣는다면?"

"같이 넣으면 그만입니다."

"하하하하!"

이제 시진핑은 터져 나오는 웃음을 참을 수 없었다.

"서로 목덜미에 칼을 대고 있는데 우리는 20센티짜리를, 상대는 2미터짜리를 대고 있다. 20센티 칼에는 안 죽느냐는 얘기지. 하하하하, 하하하하!"

그는 참으로 통쾌하게 웃었다.

"핵으로 항공모함을 쳐 핵전쟁으로 만들어 버리는 게 묘수군. 그것도 선공으로. 겁에 질리겠지. 미국뿐 아니라 전 세계가."

"어느 경우든 우리가 지는 일은 없습니다. 주석이 용기를 가지는 한."

"나는 결코 굴하지 않을 거요."

"소형 핵탄두를 탑재한 둥펑 21D와 둥펑 26, 그리고 극초음속 둥펑 17로 세 척이든 다섯 척이든 아니면 열한 척 모두든 미국 항모를 일거에 격침시켜 버리는 것입니다. 항모가 움직이기는 해도 이미 우리는 이런 초강력 미사일 전용의 인공위성을 충분히 띄워놓았습니다. 미국 대통령이 백악관에 앉아 오사마 빈 라덴을 죽이는 경기를 관람하듯이 우리도 주석 집무실에서 미국의 항모전단이 궤멸하는 게임을 즐길 수 있습니다."

"일본의 요코스카에서 인도의 디에고 가르시아까지. 우리를 포위하고 있는 미군 기지가 있소. 그들이 반격을 해오면?"

"때린 만큼 맞으면 그만입니다. 우리 계산을 넘는다 싶을 때 핵으로 반격하면 됩니다. 다른 어떤 전투도 안 됩니다. 반드시 핵으로만 말입니다."

"반드시 핵으로……. 음, 온 지구가 무시무시한 공포감에 빠지겠군."

"미국이 나은 건 재래식 무기밖에는 없습니다. 핵은 동등하고 인민의 충성심이나 단결은 우리가 훨씬 높습니다. 배상 문제로 막상 미국과 붙으면 모든 인민이 일치단결합니다. 중국 인치고 미국에 대해 원한 갖지 않은 사람 누가 있습니까? 미국에 불법으로 재산 빼돌려놓은 상하이방 놈들 몇 명 잡아 처형하면 인민은 불붙습니다."

"바로 그거요."

마치 결론을 찍어내듯 시진핑은 한 마디를 짧게 뱉어냈다. 그러나 시진핑의 결의에 찬 얼굴을 한동안 물끄러미 응시하던 불명은 곧 입가에 은은한 웃음을 띠고는 시진핑의 손을 잡으며 천천히 고개를 가로저었다.

"주석. 그러나 이것은 마지막의 마지막에 선택할 길이지요. 실은 주석께서 가진 의지를 알지 못해 이 말씀부터 드렸습니다. 주석의 의지가 굳건한 한 중국이 물러나기만 할 이유가 없다는 뜻이기도 합니다. 저는 한없이 감복했습니다."

여태 이어진 긴 이야기가 감히 본인을 시험하기 위한 것이었다는 소리에 다름없었으나 시진핑은 분노하는 대신 젖혔던 몸을 바로 세웠다. 이 불명은 누구나 아는 뻔한 자료만 줄줄이 늘어놓는 게 아니라 묵직한 핵심만을 던져놓는 이였다.

"다른 생각이 또 있으시오?"

"길게 생각할 것이 있고 짧게 생각할 것이 있습니다. 들어보시겠습니까?"

"물론이오."

"길게 생각할 것이란 한미일 동맹입니다. 그것을 깨트려야 합니다. 우리가 새로 한국, 베트남과 경제권을 구축하면 동북아를 향한 미국의 초점은 흐려지고 이번과 같은 봉쇄는 다시 일어나기 힘듭니다."

이번만큼은 그다지 신선한 이야기가 아니라 시진핑은 고개를 저었다.

"그것은 누구나 아는 이야기요. 오랜 시간을 들여 천천히 해나가고 있는 일이지."

"지금처럼은 100년이 걸려도 모를 일입니다."

"다른 생각이 있소?"

"남한 정권은 통일지상주의로 치달리고 있습니다. 주석, 만약 통일이 이루어진다면 한국은 어떤 모습이 되겠습니까? 민주주의일까요? 사회주의일까요? 아니면 섞을까요?"

잠시 그림을 그려보던 시진핑은 저도 모르게 책상을 쳤다. 머릿속에서 수시로 그렸던 익숙한 그림들이었으나 그것을 함께 연결해서 생각해본 적이 없었던 탓에 놓치고 있던 것이었다. 시진핑은 자신만이 할 수 있는 일이 무엇인지 깨달았다.

"북조선이 지렛대지요. 그 지렛대를 잡을 수 있는 사람은 오직 주석뿐이고요."

불명은 확인시키듯 초점을 찍어주었다.

"무슨 말인지 분명히 알겠소."

시진핑이 자신의 말을 따라오자 불명은 더욱 은근한 목소리를 꺼내왔다.

"주석. 원난과 난닝의 전염병을 그냥 놓아두십시오."

시진핑은 움찔 놀랐다. 전염병을 막지 말라니. 그러나 그것이 마냥 헛소리로 들려오지만은 않았다. 왕후닝이 시급히 전염병을 막아야 한다 했을 때 본인 또한 알 수 없는 묘한 거부감에 그냥 넘어가지 않았던가. 불명은 바로 그 찜찜함을 짚어오고 있었다.

"왜 그렇소?"

"팬데믹에는 미국이 가장 약하고 중국이 가장 강합니다. 무슨 뜻인지 아실까요?"

그 한 마디에 시진핑은 모든 것을 이해했다. 더 이상 물을 필요도 들을 필요도 없었다. 그것은 틀림없는 이야기였다. 미국의 대처와 중국의 대처. 그리고 대처하지 못했을 경우의 상황. 사태가 나빠질수록, 최악으로 치달을수록 모든 것이 중국에게 유리하기만 했다. 혼란이 필요한 이 시기에 한반도를 흔드는 게 하나의 방법이듯 또 하나의 전염병으로 세계를 흔드는 것 또한 훌륭한 탈출구였다.

"그렇지. 어차피 이번과 꼭 같은 일이 아닌가."

새로운 전염병은 또다시 공포와 더불어 혼돈을 야기할 것이었다. 규정과 혼돈. 무엇이든 규정하려 드는 미국을 상대하는 중국의 전술은 혼돈이어야 한다. 미국이 중국의 초기 대응을 문제 삼아 행동에 나선다면 중국은 그것이 총체적 부실 대응으로 세계 최대의 피해국이 되어버린 미국의 한풀이로 몰아야 한다. 새로운 전염병은 다시 한번 미국을 팬데믹에 노출시킬 좋은 기회였다.

"중국은 새 전염병에 극심한 피해를 당해도 좋고 깔끔하게 극복해도 좋습니다. 다만 그때나 이번이나 그냥 몰랐던 겁니다. 질병이란 게 어디서 어디로 어떻게 가는지 미리 알 수는 없는 노릇 아닙니까."

순식간에 새로운 팬데믹을 활용해야 한다는 점에 생각이 미친 시진핑은 불명의 손을 꼭 쥐었다.

"선생은 중국의 은인이오!"

23. 달콤한 미끼

"다다!"

김여정은 양손으로 치마를 펴며 고개를 약간 옆으로 기울인 채 허리를 90도로 굽혀 절했다.

다다란 아저씨를 의미하는 애칭으로 본래 시진핑이 집권 초기 친근한 모습을 강조하기 위해 등장시킨 말이었으나 차츰 일인 독재가 완성되어 가자 시진핑은 이 말을 싫어하게 되었다. 그는 중국 인민이 좀 더 근엄한 모습으로 자신을 대해야 한다 생각해 일인 집권이 완성되자 인터넷 등에서 시다다란 말을 쓰지 못하게 했다. 하지만 지금 김여정이 붙인 다다란 호칭은 이웃집 아저씨가 아니라 당신은 나의 집안 아저씨란 의미였다.

"여정아!"

이 또한 파격적인 호칭이었다. 그야말로 자식이나 조카를 부르는 식이라 두 사람은 금세 이웃나라가 아닌 피를 나눈 한 집안 혈족으로 서로를 규정해버렸다.

"아저씨, 제가 도와드릴 일이 뭐가 있을까요?"

김여정은 두뇌 회전이 매우 빠른 여자였다. 그녀는 시진핑이 자신을 만나고 싶어한다는 전갈을 받자 직감적으로 시진핑에게 무슨 일이 생겼다는 것을 알아차렸다. 전갈을 받자마자 북경으로 날아와 시진핑이 특별히 마련한 댜오위타이의 특실에서 하룻밤을 자고 아침 일찍 시진핑과의 조찬에 참석한 것이었다.

"우선 밥부터 먹자."

식탁에 앉자 시진핑은 친근하고 편안한 표정을 지으며 이것 저것 찬을 권했다.

"요즘 계란 요리를 새로 개발해 먹고 있는데 너한테만 알려주마."

"아저씨가 직접 하세요?"

"그래. 먼저 명란을 바닥에 깔고 달걀 두 알을 까넣는 거야."

"흰자를 거르지 않고요?"

"그래, 그냥 편하게 까넣고는 물을 조금 부어."

"그런 다음은요?"

"뚜껑을 덮고는 끓는 물로 쪄."

"에이, 그건 누구나 하는 거잖아요."

"아니야, 달걀이 어느 정도 익으면 그때 파를 넣고 깨를 촘촘히 쳐. 이미 계란이 어느 정도 굳었기 때문에 깨가 흩어지지는 않아. 그러고는 조금 뜸을 들여."

"맛있겠어요."

"다 되고 나면."

"숟가락으로 퍼먹으면 되잖아요."

"아니야, 그냥 먹으면 안 돼."

시진핑은 마치 엄청난 비밀을 털어놓는 사람처럼 목소리를 낮추었다.

"이걸 냉장고에 집어넣어야 해. 아주 차게 해서 먹는 거야."

"아, 그게 비결인가 봐요."

"그래, 아무도 몰라. 차게 해서 먹는 게 비결이야. 요리란 온도 차에 의해서 하늘 땅으로 갈라지거든."

"돌아가면 바로 해 먹어봐야겠어요."

"그런데 내년에 말이야……."

"네, 다다."

"즉각 남조선하고 통일을 해버리는 게 어때?"

"네?"

"중국이 민다."

너무나도 놀라운 얘기였다. 시진핑이 장황한 요리 얘기로 유대감을 끌어올린 것은 바로 이 엄청난 얘기를 꺼내기 위한 사전 포석이었다. 김여정은 얼른 젓가락을 놓았다. 직선으로 날아간 시선의 끝에서 시진핑은 아무렇지도 않은 듯 게 다리를 빨고 있었다. 이 또한 처음 가는 서투른 길이 아니라 이미 깊고 깊은 검토를 끝낸 탄탄한 플랜이라는 자신감을 내보이기 위한 것이었다.

"이런 기회는 백 년 안에는 다시 안 올 거야."

그는 게 다리를 우걱우걱 씹어 살을 쪽쪽 우려먹고는 이쑤시개로 이 사이에 낀 찌꺼기를 밀어내서는 우물거리다 바닥에 탁 뱉어냈다.

"너희 GDP가 지금 세계 몇 등이지? 한 100등 되나?"

"155등이에요."

"남한은 아마 9등이나 10등 될 거고 1인당 소득도 스무 배 차이 날 거야. 통일과 동시에 너희는 100등 이상 뛰는 거야. 백 년 걸려도 안 되는 걸 단숨에 얻는 거지. 쉽게 얘기하면 거저먹는 거야."

"농담이시죠, 다다."

"하하, 처음 들으면 엄두가 나지 않는 게 당연하지. 그러면 내가 몇 가지 물어볼까?"

"네, 다다."

시진핑은 숟가락을 놓고 자리에서 일어났다. 김여정이 그의 뒤를 따라 밀실 안으로 들어가니 한 사내가 형형한 눈빛을 쏘아내며 의자에서 일어났다.

"이 사람은 15억 중화인 중 가장 머리가 좋은 사람이야. 우리가 감으로 느끼는 걸 이분은 말로 해내지. 뭐든 말이다. 오늘 우리 대화에 도움을 줄 거야. 성함은 불명이다."

김여정이 가볍게 고개를 숙였지만 불명이라는 이름의 사내는 그냥 자리에 앉을 뿐이었다.

"인사성은 없는 분이야. 자, 그럼 우리 대화를 시작할까. 먼저 너희와 문재인 중 누가 더 통일을 원할까?"

"그야 당연히 오빠와 저죠."

시진핑은 불명에게로 고개를 돌렸다. 그러자 불명은 고개를 가로저었다.

"여정아, 불명은 아니라 하는구나. 네 말이 틀렸다는 거야."

"왜요?"

"선생이 여정이에게 알려주시오."

불명이란 자는 감정이 하나도 들어가지 않은 목소리로 허공에 대고 말했다.

"김대중의 국민회의가 15대 총선에서 도약하려 할 때 북조선은 DMZ 안으로 수백 명의 군사를 들이밀었습니다. 선거 불과 3일 전입니다. 이처럼 남한의 선거가 있을 때마다 북조선

정권은 통념과는 거꾸로 보수우파에 유리하게, 진보좌파에 불리하게 행동해왔습니다. 남조선과 진짜 가까워지는 건 싫다는 뜻입니다. 김 패밀리는 입만 벌리면 통일을 외치지만 내심으로는 영원히 지금처럼 북조선을 지배하고 싶은 것입니다."

"여정아, 불명은 네 말이 틀렸다는구나."

"호호, 받아들일게요."

김여정은 솔직해야겠다고 생각했다. 또 한 번 시진핑을 거짓으로 대했다간 그가 방문을 걷어차고 나가버릴 것 같았다. 게다가 옆에 있는 묘한 사내도 극히 거슬렸다. 넘을 수 없는 인간, 그런 느낌이었다.

"너희와 문재인이 전광석화 같은 속도로 조약들을 체결해 나가면 남한에는 반대할 세력도, 명분도 없어. 양측이 종전선언 하고 평화조약 맺고 통일협약 하고 통일선언까지 해버리는 거야. 순식간에 몰아치면 뭐가 뭔지도 모른 채 그냥 그렇게 되는 거야. 그러면 너희는 남북 양측에서 영웅이 돼. 그리고 북한 인민 2천6백만이 항상 너희 등 뒤에 있기 때문에 너희는 누구보다 강력한 지도자야. 너희는 통일된 한국의 대통령이 된다."

"남한 인민들이 대들면 어떻게 하죠?"

"누구한테?"

"오빠와 저한테요. 요덕수용소가 어떠니, 고문을 했니 어쩌니."

"합의로 통일하면 너희도 남한도 그전의 것은 묻지를 않아. 너희가 국가보안법 만든 놈들이나 너희 패밀리 욕한 놈들 다 죽이겠다 하면 말이 되겠니, 마찬가지로 수용소니 뭐니 하는 것도 없어. 독일도 통일 전의 슈타지니 뭐니 책임을 묻지 않잖아. 그리고 이게 제일 중요해."

시진핑은 목소리를 낮추고는 탁자 너머로 김여정의 귓가에 입을 갖다 댔다. 그러자 김여정 또한 시진핑에게로 몸을 기울였다.

"남한 놈들은 오래 살잖아."

"네?"

"수명이 길어지면 사람이 비겁해져."

김여정은 웃었다.

"남한은 영혼이 없는 사회야. 보수주의자들이 용기를 상실해버린 거지. 저항할 줄을 모르는 건 수명이 길어져서 그래. 사람이 60대에 죽던 시대는 40, 50대에 병도 생기고 어차피 죽으니 마구 들이받지만 90대에 죽는 시대는 가난이 무서운 거야. 잠깐 비겁하면 내내 편안한데 누가 나서냐 말이야. 지금 정권에서 자기네들 세상이 다 뒤집혀도 나서지 못하고 뒷골

목 술집에서나 쫑알거리잖아. 통일되면 막상 너희를 비난하지 못한단 얘기지. 어쨌든 통일은 막 밀어붙이면 일사천리로 되는 거다. 너희만 결심하면 돼.”

김여정은 속으로 적이 놀라고 있었다. 이런 식으로는 전혀 생각해본 적이 없는 터였다.

“독일을 봐. 서독 인구가 세 배나 되지만 동독 출신 메르켈이 장기 집권하잖아. 왜 그런지 알아?”

“동독 출신들이 단결력이 훨씬 강한가요?”

“바로 그거야. 자본주의 사회에 내던져진 인민들은 기댈 데가 없어. 북한 인민들은 남한 주민들과 경쟁을 하려야 할 수가 없어. 자기네끼리도 흙수저, 금수저 하는데 북한 인민은 아예 그 수저조차 없이 노예로 전락해. 그러니 어디에 기대겠어. 바로 정치야. 선거란 말이지. 인민들은 일치단결해 너희를 찍어. 그리고 남한에는 자본주의를 싫어하는 사람들이 널렸어. 몸은 자본주의에 푹 담그고 살아도 머리로는 사회주의 좋아하는 사람 천지야. 너희가 마음에 드는 말 몇 마디 하면 오히려 정의의 사도가 돼.”

“좋은 생각이 났어요.”

“그래, 일단 머리를 틀면 자꾸 좋은 생각이 나게 돼 있어. 뭐냐?”

“기본소득을 인민들에게 대거 나눠주면 순식간에 영웅이

되겠어요. 아, 그걸 왜 생각 못 했을까. 아니, 이게 지금 아저씨가 머리를 확 뚫어주시니까 떠오르는 거겠죠."

"기본소득?"

"네. 남조선은 국민들에게 기본소득이라는 걸 나눠줘요. 모든 북조선 인민에게 기본소득을 나눠주면 순식간에 인민을 구한 영웅이 돼요."

"그것뿐이겠니? 너희는 155등이고 남한은 10등인데 합치면 좋은 일이 얼마나 많겠나."

"그런데 이렇게 일사천리로 좋은 일만 있을 리가 없잖아요. 뭔가 나쁜 게 있지 않을까요?"

"저항을 생각해봐야 하는데 먼저 너희 북조선부터 볼까?"

"북조선은 문제가 없어요. 맨날 그놈의 통일, 통일하며 살았고 당 간부, 군 간부, 인민 할 것 없이 숨어서 남한 드라마 보는 게 일이니 통일을 이루어주면 바로 영웅입니다. 남조선 자본주의자들의 저항이 문제지요. 미국이 그냥 있을 리도 없고요."

"걱정할 것 없어. 이제 조금 있으면 남한에는 거센 반미 열풍이 불어 닥치게 되어 있어. 미국 놈들이 남한에 중거리 미사일 배치하겠다 나오면 남한 사회는 둘로 딱 쪼개지는 거야. 사드 때와는 비교도 안 되지."

"그렇겠죠. 아저씨도 무지 협박할 거 아니에요?"

"협박이 아니야. 우리는 죽고 사는 문제야. 남한에 중거리

미사일 배치하는 건 쿠바 사태와 같아. 남한은 반드시 두 개로 쪼개지고 결과는 미군 철수야. 그러니 여정아, 우리가 이 기회를 잘 살려야 한다.”

김여정은 하늘 같은 시진핑의 입에서 나온 우리라는 말에 가슴이 뭉클했다. 후진타오나 장쩌민과는 비교도 안 되는 자리에 오른 시진핑. 덩샤오핑을 넘어 마오쩌뚱과 동렬에 오른 무소불위의 중국 지도자가 자신과 댜오위타이에서 단둘이 아침 식사를 하고 밀실에서 한반도의 통일을 의논하고 있는 것이었다.

“요체는 전광석화야. 통일을 결심해라. 내가 언제나 너희의 뒤에 있으마. 너희의 안전과 재산은 내가 영원히 보장할 테고. 너희 둘만 결심하면 통일은 즉각 이루어진다.”

김여정은 이제야 시진핑의 의도를 알 수 있었다. 본래 그는 한반도가 통일되면 동북 3성의 조선족이 독립을 요구할 수 있고 한국의 민주주의가 중국에 수입될 수 있어 극히 꺼렸던 사람이었다. 하지만 미국과의 대충돌 국면에서 그는 한국을 자신의 편으로 끌어들이는 전략적 선택을 강구해 냈다. 그리고 한국을 끌어들이는 데는 북남통일이라는 위대한 아젠다가 있고 시진핑은 지금 그 아젠다에 불을 붙이는 것이었다.

“아저씨, 그런데 아무래도 미국이 걸려요. 북남 간에는 통일이지만 미국 입장에서는 남한을 북조선과 중국에 빼앗긴다 생각할 거 아니에요."

"그렇다고 해서 미국이 너희 통일을 말릴 수 있나? 과거 60~70년대는 CIA가 국가원수를 암살하고 쿠데타를 일으키는 짓을 했지만 이제는 꼼짝 못 해."

"그렇긴 해도…… 핵무기가 어쩌니 하며 가로막고 나설 수 있잖아요."

"그까짓 핵무기 던져버려! 오히려 그걸 이용하는 거야. 핵 포기하고 남한과 조약 몇 개 체결하면 미국 놈들이 앞장서 통일하라 할 판이야. 지구상 그 누구도 남북한이 속전속결로 통일해버리는 걸 막을 이유가 하나도 없어. 그리고 핵은 미국이 오천 개, 러시아가 오천 개, 우리가 오백 개 가지고 있다. 통일 뒤에는 너희도 수백 개 가질 수 있어. 내가 좀 주마."

"알겠어요, 다다."

"빨리해야 한다."

두 사람은 자리에서 일어났다. 시진핑은 김여정의 눈을 깊이 들여다보며 손을 내밀었고 김여정은 시진핑의 눈을 가슴 속 깊이 담은 채 고개를 숙였다. 그리고 다음 순간 김여정은 시진핑의 손등에 입을 맞추었다. 새로운 세계가 열릴 듯한 이상한 기분에 마음이 들떠 어수선하고 갈팡질팡했지만 왠지 이제껏 한 번 들어보지도 생각해보지도 못한 거대한 구상이 시간이 지날수록 더욱 강렬하게 가슴 속에서 꿈틀거리는 것이었다. 통일을 이루려면 남조선의 군사력을 궤멸시켜야 하지만 그러려면 그 뒤에 미국이 있고 일본이 있고 영국을 비롯한 나토와 국제연합이 있다. 한 마디로 영원히 불가능한 것이었다. 하지만 지금 중국의 황제 시진핑은 남조선이 기다리고 있으니 너희만 결심하면 된다고 말하는 게 아닌가.

"다다!"

김여정은 고개를 숙인 채 떨리는 목소리로 시진핑을 불렀다.

24. 또 하나의 팬데믹

라오까이역.

베트남 북부의 라오까이는 중국의 핑샹 및 난닝과 철도로 연결되어 있다. 베트남 정부는 중국 관광객을 최대한 유치하는 정책을 꾸준히 펼쳐왔으나 굳이 철도로 베트남을 찾는 사람은 그리 많지 않아 일 년 내내 한산하고 조용하기만 한 것이 이 라오까이 역이었다.

"언제까지 기다리라는 거요! 우리는 피난민이 아니라니까! 아무 문제가 없어요!"

그러나 이날은 라오까이역이 터져나갈 듯 들어찬 천 명에 다다르는 인파가 소란을 일으키고 있었다. 이틀 전부터 철도는 더 이상 운행되지 않았으나 그 직전까지의 불과 사흘 만에 라오까이역에는 인파가 한꺼번에 몰려들었다.

얼마 전부터 난닝을 포함한 윈난성의 몇몇 도시에 사는 사람들 사이에는 신종조류독감이 돈다는 소문이 무성했다. 그러나 중국 정부는 소문을 완전히 무시한 채 신종조류독감은 실존 여부조차 확인되지 않았으며 인간에게 전파될 수 있는지는 더더욱 불확실한 가설에 불과하다고 발표했다. 고작 서너 명에 불과한 조사단을 파견한 그들은 윈난성에 아무 문제가 없다는 결론을 낸 뒤 유언비어를 퍼뜨리는 자는 엄벌하겠다는 경고를 발했을 뿐이었다.

"우리는 관광객이라니까!"

하루 백 명이 다닐까 말까 한 역에 천 명을 훨씬 넘기는 인파가 온갖 짐을 싸들고 와서 외치는 소리였다. 피난민에게도, 그들을 대하는 이들에게도 이미 한 번 겪은 코비드19의 공포는 무시무시했다. 출입 통제 테이프를 이어붙이고 수십 미터 거리를 두고 늘어선 베트남 공안들은 통제 불응 시 발포하겠다는 위협을 거듭하고 있었으며 피난민들은 역내의 기물을 파손하고 소리를 질러대면서도 필사적으로 입을 막은 마스크를 손으로 움켜쥐고 있었다.

"아직도 지침이 없어? 윗대가리들은 도대체 뭘 하는 거야?"

길어지는 대치에 지칠 대로 지쳐버린 라오까이 경찰서 공안 주임은 애꿎은 메가폰을 바닥에 내팽개치며 소리쳤다.

"대기하라고만 하는데요. 절대 내보내지는 말라고……."

수십 번 이어진 똑같은 대답에 쌍욕을 내뱉고 난 주임은 한숨을 내쉬었다. 사실 그도 알고 있었다. 이 문제에 결론을 내릴 수 있는 사람은 없었다. 상부의 기관장들도 어느 병원장도 책임 있는 대답을 할 수가 없는 일이었다. 중국의 난닝에서 닭과 오리가 대거 폐사한 전염병이 생겨난 건 밀려든 중국 피난민들만 봐도 확고부동한 사실이었다. 윈난성에서는 닭이나 오리와 접촉한 사람들 상당수가 즉사했다는 소문도 들려오고 있었다. 그러나 그게 무슨 병인지, 환자를 어떻게 가려낼지, 어떤 사람의 입국을 막아야 할지 베트남의 누구도 판단할 수 없었다.

"조류독감은 인간에게 안 옮잖아! 기침도 안 하고 열도 안 나는데 조류독감이라니! 난닝에서 온 게 죄야? 평상시 베트남에 놀러 오라고 너희가 얼마나 짖어댔어!"

전염병의 공포와 관광객을 막을 아무런 근거도 없다는 거친 항의 사이에서 공안 주임을 비롯한 라오까이의 당국자들은 어떠한 판단도 조치도 하지 못한 채 상부의 연락만을 기다렸다. 하지만 낮밤이 아무리 바뀌어도 기다리라는 지시가 전부일 뿐이니 라오까이 당국자들은 물과 빵을 대주는 외에는 아무것도 못 하고 있을 뿐이었다.

"세상이 망하려는가 보지."

반복해서 울려 퍼지는 경고와 사이렌, 역내의 피난민들이 악을 쓰며 쏟아내는 알 수 없는 소리가 엉키는 가운데 역에서 나와 길바닥에 퍼질러 주저앉은 주임은 피식 웃으며 하늘 위로 눈길을 던져버렸다. 할 수 있는 일이 없는 곳에서 눈을 떼고 싶었다. 그러던 그의 탁한 시야에 멀리서부터 날아오는 헬리콥터 한 기가 들어오더니 곧장 다가와 착륙할 곳을 찾아 빙빙 도는 모습이 들어왔다.

"저건 뭐야? 무전 온 거 있어?"

중얼거리던 그는 핸드폰에서 진동이 오는 걸 느끼고 전화를 받았다. 그리고 귓가에 넘어오는 목소리를 듣자마자 벌떡 일어선 그는 선회하는 헬리콥터를 가리키며 공안들을 향해 외쳤다.

"당장 착륙 유도해! 당 서기께서 오신다!"

8인승 민간 헬기에서는 당 서기를 비롯해 여섯 사람이 내렸다. 서기와 보좌관, 통역을 제외한 셋은 베트남인이 아니었다. 그들은 헬기에서 기계 하나를 내린 뒤 가타부타 말을 섞을 것 없이 바로 역 건물을 향했다. 얼른 달려가 당 서기에게 인사를 하고 그들의 뒤를 따른 주임은 곁눈질로 그들을 살폈다.

"일렉트로닉스?"

주임은 저도 모르게 그들의 옷에 있는 로고를 보고 혼잣말을 흘렸다. 이 혼란에 너무나 어울리지 않는 말쑥한 모습의 그들은 종종걸음으로 역 건물을 향해 바퀴 달린 기계를 밀어갔고, 익숙한 동작으로 통제 테이프를 넘어갔다. 성난 피난객들이 불과 20미터 안쪽으로 가까워지자 주임은 걱정을 금치 못했다.

"당신들 위험할 수 있어요."

"알고 있어요."

젊은 외국인 남자가 능숙한 베트남어로 대답한 뒤 기계를 설치하고 이런저런 작동 테스트를 시작했다. 기계에 붙은 검은색 유리알이 스캔하듯 돌아가는 모습을 몇 번 체크한 그는 곧 기계를 역 안쪽으로 향했다. 허공을 향한 유리알을 이리저리 돌리며 모니터를 한참 쳐다보던 그는 만족스럽다는 듯 고개를 끄덕이더니 당 서기와 통역을 향해 몇 마디를 건넸고 주의 깊게 듣던 당 서기는 주임을 향해 말했다.

"한 사람씩 이 기계 앞을 통과시키게. 따르릉 하는 소리가 나는 사람만 따로 떼서 난닝으로 돌려보내."

"예?"

"피난민을 선별한단 말이네."

"저걸로요?"

반신반의한 공안 주임이 사람들을 일렬로 서게 한 다음 기계 앞을 지나치게 하자 남자는 가만히 서 있기만 할 뿐이었다.

"아무것도 안 해요?"

어안이 벙벙한 피난민은 주임이 몇 번이나 손짓을 보내고서야 얼른 달려가 자기 짐을 챙겨서는 공안 사이를 지나 테이프를 넘어갔다. 남자와 함께 온 두 사람도 멀거니 서서 피난민들이 지나치는 걸 바라보기만 하는 사이 역에서 농성하던 사람들 모두가 다 기계 앞을 지나쳤다. 그렇게 천 명에 가까운 피난객들을 모두 통과시킨 세 남자는 마치 자기 집 컴퓨터를 설치하고 해체하듯 기계를 정리하고는 아무렇지 않게 선언했다.

"잇츠 올 라잇. 라오카이역은 100% 안전합니다."

"예? 조류독감 바이러스가 하나도 없다는 말입니까?"

"뿐만 아니라 어떠한 병원성 바이러스도 없어요."

"그걸 어떻게 알 수 있어요? 설마 저 기계 앞을 지나치는 거로 그 모든 게 다?"

"바이러스 검출기예요."

"검출기?"

저도 모르게 반문한 주임은 당 서기를 바라보았다. 당 서기도 어리둥절한 것은 마찬가지였는지 뭐라 대답하기보다 눈을 껌벅이며 세 사람을 바라보았다. 세 사람은 아무 말도 없이 공안 주임에게 눈인사를 건넨 뒤 다시 헬기를 향해 기계를 밀며 종종걸음을 시작했다. 마치 집에 냉장고를 설치하는 기사마냥 일을 끝내고 떠나는 그들의 뒷모습을 몇 걸음 따라가다 멈춰선 주임은 그들과 함께 헬기에 오르는 당 서기를 향해 등 뒤에서 늦은 경례를 부쳤다. 그는 헬기가 시야에서 사라지자 여기저기 흩어져 앉아 떠드는 피난객들에게로 눈길을 돌렸다. 그들 중 주임을 향해 걸어오는 이가 하나 있었다.

"베트남 정부는 피난민 수용을 위한 정책이나 기관 지침이 없나요?"

"당신들 피난민이 아니라면서요."

"사실 우리는 난닝에서 역병을 피해 온 사람들입니다. 죄송합니다."

침묵이 이어지고 머쓱했는지 머리를 몇 번 긁던 피난객이 돌아서는 가운데 주임이 혼자 중얼거렸다.

"안 망하려나 보네, 세상이 안 망하고 인간이 안 망하려나 봐."

25. 인문학도의 기술

    동맹국과 연합해 중국의 코비드19 배상을 강요하던 백악관은 또다시 중국에서 창궐하고 있는 신종조류독감에 당황하지 않을 수 없었다. 그러잖아도 바이러스 질환이란 전 세계 어느 곳에서나 예고 없이 발생하기 마련이고 어느 정부든 기다렸다는 듯 완벽한 대처를 하기란 불가능한데 코비드19의 책임을 중국에게 그리 무겁게 지우는 게 옳으냐는 비판이 확산되는데다 만약 그렇다면 스페인독감과 에이즈를 퍼뜨린 미국에도 책임을 물어야 하지 않느냐는 논리도 자리를 잡아가고 있는 터였다.

    게다가 미국이 코비드19에서 가장 큰 피해를 낸 건 미흡하기 짝이 없는 대처로 일관했기 때문이라는 여론이 비등해 새로운 팬데믹의 우려가 있는 원난발 신종조류독감은 미국 정부의 골칫거리로 떠올랐다.

"유엔에서는 또 다른 전염병이 창궐하고 있는 중국에 항공모함을 들이대는 미국을 향한 비난이 잇따르고 있습니다."

백악관 안보회의의 첫 발언자부터 미국의 부적절한 전략을 지적하고 나서자 갑론을박이 시작되었다. 치열한 토론이 전개되며 배상금 청구, 중국 봉쇄, 무력 행사 등에 찬반이 엇갈렸으나 참석자 모두가 공감하는 건 코비드19보다 치사율이 월등히 높은 신종조류독감이 미국에 전파될 경우 나라가 붕괴 수준으로 내려앉을 수 있다는 점이었다.

이제는 국가안보 능력이 군사력에 달려 있는 게 아니라 방역 능력에 좌우된다는 걸 비로소 깨닫게 된 참석자들은 풀이 죽어 어떠한 결론도 내리지 못하고 회의를 끝낼 수밖에 없었고 미국 정부는 원난에서 시작해 급속히 번져가는 신종조류독감을 불안하게 지켜보았다. 극도로 초조해진 미국 정부가 중국은 물론 베트남 등 인접한 모든 나라로부터 오는 사람과 물자를 전부 틀어막는 정책에 대한 우울한 검토를 이어가고 있던 어느 날 백악관에 한 통의 편지가 배달되었다.

– 지난 30년간 치명적 바이러스가 9종이나 출현해 수많은 사망자를 발생케 했습니다. 현재 인류는 존망을 가를 생물학적 위

기에 처해 있는 것입니다.

저는 미국을 이끄는 가장 중요한 백 분과 은밀한 미팅을 갖고
자 합니다. -

〈삼성전자 L〉

특이하게도 이 편지의 수신인에는 대통령과 하원의장 등 수
뇌급 정치인 외에 전미의사협회장, 최고의 명성을 가진 의과
대학장, 질병본부장, 바이러스 전문가 등 의료 계통의 명망가
들이 대거 포함되어 있었다. 이해할 수 없는 편지이고 무례하
기 짝이 없는 편지였지만 사람들은 발신자의 이름이 삼성전
자의 L인 걸 보고는 고개를 갸웃거렸다. 그냥 넘겨버릴 수 없
는 이름이고 어떤 면에서는 매우 특별한 편지였다. 삼성전자
의 L이 이렇게 도발적인 편지를 보냈다면 거기에는 틀림없이
매우 특별한 이유가 있을 것이었다.

고개를 갸웃거리던 사람들은 편지에 밝혀져 있는 초청인들
중에 방역 및 생물, 의료계 인물들이 대다수인 점에 생각이 미
쳤다. 그러자 사람들의 관심은 첫 문장에 쏠렸다.

인류의 존망을 가를 생물학적 위기. 사람들은 코비드19에
이어 또 하나의 팬데믹으로 급속히 떠오르고 있는 조류독감
을 떠올렸다. 이미 2억 5천만 마리의 가금류를 살처분했음에
도 불구하고 맹렬한 기세로 번지고 있는 원난의 조류독감이

H5N1의 변종으로 기존의 어떤 치료제도 듣지 않는다는 사실이 밝혀지고 있는 참이었다.

초청받은 인사들은 생물학적 위기를 언급하는 이 초청장을 무시할 수 없었다. 더구나 대통령 및 국회의장도 초청됐다는 사실에 한 사람도 빠짐없이 초청 장소로 몰려들었다.

초청된 인사들이 속속 도착하는 가운데 대기실에는 정한과 연수가 삼성전자의 한 직원과 자리를 같이했다. 며칠 전 정한은 연수로부터 두 사람이 같이 삼성전자의 초대를 받았다는 얘기를 듣고는 자신의 이름이 연수로부터 나갔음을 짐작했다.

"제가 오늘 발표를 담당하게 된 김선동입니다."

"네? 미국 대통령 앞에서요? 초청장은 L 명의로 보냈던데."

"저는 소개만 할 예정입니다."

등 뒤에서 나타난 L은 예의 그 수줍은 듯한 미소를 보이며 손을 내밀었다.

"오늘의 이 자리는 김선동 씨 덕분입니다."

L의 설명이 이어졌다.

발표자로 내정된 김선동은 삼성전자의 말단 직원이었다. 특별한 기술도 없는데다 키가 작아 사람들의 눈에 잘 띄지도 않던 그는 삼성전자와 포항공대 간의 연락을 담당하는 업무에 종사하고 있었다. 임원실에서 지시사항을 듣고 있던 그는 도중 걸려온 연수의 전화에 반응하는 임원의 모습이 못마땅했다.

완전히 새로운 발상이라 생각하며 귀담아듣던 그는 임원이 전화를 끊고 나자 회의에 부치겠다는 말과 달리 끄적거리던 메모를 휴지통에 던져버리는 걸 보고는 자신도 휴지통에 뭘 버리는 체하며 그 메모를 가지고 나왔다.

직감적으로 포항공대의 방사광 가속기를 활용하면 전화로 오고 간 내용을 검증할 수 있을 것으로 생각한 그는 포항공대에 출장을 갈 때마다 눈치 봐가며 방사광 가속기를 운용하는 연구자들과 안면을 트고 때로는 삼성전자가 정식 프로젝트로 시작할 것처럼 연기를 피워대 종내는 바이러스 관찰을 연구 주제로 올릴 수 있었다.

방사광 가속기는 전자를 빛의 속도에 가깝게 가속시켜 햇빛보다 100경 배 강한 엑스레이 레이저 섬광을 낼 수 있는 장치로 물질의 구조를 분자 수준에서 관찰할 수 있어 바이러스의 모든 양태를 대형 스크린에서 영화 보듯 볼 수 있다.

김선동은 갖가지 바이러스의 전류량, 동작 패턴, 염기서열, RNA 가닥이 분절되는 현상까지 관찰한 다음 이것은 단 일 초라도 지체해서는 안 되는 프로젝트라는 확신을 가지고 대담하게도 오너의 방문을 두드렸다. 이후 삼성전자는 회의를 거듭한 결과 바이러스를 인식하는 전혀 새로운 방식을 개발했다. 그것은 빅데이터를 활용하는 것으로 방사광 가속기를 이용해 바이러스 한 종류당 일 억장씩의 레이저 엑스레이 사진을 찍은 다음 이것을 바이러스 검출기가 내쏘는 레이저 빛줄기에 코드로 심었다.

"이것은 레이저를 쏘아 피사체의 정보를 읽어 들이는 방식이 아니라 바이러스의 가능한 모든 성상을 레이저 빛줄기에 담아 바이러스가 레이저 빛줄기와 부딪치는 순간 바로 신호가 옵니다."

"아!"

놀라운 기술이었다. 문과생 정한의 몽상과도 같은 상상이 휴지통에 손을 담그는 한 말단 직원의 노력에 의해 실현된 것이다. 정한과 김선동은 뜨거운 악수를 나누었다.

"바이러스를 체내가 아닌 체외에서 잡는 데 성공한 김선동 씨입니다."

L의 인사말은 간결했다. 곧 초대형 화면에 바이오 시스템반도체라는 글자가 떴고 반도체에 담긴 정보들이 화면에 비쳤다. 벽돌처럼 끝도 없이 늘어선 문자들의 영상 밑으로 설명이 달렸다.

헤르페스

헤파드나

코로나

오소믹스

인플루엔자

파라믹스

분야

피코르나

토가

플라비

칼시

레오

필로

레이비즈

아레나

모두가 인류를 가장 위협하는 바이러스들이었다. 이어 참석
자들의 눈길에는 한 빌딩의 모습이 들어왔고 카메라가 줌 인
됨에 따라 빌딩 입구에 설치된 작은 전구 같은 것이 포착됐다.

"레이저 투광기입니다."

김선동의 설명에 이어 출근 시간인지 수많은 사람들이 동시에 밀려 들어가는데도 아무런 반응이 없던 레이저 투광기에서 삑 하는 신호음이 들리더니 한 사람의 얼굴이 모니터를 가득 채웠다. 곧바로 마스크를 쓴 안전요원이 그를 옆으로 안내했다. 도대체 무슨 내용인지 몰라 어리둥절해하는 사람들의 귓전에 김선동의 목소리가 다가왔다.

"코로나 바이러스를 가진 사람입니다. 레이저가 신체를 투시해 허파에 있는 코로나 바이러스를 잡아냈습니다. 코비드19는 아니고 오히려 사스에 더 가깝습니다."

다음으로 화면은 베트남 라오까이역에서 피난민을 선별하는 모습을 보인 후 마지막으로 한 실내를 비췄다. 레이저 투시기가 보이고 허연 공간이 잠시 보이더니 삑 소리가 들렸다.

"실내에 부유하는 H1N1 조류독감 인플루엔자를 잡아냈습니다."

모니터의 레이저 투시기가 꺼지자 대통령이 손을 들더니 김선동을 향해 물었다.

"좀 간단하게 설명해줄 수 있겠소?"

"체외에서 바이러스를 캐치하는 시스템반도체입니다. 인류를 위협하는 모든 바이러스를 인식합니다."

"그게 무슨 의미가 있는 거요?"

"게이트 키퍼죠. 빌딩이든 아파트든 개인 주택이든 입구에 설치되면 바이러스 정보를 담고 있는 반도체가 바이러스의 통행을 체크합니다. 출입시켜선 안 되겠다는 판단이 서면 바로 삑 소리를 냅니다."

"허! 어떻게 그런 게 가능하단 말이요?"

"바이러스는 약 3만 바이트 용량의 정보에 불과합니다. 반도체에 그 정보를 저장하고 센서로 인식하기만 하면 너무나 손쉽게 방어할 수 있습니다. 문제는 눈에 보이지 않는 이 바이러스를 어떻게 인식하느냐인데 생각의 방향만 바꾸면 사실 그리 어려운 일도 아닙니다. 다만 너무나 오랜 세월 인류는 바이러스나 세균은 생물학적으로만 처리할 수 있다는 생각의 감옥에 스스로를 가두어버린 겁니다."

"몸 안에서 바이러스와 싸우지 않고 몸 밖에서 싸운다는 얘기요?"

"몸 밖이라면 바이러스와 싸울 필요조차 없습니다. 피하기만 하면 그만입니다. 바이러스는 몸에 황급히 기생하지 못하면 곧 죽습니다. 사람이 몸을 안 대주면 그만이지요. 그러나 바이러스가 있는지 없는지 모르니까 마구 다니면서 스스로 먹이가 되어 바이러스를 잔뜩 키워주는 겁니다. 바이러스는 백신이 아니라 반도체로 잡아야 합니다."

"이 기술은 당신네 삼성만이 가진 거요?"

김선동이 L을 바라보자 L은 정한에게로 눈길을 돌렸다. 기술의 원주인인 당신의 뜻에 따르겠다는 의미였다. 정한은 천천히 시선을 연수에게로 돌렸다. 따뜻한 눈길이었다. 연수는 갑자기 맥박이 급해지고 가슴이 쿵쾅거렸지만 정한의 부드러운 손길에 밀려 발표장 한가운데로 나아갔다.

숨을 한 번 크게 들이쉰 연수의 입에서 가냘프지만 강인한 음성이 흘러나왔다.

"지금까지는 그랬지만 이 순간 이후부터 이것은 인류 모두의 기술입니다. 이정한 씨와 삼성전자는 그간 개발해온 바이오 시스템반도체 기술을 전 세계 모든 연구자, 대기업과 중소기업, 그리고 벤처에 무상으로 공급할 것입니다. 맨 먼저 지금 팬데믹이 창궐하는 중국에 이 기술을 전해주겠습니다."

"으음!"

"아!"

조용하던 실내에 신음과 탄성에 이어 급기야는 환호가 터졌다.

"만세!"

환호가 가라앉자 대통령은 무슨 음모인지 이해가 가지 않는다는 표정을 지으며 물었다.

"이건 삼성전자가 세계 모든 기업을 다 합친 것보다 많은 돈을 벌 기회인데 왜 그걸 무상으로 공급하겠다는 거요? 그리고 이걸 왜 여기 미국에서 발표하는 거요? 당신들의 속셈은 뭐

요?"

L을 대신해 연수가 나섰다.

"이 일은 돈과 연결시킬 수 없는 일이기 때문이죠. 그리고 한 말씀 드리자면 미국은 거대한 힘을 가진 나라입니다. 그러나 그 힘은 인류와 동행할 때 위대하고 의미가 있습니다. 세계 최강대국이 그 힘을 오로지 자국의 국익을 위해서만 쓴다면 인류는 미래를 기대할 수 없습니다."

연수는 실내의 인사 모두를 향해 고개를 한 번 꾸뻑 숙이고는 걸음을 옮겼다.

26. 치자꽃 두 송이

퍼시픽 코스트 하이웨이를 따라 빨간색 포르쉐가 연신 치타의 포효를 토해내며 질주했다.

"호오, 하얀 치자꽃이 예쁜 줄은 알았지만 향기가 이렇게 좋은 줄은 몰랐어요! 너무 달콤해서 먹고 싶을 정도예요!"

"제가 조만간 한국으로 찾아뵐게요. 그 꽃 두 송이가 시들기 전에."

"꽃은 일주일이면 지는데 너무 지키지 못할 약속 아니에요? 게다가 이번에는 꼼짝없이 보름간 격리도 당할 텐데요."

"그럼 과학을 그대로 반영해 꽃이 다 시든 다음 찾아간다 하는 게 병리학자의 문법일까요?"

정한의 반발에 연수는 해맑게 웃었다. 순결과 행복이라는 꽃말을 가진 치자꽃을 닮은 웃음이었다.

"제가 시들 만하면 새로 사다놓을 테니 하던 일 잘 마치고 오세요."

초겨울임에도 유달리 따사로운 캘리포니아 햇살이 오픈카 안의 정한과 연수를 포근히 감싸안았고 태평양에서 불어오는 기분 좋은 바람은 연수의 긴 머리카락을 장난질하듯 흩날렸다. 우여곡절 끝에 한국으로 돌아가는 길은 편안하고 따스했다.

"바이러스 X를 찾아낸 연수 씨의 위업에 비하면 티끌에 불과해요. 광견병과 조류독감의 합성이라니 지금 생각해도 아찔해요."

"제가 한 일이 아니에요. 펠릭스라는 이름을 가진 알프스의 양치기 목동에서부터 히말라야의 체텐이라는 아이, 돌마 선생, 린밍훼이, 그리고 마이산 농장의 최 대표님 같은 분들의 동행 정신이 이루어낸 일이에요."

"동행 정신?"

"네, 힘들고 때로는 희생이 따라도 내가 이 일을 하면 알지도 못하는 누군가가 행복해진다는 정신이 이 바이러스를 발견하는 원동력이 되었으니까요. 그래서 이번에 발견한 바이러스 학명에 라틴어 스페스를 추가했어요."

"그냥 연수 바이러스, 혹은 조 바이러스가 아니고요? 너무나 무시무시한 바이러스라 뭔가 좀 희석하려 했던 거예요?"

"아니요. 스페스는 희망이에요. 아무리 무서운 바이러스가 생겨도 인류는 사랑으로 극복하고 만다는 의미를 담은 거예요."

"아, 그거 참 좋은데요."

"게다가 이 이름에는 정한 씨가 가장 크게 담겨 있어요."

"제가요?"

"희망을 주셨잖아요. 바이러스를 몸 밖에서 잡아내면 이길 수 있다는 희망을요."

"이제 바이러스 X는 완전히 소멸된 걸로 안심해도 될까요?"

"절대 안심할 수 없어요. 그 원리가 무엇인지는 모르지만 한 번 터져 나온 돌연변이는 반드시 기억돼요. 그러니 바이러스 X는 어딘가에서 고개를 수그리고 있다 다시금 이기심과 광기로 가득 찬 인간 세상을 대면하러 나올 거예요."

"코로나 바이러스의 결말이 전쟁으로 이어지지 않을까 마음을 졸이는 것과 같군요."

"코비드19가 성찰이 아닌 전쟁으로 이어질 줄은 정말 몰랐지만 그래도 우리는 하나의 희망을 건졌잖아요. 반도체와 바이러스, 아니 레이저와 바이러스라 해야 하나. 저는 이런 생각이 IT 박사도 바이오 박사도 아닌 정한 씨의 머릿속에서 나왔다는 사실이 기뻐요."

"제가 어때서요?"

"더 이상 짧을 수 없는 가방끈을 가지신 분이죠. 하지만 어느 박사들보다 두뇌의 영혼이 자유로운 분이에요."

"두뇌의 영혼…… 멋진 말이군요."

바람을 타고 날아가던 정한의 독백이 푸른 하늘과 푸른 바다가 맞닿은 선을 허리에 걸친 채 한들거리는 두 그루 야자수에 머물렀다.

끝

바이러스 X

초판 1쇄 발행 | 2020년 11월 6일
초판 20쇄 발행 | 2023년 9월 22일

지 은 이	김진명
발 행 인	김인후
편 집	권혁신 **마 케 팅** 홍수연
디 자 인	이정아 **경영총괄** 박영철
주 소	서울시 은평구 통일로1034, 판매시설동 228호
문의전화	02-322-8999
팩 스	02-322-2933
블 로 그	https://blog.naver.com/eta-books
발 행 처	이타북스
출판등록	2019년 6월 4일 제2021-000065호

ⓒ 김진명, 2020
ISBN 979-11-90991-07-0 03810